Rechte Patrioten

Rechte Patrioten

von

Enno Reins

Ein Lozen-Graham-Fall

TWENTYSIX

Bibliografische Information der Deutschen Nationalbibliothek:

Die Deutsche Nationalbibliothek verzeichnet diese Publikation in der Deutschen Nationalbibliografie; detaillierte bibliografische Daten sind im Internet über http://dnb.dnb.de abrufbar.

TWENTYSIX – Der Self-Publishing-Verlag
Eine Kooperation zwischen der Verlagsgruppe Random House und BoD – Books on Demand

© 2017 Enno Reins

Herstellung und Verlag:
BoD – Books on Demand, Norderstedt

ISBN: 9783740728953

1.

Dicke Schneeflocken. Viele davon. So viele, dass man nicht weit sehen konnte. Trotz der Straßenbeleuchtung. Es war ein unangenehmes Gefühl, nicht weit sehen zu können. Lozen Graham mochte den Winter in Washington D. C. nicht. Es war die Jahreszeit, die ihr bewusst machte, dass sie aus New Mexico kam. Auch da war es während der vierten Jahreszeit in den Sierras kalt und in den Bergen lag Schnee, aber es war irgendwie anders, irgendwie erträglicher.

Die schlanke Frau nahm die Sporttasche vom Beifahrersitz und stieg aus dem Wagen. Sie trug eine schwarze Seemannsmütze über dem langen schwarzen Haar, einen schwarzen Rollkragenpullover, eine schwarze Lederjacke, eine schwarze Arbeitshose und schwarze Springerstiefel. Auf dem Parkplatz an der Stage Road, unweit des Morrow Drive, direkt vor dem William H. G. Fitzgerald Tennis Stadium im Rock Creek Park, stand nur ein weiterer Wagen, was um 1.00 Uhr nachts nicht verwunderte. Das Nummernschild des grünen Toyota war überklebt.

Ein Mann kletterte aus dem Wagen, schaute zu Lozen und winkte sie zu sich. Sie folgte der Aufforderung. Der Mann trug einen Parka mit Pelzkragen, darunter einen Kapuzenpulli und über dem Gesicht eine Skimaske.

„Stehenbleiben", sagte der Mann, als sie zwei Meter vor ihm stand, „haben Sie es?"

Lozen hielt die Tasche mit der linken Hand hoch.

„Rüberwerfen."

„Nicht so schnell. Haben Sie es?", fragte Lozen. Dabei betonte sie das es.

Der Mann griff in die Seitentasche des Parkas, wühlte eine Weile und hielt schließlich einen USB-Stick in der Hand, der wie eine Spielzeugfigur des Superhelden Iron Man aussah.

„Ich habe keine Kopie gemacht", sagte der Mann.

Lozen antwortete nicht. Menschen, die einem ungefragt versicherten, dass sie keine Kopie von was auch immer gemacht hatten, logen in 99 % der Fälle.

Sie warf dem Mann die Tasche vor die Füße. Der Mann bückte sich, klopfte den Schnee ab, zog den Reißverschluss auf, warf einen Blick hinein, nickte befriedigt, schloss die Tasche wieder, warf sie über die Schulter, stand auf, machte einen Schritt auf Lozen zu und reichte ihr den Stick. Dann ging er zum Toyota, öffnete die Tür, stieg mit der Tasche ein und fuhr los. Es gab zwei Möglichkeiten für ihn: Er konnte nach rechts oder nach links fahren. Der Mann entschied sich für Ersteres, Richtung Morrow Drive.

Ein Stümper, dachte Lozen. Vier Patzer in nicht mal 90 Sekunden. Fehler 1: Mit einem überklebten Nummernschild durch die Gegend zu fahren, lockte die Polizei an. Fehler 2: Sich zu bücken, die Tasche zu öffnen und sie dabei aus den Augen zu lassen. Sie hätte sich problemlos nähern und ihn ausschalten können. Fehler 3: Auf sie zuzugehen, ihr den USB-Stick zu überreichen und sich damit in ihre Schlagdistanz zu begeben. Fehler 4: Das Geld nicht aus der Tasche zu nehmen. Er konnte nicht wissen, ob sich unter der obersten Lage Geld oder Zeitungspapier befand. Außerdem musste er damit rechnen, dass sich ein Sender in oder an der Tasche befand.

Lozen ging zum Wagen, zog ein Headset aus der Jacke und legte es an.

„Wir haben es mit einem Amateur zu tun. Passt trotzdem auf", sagte sie zu ihren Kollegen Karen Seymour und Ronan McIntire. Sie stand an der Kreuzung vom Morrow Drive, er auf dem hinteren Teil des Parkplatzes. Damit hatte es keine Rolle gespielt, welche Richtung der Mann wählte. Ronan McIntire fuhr mit einem alten Chevy an Lozen vorbei. Sie klopfte den Schnee von der Lederjacke ab, stieg in den Wagen und folgte ihrem Angestellten. Auf der Fahrt piepte ihr Smartphone. Eine SMS war angekommen. Sie öffnete sie. Eine Nachricht von ihrem Ex-Freund: Bitte melde dich. Kuss und Gruß, Arvist. Lozen löschte die Nachricht. Warum konnten Männer nie akzeptieren, wenn etwas zu Ende war?

Eine gute Dreiviertelstunde später parkte Lozen neben den Wagen von Karen Seymour und Ronan McIntire. Sie befanden sich in der Nähe des Anacostia River. „Dritter Stock. Wohnung auf der rechten Seite", sagte Karen Seymour. Sie zeigte auf ein Mietshaus, 50 Meter die Straße rauf.

Lozen zog fragend die Augenbraue hoch.

„Glückstreffer. Er hat sich am Fenster gezeigt. Und er war nicht allein. Eine Frau ist bei ihm."

„Dann los."

Sie gingen zum Haus. Schmal, dunkel, aus Holz, drei Stockwerke. Die besten Tage hatte der Bau hinter sich.

„Ich bleib' unten", sagte Karen Seymour. Die hochgewachsene Afroamerikanerin hatte zwei Touren in Afghanistan hinter sich gebracht und dank einer Mine auf einem staubigen Trampelpfad in Kunduz eine Beinprothese. Lozen hatte den Gliedersatz gesehen. Ein schmales Teil aus Metall, schwarz-glänzend lackiert. Auf geraden Strecken konnte sie mithalten, Treppen waren ein Problem.

Lozen und Ronan McIntire, ein untersetzter Ire mit roten Haaren, gingen in den dritten Stock. Rockmusik und Gelächter drangen aus der Wohnung ins Treppenhaus. Der Name Josh Norwick stand an der Tür. Lozen zog ihre Heckler & Koch P9S, die eine Modifikation für einen Schalldämpfer besaß, aus dem Gürtelholster und trat die Tür auf. Sie blickte in ein schäbig eingerichtetes Wohnzimmer, in dem ein Typ um die zwanzig eine tätowierte Rothaarige im Arm hielt, die BH, Minirock,

Strumpfhosen und High Heels trug. Beide hielten Bierdosen in der Hand und blickten erschrocken in die Mündung von Lozens HK P9S. Ronan McIntire stellte die Musik aus und schloss die Tür.

Josh Norwick und seine Freundin waren lausige Erpresser. Der Senator von Maine war zu lange weg von Familie und Kindern gewesen, nach drei Bourbon der Rothaarigen verfallen, beim anschließenden Sex in einem Hotelzimmer gefilmt und mit den Aufnahmen erpresst worden. Der echte Washington D. C.-Klassiker mit einem dummen Politiker und genauso dummen Erpressern. Würde es die Klassiker nicht geben, Graham Security würde weit weniger Aufträge haben.

Ronan McIntire durchsuchte das Apartment, entdeckte auf einem Laptop Kopien der Aufnahmen, löschte sie, suchte nach weiteren Kopien, fand keine und zerstörte den Rechner. Er wühlte sich durch die Wohnung und fand einen Stick, den er einsteckte. Als er fertig war, nahm er die Tasche mit dem Geld und nickte Lozen zu.
„Ich erzähle euch nun, was als Nächstes passiert", sagte sie, „ihr verlasst Washington und kommt nicht zurück.

Sehen oder hören ich oder der Senator noch mal etwas von euch, wird es unangenehmer als dieses Mal."
„Unangenehmer?", fragte Josh Norwick.

Lozen griff in die Seitentasche der Lederjacke, in der sich ein Schlagring befand, zog ihn über und verpasste dem Erpresser einen rechten Haken, der ihm den Kiefer brach.
„Schaff ihn zum Wagen", sagte sie zur Rothaarigen, „und haut ab aus D. C."
Der Senator hatte darauf bestanden, dass keine Polizei involviert wurde. Zu groß war die Angst des Politikers, dass ein geldgeiler Ordnungshüter eine Kopie des Sex-Tapes für ein paar Tausend Dollar an die Presse verkaufte. Deshalb die Drohgebärden.

Lozen nickte Ronan McIntire zu und sie verließen die Wohnung. Auf dem Weg nach unten klingelte Lozens Smartphone. Sie kannte die Nummer. Sie gehörte Harvey Farossi, Wahlkampfmanager von Adam A. Kettle, dem aktuellen Präsidentschaftskandidaten der Demokraten – und ein Intrigant, ein Arsch, ein Kunde, der sie an ihre moralischen Grenzen trieb, weshalb sie sich nach jedem Auftrag schwor, niemals wieder für ihn zu arbeiten.

Einmal hatte sie nach einem Streit sogar das Haus des Wahlkampfmanagers abgefackelt. Aber leider war Harvey Farossi auch ein Kunde, der die besten Preise bezahlte, und Geld war nun mal das Maß aller Dinge und Ethik eine unbezahlbare Tugend, wenn man eine kleine Sicherheitsfirma wie Graham Security in der US-amerikanischen Hauptstadt betrieb. Lozen nahm den Anruf an.

2.

Die Kälte wird verschwinden. Vermutlich. Irgendwann. Eines Tages. Hoffentlich. Mieses, böses, schmerzendes Wetter, das in die Knochen ging. Es war Wintertag Nummer 31. Deputy Sheriff Eike Wolfen kam es vor, als wäre es der einunddreißigtausendste. Seit 1936 war es Anfang November nicht so kalt gewesen in Chayton County, South Dakota – das hatte zumindest der Wetterfrosch auf KELO-TV gestern Abend behauptet.

Eike Wolfen saß im Polizeiwagen. Er trug wie immer keine Uniform. Der Deutsche mit amerikanischer Staatsbürgerschaft beobachtete eine Gruppe frierender Infanteristen, die durch den Schnee stapften und einem Panzer in die Prärie folgten. Operation Swordfish, ein Manöver der US-Army, fand seit einer Woche in Chayton, Butte und Lawrence County statt. Die drei Bezirke lagen im Westen South Dakotas, an der Grenze zu Wyoming. Eike hatte Pahá Sápa angeschaltet, eine Radiostation, die von einer Gruppe Sioux betrieben wurde. Ein Komiker machte sich über die Verschwörungstheoretiker und Ultrakonservativen lustig, die sich im Vorfeld der militärischen Übung sehr besorgt gezeigt hatten. Sie glaubten, dass das Manöver ein Vorwand des US-Präsidenten war, den Ausnahmezustand auszurufen, die Waffen der Bürger einzusammeln, politische Gegner in Internierungslager einzusperren, die Verfassung außer Kraft zu setzen, die laufenden Präsidentschaftswahlen abzublasen und eine Diktatur der Juden und Farbigen über die Weißen zu errichten. Der amtierende Präsident war bei den Konservativen des Landes nicht beliebt. Weil er gegen Waffen, für Abtreibung und ein besseres Sozialsystem war.

Der Unsinn war für den Komiker eine Steilvorlage, doch Eike konnte nicht lachen. Für ihn war die Paranoia der Rechten kein Witz. Er beobachtete das Manöver im Auftrag von Joel Kraft, dem Bürgermeister von Homer City und Gouverneur von South Dakota. Der Politiker hatte auf die Spinner reagiert. Die Sheriff Offices der betroffenen Gebiete sollten das Manöver überwachen, um sicherzustellen, dass keine konstitutionellen, keine Eigentums- und Bürgerrechte verletzt wurden. Die republikanische Präsidentschaftskandidatin Sandra Mayweather hatte das Vorgehen als absolut legitim bezeichnet. In knapp zwei Wochen fanden die Wahlen statt. Für Eike stand außer Frage: Mit dieser Geste machten Mayweather und Kraft sich lieb Kind bei den rechten Kräften.

Eike schaute gähnend auf die Uhr. Es war 5.30 Uhr morgens. Seit 30 Minuten stand er mitten im Nichts und schaute zu, wie die Soldaten das Lager verließen und in die Wildnis zogen. Er gehörte zu den Deputys, die mit Verbindungsoffizieren der Army in Kontakt standen und Gouverneur Kraft Bericht erstatteten.

Ein Soldat öffnete die Wagentür und setzte sich neben Eike. Es war First Lieutenant Bill Compton, ein breitschultriger Mann mit blonden Haaren, der für Eike wie die Verkörperung der Comicfigur Steve Rogers, aka Captain America, aussah.
„Scheiße, ist das kalt."
„Tja, es ist wirklich nicht das richtige Wetter für ihre Geländespiele. Vor allem, wo ich immer gedacht habe, unsere Feinde säßen in der Wüste."

Aus der Tasche seiner schwarzen Lederjacke zog Eike einen Joint, zündete ihn an und reichte ihn Captain America.

„Das ist Zersetzung der Wehrkraft", sagte der Soldat. Er war der Verbindungsoffizier.

„Das ist der Plan, Captain."

„Ich bin First Lieutenant."

„Ich bin ein Mensch."

Captain America lachte, zog und gab den Joint zurück.

„Ich weiß nicht, wann ich das letzte Mal so früh bekifft war."

„Läuft's?"

„Wir sind im Zeitplan."

„Wann setzt ihr Gouverneur Kraft ab und verkündet die Diktatur?"

„Morgen früh."

„Bitte nicht vor acht."

„Ich schau, was ich tun kann."

Eikes Smartphone klingelte. Der Klingelton war der Song Quickdraw der New Yorker Bluegrass/Rap-Band Gangstagrass. Den hatte Eike Sheriff Earl Arendts zugeteilt, seinem Boss und Vater seiner vor knapp drei Monaten verstorbenen Frau Chumani.

„Was gibt's, Earl?"

„Gefängnisausbruch in Maka Prison. Zwei Mörder sind raus. Die Highway Patrol, die benachbarten Sheriff Offices und die Reservatspolizei sind informiert. Ich möchte, dass du nach Maka fährst. Ich koordiniere die Fahndung nach den Flüchtigen."

„Was ist mit dem Schutz der Demokratie in South Dakota?"

„Ausgesetzt."

Von der Internetseite American Guard:
Amerikaner, passt auf. Sie sind da. Die Bundestruppen, die uns im Auftrag der Juden und Schwarzen unsere Rechte mit Gewalt nehmen wollen, die das glorreiche Erbe der Gründungsväter mit Füßen treten, für die die Verfassung der Vereinigten Staaten nur ein Blatt Papier ist. Patrioten, seid wachsam. Patrioten, seid bereit wie einst die Minutemen. Jeder kann ein Paul Revere sein. Die Stunde des Widerstands ist nah. Nichts kann wahre Amerikaner aufhalten. Keine verräterischen Richter, keine

Gefängnismauern. Die Freiheit findet immer einen Weg. Möge Gott mit euch sein.

3.

„Einen Drink?", fragte Harvey Farossi.
Der Wahlkampfmanager liebte es zu provozieren. Er wusste, dass Lozen zu den Anonymen Alkoholikern ging. Ihr letzter Rückfall lag 61 Tage zurück.
„Ein Wasser, Harvey."
Sie gähnte. Es war kurz vor zwei Uhr morgens. Sie war direkt nach dem Anruf zu Harvey Farossi gefahren. Der Wahlkampfmanager hatte darauf bestanden. Er füllte ein Glas mit Wasser und reichte es ihr. Er war mittelgroß, mit graumelierten Haaren und kleinen Narben um die Augen, die von einer Vergangenheit als Boxer zeugten. Seit sein Haus vor einigen Monaten abgebrannt war, lebte er in einem elegant eingerichteten Apartment in Georgetown.
„Worum geht's?"
Mit der Fernbedienung schaltete Harvey Farossi den Fernseher an, ging ins Internet, klickte sich zur Mediathek von Vox 5 News durch, einem Onlineportal, das sich auf regionale Nachrichten spezialisiert hatte, und rief ein Webvideo vom Vortag auf.

Vox 5 News orientierte sich in der Machart stark an Fernsehnachrichten. Viele Berichte wurden von einem Reporter kommentiert. Auch in diesem Fall. Eine junge, indisch aussehende Frau erschien auf dem Bildschirm. Sie trug einen grauen Hosenanzug. Unter der Jacke trug sie ein rotes, tiefausgeschnittenes und enganliegendes T-Shirt. Lozen fand, dass der Ausschnitt zu sexy für eine Nachrichtenreporterin war.

Die Frau kündigte einen Skandal an, der die Familiengeschichte des demokratischen Präsidentschaftskandidaten Adam A. Kettle betraf. Stichwortartig fasste sie diese zusammen. Lozen erfuhr nichts Neues: Die Kettles waren eine der bekanntesten und mächtigsten Familien der USA. Den Reichtum der Familie hatte William Albert Kettle mit einer Kinokette und der Produktion von Spielfilmen begründet, womit er in den 1910er Jahren begonnen hatte. In den 1920er hatte er WHAD gegründet, eine der ersten Radiostationen in New York. Das Medienimperium GEPRO, eine Abkürzung, die für Geronimo Productions stand, hatte bis heute Bestand. Sämtliche männlichen Kettles waren in der Politik tätig gewesen. William A. Kettle war in den 1920ern

Wahlkampfmanager des New Yorker Bürgermeisters Jimmie Gone gewesen und hatte später im US-Senat gesessen, sein Sohn Michael Alexander war Bürgermeister von New York City und später Gouverneur von New York State geworden und hatte 1968 und 1972 vergeblich um die Nominierung zum Präsidentschaftskandidaten der Demokraten gekämpft. William Albert Kettles Enkel war Direktor des CIA gewesen, sein Urenkel Adam A. Kettle war aktuell Gouverneur von New York und strebte das höchste Amt des Landes an.

Die Vox 5 News-Reporterin behauptete, sie hätte Beweise gefunden, die belegten, dass der Gründungsvater der Familie im Zweiten Weltkrieg ein Antisemit und Sympathisant der Nationalsozialisten gewesen sei. Sie zeigte ein Foto, auf dem der alte Kettle Propagandaminister Joseph Goebbels zuprostete, und spielte dazu Ausschnitte eines alten WHAD-Radiointerviews vor, das ein Einblender auf den 6. Februar 1939 datierte und den Sprecher als William Albert Kettle identifizierte:

„Ich spreche mich gegen eine Intervention in Europa aus. Wir brauchen Hitlers Deutschland. Es ist ein unverzichtbares Bollwerk gegen den Kommunismus. Die Roosevelt-Administration, die Engländer und Juden wollen die USA in den aufkeimenden Konflikt hineinziehen … Gerade für die Juden halte ich das für einen gefährlichen Weg. Sie werden im Fall eines Konfliktes als Erste die Folgen zu spüren bekommen. In Zeiten des Krieges gibt es keine Toleranz mehr … und missverstehen Sie mich nicht: Ich habe nichts gegen Juden. Wenn es nicht zu viele sind, sind sie wertvolle Mitglieder der Gesellschaft. Ich war stets ein Anhänger der Vielfältigkeit …"

Lozen trank einen Schluck Wasser.
„Dass dieses Interview und das Foto keine 14 Tage vor der Wahl auftauchen, ist kein Zufall", sagte sie.
„Sicher nicht. Es ist nicht auszuschließen, dass es Adam den Sieg kostet. Er verkauft sich unter anderem über die Familientradition. Dass William A. Kettle, der legendäre Urvater seiner Familie, als Rassist und Nazi-Freund dasteht, ist eine Katastrophe."

Er ging mit der Fernbedienung auf eine Ansicht, auf der er Schlagzeilen gesammelt hatte. Präsidentschaftskandidat Kettle hat Nazi-Vorfahren war noch eine der netteren.
„Natürlich haben ABC, NBC, CBS, CNN und FOX die Meldung übernommen."
„Wie habt ihr reagiert?"
„Eine Pressekonferenz von Adam, mit den in einem solchen Fall üblichen unterstützenden Worten von populären Parteikollegen und Showgrößen."
Harvey Farossi spielte die Pressekonferenz von Adam A. Kettle ab. Er gab sich kämpferisch, sprach von einer Schmutzkampagne seiner Gegner, von seinem unerschütterlichen Glauben an die amerikanische Demokratie, der seine Familie seit Generationen diente. Der Kandidat wirkte aufrichtig und wirklich wütend. Authentisches Auftreten war eine seiner Stärken. Die Leute glaubten ihm. Aber in diesem Fall?

„Was sagt Mayweather?", fragte Lozen.
Sandra Mayweather, 56, eine erzkonservative Senatorin aus Texas, hübsch, eine Wirtschaftsexpertin, die bei Konzernbossen und Frauen gut ankam, weil sie eine Software-Firma mit Umsätzen in Milliardenhöhe besaß.

Sie war Adam A. Kettles Gegnerin bei den Präsidentschaftswahlen.

„Sie hat Adam A. Kettle für unwählbar erklärt."

Harvey Farossi rief ein Video auf. Sandra Mayweather stand auf einer Bühne in der amerikanischen Provinz. Hinter ihr stand ihr erklärter Vizepräsident Wes Bindella. Bis nicht die genauen Hintergründe geklärt wären, könne keiner, der an die Demokratie glaube, Adam A. Kettle wählen, erklärte Sandra Mayweather.

„Was richtig weh tut, ist die Häme von rechts und links", sagte der Wahlkampfmanager und warf verschiedene Memes auf den Bildschirm. Ein mit Photoshop verfremdetes Bild von Adam A. Kettle, das ihn auf einer Demonstration amerikanischer Nazis zeigte, dazu der Satz Einer von uns. Ein anderes Meme zeigte ein Portrait des Kandidaten mit Hitler-Bärtchen.

„Woher haben die das Interview und das Foto?"

„Bisher gibt es keine Angaben von Vox 5 News. Das rauszufinden, ist dein Job."

„Wieviel?"

Harvey Farossi sah sie an. Lozen wusste, dass er in diesem Fall nicht handeln, sondern sofort eine anständige

Bezahlung in Aussicht stellen würde. Denn es war nicht auszuschließen, dass die Person, die das Interview ausgegraben hatte, noch mehr gefunden hatte.

„10 000 pro Tag. Dafür will ich dein ganzes Team. Ab sofort."

„Eine Erfolgsprämie?"

„Erfolgsprämie?"

„Ja."

Er dachte nach.

„250 000."

„Deal."

„Gut. Dann stell' deine Fragen."

Es beunruhigte Lozen, wie routiniert sie und der Wahlkampfmanager miteinander umgingen. Wie ein altes Ehepaar. Ein Zeichen, dass sie zu häufig mit ihm arbeitete. Das belegte auch der Umstand, dass sie beide wussten, dass die Vorwürfe gegen William A. Kettle stimmten. Während der Vorwahlen war ein Tagebuch von William A. Kettle aufgetaucht, das Lozen sichergestellt hatte. Jedes Wort ein Skandal. Wie sich herausstellte, hatte der alte Kettle den Grundstock seines Vermögens nicht mit Filmen, sondern mit Alkoholschmuggel – während der

Prohibition in den 1920ern und 1930ern – gemacht und bis 1939 tatsächlich Sympathien für Nazi-Deutschland gehegt.

Lozen und Harvey Farossi waren ein seltsames Team. Sie besaß einen hohen moralischen Anspruch. Für viele seiner Aufträge war der zu hoch, für einige genau richtig. Moralischer Anspruch bedeutete Verlässlichkeit und Ehrlichkeit. Dinge, die gelegentlich für Farossi wichtig und schwer zu finden waren. Deshalb besaß Lozen einen hohen Wert für ihn. Das war das Paradoxon ihrer Beziehung: Sie, die Moralistin, arbeitete gegen die Stimme ihres Gewissens, für den reinen Profit, für Harvey Farossi – er heuerte sie wegen einer Sache an, die er für Geld sonst nirgendwo bekommen konnte.

„Bist du noch mit dem Blogger zusammen?", fragte der Wahlkampfmanager.
„Mit Arvist? Nein, er ist nach New York gezogen und führt eine Kneipe. Für Distanzbeziehungen habe ich keine Zeit."
„Schade. Er hat zu dir gepasst."
„Er war ein Freak."

Ein verdammt anhänglicher Freak, der verdammt viele SMS schreibt, dachte Lozen.

„Wenn du es sagst."

Das Letzte, was Lozen wollte, war, mit dem Wahlkampfmanager über ihr Liebesleben zu sprechen.

„Angenommen, du hast recht und jemand hat die Reporterin von Vox 5 News mit dem Material gefüttert, wer könnte das sein?"

„Mayweather, Bindella, irgendwelche Lobbyisten-Gruppen, was weiß ich."

Harvey Farossi verschränkte die Arme vor der Brust und dachte nach.

„Gouverneur Kraft hat das Thema ziemlich ausgeschlachtet. Aber das muss nichts bedeuten. Er ist sehr aktiv im Wahlkampf", sagte er schließlich.

Der Wahlkampfmanager rief einen aufgezeichneten Livestream auf. Ein hochgewachsener Mann mit hoher Stirn und krausem Haar stand vor einem Pult und sprach zu Menschen in irgendeiner Halle. Der Politiker forderte Adam A. Kettle wortreich auf, sich aus dem Wahlkampf zurückzuziehen.

28

Als Lozen später ins Auto stieg und bei weiterhin starkem Schneefall nach Hause fuhr, dachte sie über Arvist Bunger nach. Er war ein netter Typ. Kreativ, gebildet, an Kultur interessiert, ahnungslos, wenn es um Faustkämpfe und Schießereien ging, ein Fremder in ihrer Welt. Wäre er in Washington geblieben, hätte es auch nicht funktioniert, sagte sie sich. Auf der anderen Seite fragte Lozen sich, mit wem es bisher funktioniert hatte. Der General, den sie seit Jahren traf, zählte nicht, weil beide Seiten es als Affäre und nicht als Beziehung deklarierten. Und wenn sie auf eine schnelle Nummer aus war, ging sie in eine Soldatenkneipe. Als sexuelle Notdurft verrichten hatte es ihr Angestellter Nick Davout bezeichnet. Ein ekelhafter Begriff, fand sie.

4.

„Die Aufnahmen sind authentisch", sagte Nick Davout, der so etwas wie das Gehirn von Graham Security war. „Ich habe es anhand anderer verfügbarer Audioquellen von William A. Kettle überprüft. Fragwürdig hingegen sind die Quellenangaben des Senders."
Er legte eine kurze Pause ein, zu kurz, als dass Lozen oder jemand aus dem Team, mit dem er im Tagungsraum der Sicherheitsfirma saß, nach dem „Wieso" hätte fragen können. Es war eine Marotte von ihm, die seine Kollegen mittlerweile kannten und tolerierten. Sie wussten, dass Nick Davout in einer Welt leben musste, die viel zu langsam für ihn war. Das Genie mit einem fotografischen Gedächtnis hatte mit 18 seinen Doktortitel erworben, mit 19 hatte sich das Computer-Ass gelangweilt und seine Vergangenheit getilgt, sich einen neuen Namen und einen neuen Lebenslauf gegeben und beim Geheimdienst angeheuert. Aber strenge Hierarchien, viel Bürokratie und kleine Büros waren nicht sein Ding, und er war zu Lozen gekommen.

„Auf der Internetseite und von der Pressestelle von Vox 5 News wird mittlerweile das Fernseh- und Radiomuseum in New York City, das Paley Center for Media, als Quelle angegeben. Ich hab' angerufen. Dort weiß man von solch einer Aufnahme nichts. Außerdem habe ich Harvey Farossi kontaktiert, der versicherte, man habe nach dem Auftauchen des Tagebuchs aus dem Paley Center und den Archiven von GEPRO sämtliche belastenden Ton- und Bildaufnahmen entfernt."

„Wer hat laut Aussage des Senders die Aufnahme gefunden?", fragte Ronan McIntire.

„Eine Reporterin namens Janis Dehane."

Er legte erneut eine kurze Pause ein, wieder zu kurz, als dass jemand fragen konnte, wer Janis Dehane war.

„Sie ist die Reporterin, die im Video zu sehen ist. 25 Jahre alt. Geboren in Alexandria, Virginia. Vater: Charles Dehane, Lehrer. Mutter: Aishwarya Chopra, Friseurin. Studierte in Washington Journalismus. Dehane ist seit drei Jahren bei Vox 5 News und hat bisher nicht sonderlich von sich reden gemacht."

„Was sich jetzt wohl geändert hat", sagte Karen Seymour.

„Korrekt. Kein Sender, kein Internetportal, wo sie nicht über ihren Fund gesprochen hat."

Nick Davout schaltete den hinter ihm hängenden Flachbildschirm ein und spielte ein Video ab, das Janis Dehane im Gespräch mit einer CNN-Moderatorin zeigte. Die Reporterin trug wie in dem Vox 5 News-Video einen grauen Hosenanzug und ein rotes, zu tief ausgeschnittenes T-Shirt.

Wie sie das Interview gefunden hätte, wollte die CNN-Moderatorin wissen. Es sei ein bisschen Glück gewesen, antwortete Janis Dehane. Sie habe den Auftrag gehabt, einen historischen Beitrag über den Kettle-Clan zu machen, und sei dafür nach New York gereist, wo sie sich im Paley Center for Media alte WHAD-Sendungen aus den 30er-Jahren angehört habe. Dabei sei sie auf das Interview mit William A. Kettle gestoßen. Im Katalog sei es als ein Gespräch über eine anstehende Filmpremiere verzeichnet gewesen. Von den Aussagen über das Dritte Reich und Juden sei nichts erwähnt worden. Und woher sie das Foto habe, erkundigte sich die Moderatorin. Das habe ihr ein befreundeter Journalist aus Berlin zukommen lassen.

Nick Davout stoppte das Video.

„Wie gesagt: Die Herkunftsangaben der Dehane sind fragwürdig."

„Es könnte aber so gewesen sein, wie sie es erzählt", sagte Ronan McIntire.

„Die Wahrscheinlichkeit ist sehr gering. Zu viele Zufälle: Sie stößt auf ein nicht verzeichnetes Interview, das Farossis Leute übersehen haben, kriegt zeitgleich das passende Foto, und das beides kurz vor den Wahlen. Nein, es ist äußerst unwahrscheinlich. Allein, dass eine Reporterin einer Internetseite für regionale Nachrichten nach New York reisen darf, ist schon nicht glaubwürdig. Welche lokale Website gibt so viel Geld für Recherche aus?"

„Was für Geschichten hat Dehane vorher gemacht?", fragte Lozen und nippte an ihrem Kaffee, in den sie wie immer ein wenig Karamellsirup gespritzt hatte.

„Unfälle, Verbrechen, Herzschmerz-Geschichten."

„Also keine ausgewiesene Politexpertin."

Nick Davout sah Lozen ausdruckslos an. Er mochte es nicht, wenn jemand das Offensichtliche aussprach. Sie machte es gelegentlich, um ihn zu provozieren.

„Politische Ausrichtung?"

„Unbekannt."

„Wie gehen wir weiter vor? Vorschläge?", fragte Lozen.

„Vorerst keine direkte Kontaktaufnahme. Wir müssen erst mehr über Janis Dehane in Erfahrung bringen", sagte Nick Davout.

„Wir sollten uns bei der Journalistin umsehen", sagte Karen Seymour.

„Sehe ich auch so. Außerdem sollten wir recherchieren, wer Memorabilien aus der Zeit des Zweiten Weltkriegs verkauft. Vielleicht kommen das Foto und die Interviewaufnahmen aus dieser Ecke", sagte Ronan McIntire.

Nick Davout nickte zustimmend.

„Eine ganz andere Frage", sagte Bedford Balu Brummel, der für die Finanzen bei Graham Security zuständig war.

„Die da wäre?", fragte Lozen.

„Der Senator von Maine ist im Besitz seiner privaten Aufnahmen?"

„Ja, du kannst die Rechnung stellen."

„Gut. Was diesen Fall betrifft: Du hast gesagt, Farossi will das ganze Team buchen. Das wird nicht gehen. Nick organisiert den Einsatz in Pakistan, und Karen und Ronan sind als Bodyguards für Ken Lopez engagiert, der in dieser Woche Termine in D. C. hat. Und wie du weißt, Lozen, könnte sich durch Lopez eine neue Klientel für uns eröffnen."

Die Klientel von Graham Security bestanden größtenteils aus Politikern und Lobbyisten. Lopez war ein angesagter Schauspieler und Sänger, den Arvist Bunger an Lozen vermittelt hatte. Der kannte den Star, weil er freiberuflich als Kulturjournalist arbeitete und Lopez seit seinen Tagen als Schauspielschüler kannte. Wenn der für Graham Security Werbung machte, konnte das wirklich einen neuen Kundenkreis bedeuten. Lozen fand Personenschutz zwar langweilig, aber es war lukrativ.

„Wir erfüllen natürlich die bestehenden Kontrakte. Farossi muss ja nichts davon wissen. Und wenn wir Unterstützung brauchen, können wir externe Kräfte anheuern. Farossi zahlt genug."
„Du sprichst von den Slackers?"
„Zum Beispiel."
Die Slackers waren die zwei Kautionsjäger José Martinez und Zac Egger. Ehemalige Cops, Freunde von Karen

Seymour und Ronan McIntire, die Lozen innerhalb von D. C. für Aufträge anheuerten. Sie und ihr Team nannten sie die Slackers, die Faulenzer, weil sie selten vor ein Uhr mittags erreichbar waren.

Nach der Konferenz ging Lozen in ihr Büro und setzte sich hinter den massiven Schreibtisch. Ihre Mitarbeiter nannten es spöttisch Theodor Roosevelts Wohnzimmer, weil der Raum entsetzlich altmodisch eingerichtet war. Die Wände, an denen Westernlandschaften von Albert Bierstadt hingen, bestanden aus dunklem Holz. Vor dem Schreibtisch standen ein dunkelgrüner Chesterfield-Ledersessel und das passende Sofa. Der Vormieter der Büroräume hatte es so hinterlassen. Ohne es begründen zu können, fühlte Lozen sich in dieser konservativen Umgebung wohl.

Sie fuhr den Laptop hoch und suchte und fand in der Mediathek eines TV-Senders eine Chronologie der zurückliegenden Vorwahlen. Eine Ansammlung von Peinlichkeiten, die nicht für die Qualität der angetretenen Politiker sprach und belegte, dass teilweise noch jahrhundertealte Moralvorstellungen existierten: John

Miles Bunker, republikanischer Senator aus Maine, trat in der ersten Woche der Vorwahlen zurück, weil ein Foto auftauchte, das ihn beim Rauchen eines Joints während seines Studiums zeigte. Die demokratische Kandidatin Shannon Warwick beendete ihren Wahlkampf, nachdem herauskam, dass die verheiratete Frau in ihrer Studienzeit eine Liebesbeziehung mit einer Frau gehabt hatte. Und dann der Außenseiter Pete Ayer, ein afroamerikanischer Zahnarzt, der der Republikanischen Partei angehörte und durch seinen Vergleich des amtierenden Präsidenten mit Adolf Hitler in die Schlagzeilen gekommen war. Er hatte aufgeben müssen, nachdem er einem Journalisten einen Fausthieb versetzt hatte.

Der nächste Fall betraf Gouverneur Joel Kraft. Er hatte während der Vorwahlen um die Nominierung bei den Republikanern gekämpft, war aber von der Kandidatur zurückgetreten, nachdem herausgekommen war, dass die CIA in Deutschland mithilfe ehemaliger Stasi-Spione Wirtschaftsspionage betrieben hatte und Gerüchte aufgetaucht waren, dass er verwickelt war. Lozen wusste, dass dies der Wahrheit entsprach. Sie hatte an dem Fall gearbeitet, aber keine Beweise gefunden. Natürlich war sie auch damals für Harvey Farossi unterwegs gewesen. Sie arbeitete wirklich zu oft für den Mann.

Lozen schaute auf den Bildschirm des Laptops. Joel Kraft war zu sehen. Es wäre ziemlich dreist von dem Politiker, nur Monate nach seinem Rückzug eine Schmutzkampagne gegen Adam A. Kettle zu starten, dachte Lozen. Harvey Farossi hatte recht. Es gab viele Verdächtige.

5.

Das eiserne Tor öffnete sich langsam, nachdem sich Eike identifiziert hatte, und er fuhr in den Innenbereich. Die Uniformierten auf den Wachtürmen beobachteten ihn. Nach 50 Metern folgten ein Drahtzaun und ein zweites Tor, hinter dem der Parkplatz lag. Eike hielt sich nicht gerne in Gefängnissen auf. Sie lösten ein Gefühl der Beklemmung bei ihm aus.

Windböen trieben den Schnee durch die Luft. Eike knöpfte die Lederjacke zu, stieg aus und lief zum Y-förmigen Bau im Zentrum der Anlage. Links und rechts lagen jeweils drei hintereinanderstehende, rechteckige, rote Gebäude. In Maka Prison saßen 3 000 Häftlinge ein, die von 1 400 Wärtern bewacht wurden. Das Gefängnis war einer der größten Arbeitgeber in Chayton County und galt bisher als ausbruchssicher.

Im Eingangsbereich des Y-förmigen Baus wartete eine dicke Frau mit grimmigem Gesicht, der man die indianischen Vorfahren ansah und die ein blaues Kostüm trug. Es war Ethel Geller, die Direktorin von Maka Prison.

Sie war fast so groß wie der knapp eins achtzig lange Eike. Er klopfte sich den Schnee aus dem dunkelblonden Haar.

„Was ist passiert, Direktorin?", fragte er, nachdem sie einander die Hände geschüttelt hatten.

„Um 5.30 Uhr morgens wurde die Abwesenheit der Häftlinge Woody Schembechler und Rod Hayes bemerkt und der Alarm ausgelöst."

„Wie sind sie rausgekommen?"

„Ich zeige es Ihnen."

Direktorin Geller führte Eike zur Zelle von Woody Schembechler, die sich im vierten Stock von Trakt C befand, in dem die Häftlinge lebten, die sich im Knast gut benahmen. Auf den ersten Blick sah es aus, als läge jemand im Bett. Aber das täuschte. Unter der Decke lagen Handtücher, Bücher und Kleidungsstücke. Das Bett war zur Seite geschoben worden. Dahinter befand sich ein Loch, durch das ein Mann durchschnittlicher Größe passte. Eike kniete sich davor. Die Wand war an dieser Stelle aus Metall. Nicht sehr dick. Ungefähr der Durchmesser eines Smartphones.

„Sieht es bei Hayes genauso aus?"

„Auf der anderen Seite des Loches ist ein Steg für Wartungsarbeiten. Auf dem ist Schembechler zu Hayes' Zelle gekrochen und hat das Metall zerschnitten."
„Wie konnte er unbemerkt die Löcher in die Wand schneiden, und womit?"
Direktorin Geller schwieg.
„Ist es nicht üblich, dass ein Wächter stündlich die Zellen überprüft?"
Direktorin Geller schwieg.
„Direktorin?"
„Offenbar gab es Nachlässigkeiten seitens des Wachpersonals."
Eike schüttelte den Kopf, obwohl er wusste, dass das Personal des Gefängnisses nicht gut ausgebildet war. Zu teuer. Der Knast war in privater Hand. Es gehörte Joel Kraft, der nicht nur Politiker, sondern auch Unternehmer war. Der Bundesstaat South Dakota zahlte 60,10 $ am Tag für jeden Häftling, weshalb Kraft dafür sorgte, dass Maka Prison gut belegt war.

Eike schob sich durchs Loch und gelangte auf einen schmalen Steg, auf dem man zu drei Rohren gelangte, die in die Tiefe führten.

„Sehen Sie die Rohre, Deputy?"

„Ja."

„Da sind sie runter."

Er bemerkte einen Lichtschimmer.

„Sind Leute von Ihnen da unten?"

„Sie haben den Fluchtweg der Häftlinge nachvollzogen."

Eike krabbelte zu den Rohren und kletterte an den Rundstahlbügeln, mit denen sie an der Wand befestigt waren, nach unten. Es war nicht schwierig. Man musste kein Athlet sein, um es zu schaffen. Unten wartete ein dicklicher Wärter mit grauen Haaren auf ihn. Eike schaute sich um. Er stand in einem engen Gang voller Kabel und Rohre. Die Luft roch abgestanden.

„Ich zeige Ihnen, wie sie rausgekommen sind, Deputy", sagte der Wärter.
Er führte Eike durch ein Netz von Tunneln. In den größeren Gängen gab es Licht. Meistens konnten sie aufrecht gehen. Nach fünf Minuten gelangten sie zu einer Wand, in die ein Loch geschlagen war.

An der Stelle, wo sich das Loch befand, war früher eine Tür gewesen. Jemand hatte sie zugemauert. Eike sah fragend zum Wächter.

„Aus Sicherheitsgründen wurde dieser Zugang in den 1980ern geschlossen."

„Warum?"

„Der Tunnel führt unter der Gefängnismauer durch."

„Verstehe."

Der Wächter stellte die Taschenlampe an. Im Lichtkegel schwebten Staubpartikel. Sie kletterten durch das Loch und betraten einen Gang, in dem die Luft heiß und stickig war, was an den Rohren der Heizungsanlage lag, wie Eike vom Wächter erfuhr. Sie folgten den dicken Rohren, die nach zweihundert Metern in einer Wand verschwanden. Der Wächter zeigte nach rechts. Stahlsprossen führten nach oben zu einem Zugang. Die Klappe stand offen. Schneeflocken rieselten herunter.

„Wir sind hier außerhalb der Gefängnismauer", sagte der Wächter, „das ist ein alter Wartungszugang."

„Wie öffnet man die Klappe?"

„Mit einem Spezialschlüssel."

„Wer hat den?"

„Ausschließlich Gefängnispersonal."

„Tatsächlich?"

Der Wächter zog eine Grimasse.

„Waren Sie vorher schon mal hier unten?"

„Nein."

„Wie lange haben Sie gebraucht, diesen Ort zu finden?"

„Anderthalb Stunden."

„Sie hatten einen Plan?"

„Ja."

„Trotzdem haben Sie anderthalb Stunden benötigt? Gab es mehrere Orte, die in Frage kamen?"

„Nein. Aber ich hab' mich verlaufen. Die Pläne sind nicht sehr genau."

Eike fragte sich, wie lange Woody Schembechler und Rod Hayes gebraucht hatten. Das Loch in der Wand, der Wartungszugang, vieles sprach dafür, dass sie auch einen Plan besessen hatten. Aber nicht nur das.

„Für das Loch in der Gefängniszelle und in der Wand haben die Flüchtlinge Werkzeug benötigt. Haben Sie welches entdeckt?"

Der Wächter leuchtete mit der Taschenlampe in eine Ecke, in der ein grauer Jutesack lag. Eike öffnete ihn und fand einen Schraubenzieher, Metallsägeblätter und einen Vorschlaghammer mit einem kurzen Stiel aus Holz.

„Eine Idee, woher sie das Werkzeug hatten?"

„Nein."

„Was glauben Sie, wie lange haben die Flüchtigen gebraucht, bis sie das Loch in der Zelle und in der Wand fertig hatten?"

„Gute Frage. Die Metallwand in den Zellen ist einen viertel Inch dick. Sie hatten die Sägeblätter und konnten nur nachts arbeiten. Zwei, drei Wochen, schätze ich."

„Und den Zugang zum Tunnel?"

„Der Vorschlaghammer ist nicht sehr groß und der Stiel kurz. Ein, zwei Nächte, würde ich schätzen."

Eike kletterte die Sprossen hoch nach draußen, wo Direktorin Geller, die einen schwarzen Mantel mit Kunstpelzkragen trug, im Schneetreiben auf ihn wartete. Sie befanden sich circa zehn Meter entfernt von der grauen Gefängnismauer. Der bewaffnete Mann im Wachturm sah zu ihnen herunter.

„Wir haben von dieser Stelle mit Hunden die Spur der Flüchtigen verfolgt. Sie sind drei Meilen durch die Prärie gelaufen. Am Homer River haben wir ihre Spur verloren."

Eike schaute sich um. Maka Prison lag auf einer Ebene, die sich bis zum Horizont zog. Vereinzelt gab es Baumgruppen und Senken. Wenn die Flüchtigen tatsächlich in die Prärie gelaufen waren, landeten sie zwangsläufig im Manövergelände. Eike rief Captain America an und informierte ihn.

„Haben Sie noch Fragen, Deputy?", fragte Geller, als er das Smartphone weggesteckt hatte.
„Ja. Wie sind Schembechler und Hayes an das Werkzeug gekommen?"
„Ich weiß es nicht."
Die Direktorin verhielt sich nicht kooperativ. Es gab nur eine Erklärung. Aber die mochte sie verständlicherweise nicht.
„Sie müssen es von einem Wächter haben. In zwei Stunden möchte ich das Personal sehen, das in den vergangenen vier Wochen Kontakt zu den Flüchtigen gehabt hat. Besorgen Sie einen Raum, in dem ich die Verhöre führen kann. Außerdem will ich Zugang zu den Personalakten."
„Ich weiß nicht, ob das so schnell geht."
„Wer nicht da ist, wird zur Fahndung ausgeschrieben."

6.

Woody Schembechler, 45, geboren und wohnhaft in Crook, Chayton County, South Dakota. College-Ausbildung. Lebte vier Jahre in Washington D. C., war als Soldat im Irak. Seit vier Monaten geschieden. Zwei Kinder: Mike, 16, July, 13. Beruf: Mechaniker. Mehrfach vorbestraft wegen Körperverletzung und Drogenhandels. Hatte vor einem halben Jahr in seiner Stammkneipe in Crook zwei Sioux erschossen und war dafür vor sechs Wochen zu lebenslanger Haft verurteilt worden. Auf den Tatortfotos sah Eike über der Bar ein Schild mit den Worten Whites Only hängen. Er saß im Büro von Direktorin Geller, einem kleinen Raum mit grauen Wänden und einem grauen Schreibtisch aus Metall, hinter dem die amerikanische Flagge und die Flagge von South Dakota an der Wand hingen. Es roch nach Lavendel. Auf der Fensterbank standen drei Kakteen und die bronzefarbene Statue eines Rodeo-Cowboys.

Am Computer arbeitete Eike sich durch die Akten der Flüchtigen. Schembechler besaß deutsche Vorfahren. Sein

Urgroßvater war während des Dritten Reiches in der Waffen-SS gewesen und hatte es am Ende des Krieges irgendwie über Südamerika geschafft, unerkannt in die USA einzuwandern. Erst 1981 war er vom Office of Special Investigations enttarnt und als 82-Jähriger vor Gericht gestellt worden. Während des Prozesses war der Alt-Nazi an Herzversagen gestorben.

Woody Schembechler hielt das faschistische Erbe hoch, er war Mitglied der Patriot Nation, einer faschistischen Gruppierung in South Dakota, die von einem weißen Amerika träumte und Schwarze, Indianer, Hispanics, die Regierung in Washington, Kommunisten, Juden und Moslems verabscheute. Die Mitglieder der Patriot Nation gehörten zu denen, die glaubten, dass Operation Swordfish ein Versuch war, eine Diktatur zu errichten.

Am Ende jeder Akte gab es eine Verweisliste auf Kontakte mit anderen Straftätern. Bei Schembechler stand unter anderem der Name Joe Mack. In South Dakota ein berühmt-berüchtigter Name. Mack, der umfangreiche Steuerschulden besessen hatte, war 2012 mit einer einmotorigen Dakota Piper ins IRS-Gebäude, die

Bundessteuerbehörde der Vereinigten Staaten, in Sioux Falls geflogen und hatte dabei sich selbst und drei IRS-Angestellte getötet und weitere acht verletzt. Wie viele der extremen Rechten hatte Mack die Steuerbehörde abgelehnt und in ihr ein Instrument der Regierung in Washington gesehen, die Rechte und Freiheiten der Bürger zu beschneiden. Mack war ein Cousin von Schembechler gewesen.

Direktorin Geller betrat ohne anzuklopfen das Büro.
„Laut den Dienstplänen hatten 14 Personen im vergangenen Monat Kontakt zu den Flüchtigen, Deputy."
„Haben Sie alle erreicht?"
„Nein. Drei sind nicht ans Telefon gegangen."
„Die Namen?"
„Martin Holmes, Sarah Kind und Joe Anderson."
Eike notierte sich die Namen auf einem Block mit Klebezetteln, der auf Gellers Schreibtisch vor einem Foto lag, auf dem die Direktorin, ein schmächtiger Mann und ein dickes Kind in die Kamera grinsten.
„Dass wir sie nicht erreicht haben, muss nichts bedeuten, Deputy."
„Nein, muss es nicht."

Eike sah hoch zu Geller, die ihn mit grimmigem Gesicht anblickte. Sie wusste, dass sie in Schwierigkeiten steckte. Laxe Sicherheitskontrollen bei den Häftlingen, eingeschmuggeltes Werkzeug – es war mehr als wahrscheinlich, dass sie ihren Job verlieren würde. Zu Recht.

„Haben Sie eine Idee, wer von den 14 den Flüchtigen geholfen haben könnte?"

„Nein."

„Danke, Direktorin."

Geller nickte und ging aus dem Raum.

Eike rief ein Foto von Schembechler auf. Das dauerte ein wenig. Der Rechner hatte bestimmt fünf Jahre auf dem Buckel. Das Foto eines drahtigen Typs mit Schnäuzer, buschigen Augenbrauen und hoher Stirn baute sich auf dem Bildschirm auf. Auf der Aufnahme trug er ein Tanktop. Auf der rechten Schulter war eine 88 tätowiert, der Code für den Führer. Der achte Buchstabe im Alphabet war H. Zweimal die Acht stand für HH: Heil Hitler. Früher hatte Eike bei der Berliner Polizei gearbeitet und unter anderem verdeckt in der rechten Szene ermittelt. Daher kannte er die Symbole.

Eike öffnete die Akte von Rod Hayes: 26 Jahre alt, geboren in Sioux Falls, South Dakota. Wohnhaft in Crook. Wegen eines Herzfehlers von der Army abgewiesen. Verheiratet mit einer Sue Allen Kramer, 20. Sie hatten einen vierjährigen Sohn. Hayes arbeitete als Software-Berater und war Gitarrist in der Gruppe Odessa, einer rechtsradikalen Hardrock-Band, die hauptsächlich in den beiden Dakotas auftrat. Hayes war ebenfalls Mitglied der Patriot Nation. Vorstrafen wegen sogenannter Hass-Verbrechen. Unter anderem hatte er einen Holocaust-Überlebenden und einen Aktivisten für Schwulenrechte zusammengeschlagen. Der Aktivist war gestorben. Wegen Totschlags hatte Hayes seit zwei Jahren in Maka Prison gesessen.

Eike sah sich die Fotos an. Hayes besaß ein jungenhaftes Gesicht. Den Schädel hatte er rasiert. Eike schloss die Akte und ging auf das Laufwerk mit den Personalunterlagen. Mindestens einer der Wächter sympathisierte mit den Herrenmenschen. Es würde eine verdammte Fleißarbeit sein, diesen Arsch zu finden. Oder auch nicht. Vielleicht reichte eine gezielte Provokation.

7.

Das Türschloss hatte Lozen schnell geöffnet. Sie betrat das Apartment, das im sechsten Stock lag. Es roch süßlich, nach Parfüm. Die Einzimmerwohnung war spartanisch eingerichtet und sauber. Eine gemusterte Tapete. Kein Bild an der Wand. Nichts auf dem Nachttisch neben dem Ausklappsofa. Nichts auf dem Tisch. Das Sofa sah aus, als hätte noch niemand darauf gesessen. Die Küche war durch eine Theke vom Wohnbereich getrennt. Auf der Theke stand auch nichts. Keine Frage, Janis Dehane verbrachte nicht viel Zeit zu Hause und besaß eine Putzfrau, die regelmäßig den Staub beseitigte. Das Apartment der Reporterin befand sich in einem unansehnlichen, beigen, achtstöckigen Mietshaus im Stadtteil Adams Morgan, an der Ecke, an der die New Hampshire Avenue auf die Swann Street traf. Lozen mochte dieses Viertel von Washington, in dem es viele Bars und Restaurants gab und in dem viele Einwanderer lebten.

Lozen öffnete den verspiegelten Kleiderschrank. Hosenanzüge und tiefausgeschnittene Shirts, ein paar Hemden, kaum Röcke, dafür auffällig viel Reizwäsche und Dessous. Im oberen Bereich entdeckte sie einen rosafarbenen Karton, den sie herunterholte und öffnete. Er war voller Fotos. Wie analog, dachte Lozen. Kinderfotos, Schulfotos, Babyfotos, mehr Kinderfotos, Fotos von der Universität, wieder Babyfotos, dann doch etwas Digitales: eine Festplatte. Aus ihrem Rucksack nahm Lozen den Laptop und schloss den Datenträger an.

Auf der Festplatte befanden sich überwiegend Videodateien. Lozen spielte sie ab. Sie zeigten Janis Dehane bei sexuellen Aktivitäten mit verschiedenen Männern. Mal mit einem, mal mit mehreren, auf Betten und Sofas, in geräumigen Wagen oder im Freien. Die Frau hatte also eine Vergangenheit als Pornodarstellerin. Auf den Aufnahmen sah die Reporterin fünf, sechs Jahre jünger aus und hatte die Haare blond gefärbt, weshalb sie kaum wiederzuerkennen war. Wie es aussah, hatte sie den bezahlten Matratzensport während ihres Studiums betrieben.

Lozen kopierte die Videos auf den Laptop und stellte den Karton mit der Festplatte zurück an seinen Platz. Anschließend sah sie sich weiter im Apartment um. Sie fand wenige private Gegenstände. Ein Kriminalroman und eine Modezeitschrift lagen in der Schublade des Nachttischs. Im Kühlschrank fanden sich Fertiggerichte, Wasserflaschen, Diet Coke, fettarme haltbare Milch und drei Flaschen Weißwein der billigen Sorte. Im Bad fand sie eine auffällig hohe Anzahl an Parfüms und Schminkartikeln, dazu Aspirin, Schlaftabletten und ein Silberdöschen mit Kokain.

Lozen ging zurück ins Wohnzimmer, schaltete den Fernseher ein und arbeitete sich durch die Funktionen des Geräts. Janis Dehane hatte ihre TV-Auftritte der letzten Zeit aufgezeichnet. Der Fernseher besaß einen Internetzugang. Die Verlaufsliste führte Lozen auf Politseiten, auf denen über die Journalistin und das Kettle-Interview berichtet wurde, und auf verschiedene Modeblogs. An den Fernseher war eine X-Box angeschlossen, in der ein Egoshooter geladen war.

Eitel, ein Hang zu Drogen und Alkohol, viel unterwegs, eine dubiose Vergangenheit, keine erkennbaren politischen oder intellektuellen Interessen – die Wohnung zeigte Janis Dehane nicht als journalistische Spitzenkraft, dachte Lozen, als sie das Gebäude verließ, über die verschneite Straße lief und in ihren Wagen stieg, wo sie die Heizung anstellte. Sie rief Nick Davout an und erzählte ihm von den Ergebnissen der Durchsuchung.

„Wir sollten doch direkt mit ihr sprechen", sagte er, „wir verlieren nicht viel. Außerdem haben wir mit den Pornoclips ein Druckmittel."

„Sehe ich auch so."

8.

Gegen neun Uhr abends hielt ein schwarz-gelbes Taxi vor dem Mietshaus, in dem Janis Dehane wohnte. Die Journalistin stieg aus und stapfte unsicher durch den Schnee zum Hauseingang.
„Sie hat offenbar ein Glas zuviel gehabt", sagte Lozen. Sie saß mit Karen Seymour im Wagen, den sie gegenüber dem Haus geparkt hatte.
„Gut für uns. Das macht das Gespräch einfacher."

Die Frauen stiegen aus, überquerten eilig die Straße und erreichten den Eingang, bevor die Haustür zugefallen war. Janis Dehane wartete auf den Fahrstuhl. Lozen und Karen Seymour stellten sich neben sie. Die Journalistin war kleiner als die beiden Frauen. Sie schaute zu Karen Seymour hoch und lächelte. Janis Dehane war stark geschminkt, roch nach Alkohol und trug denselben dunklen Mantel, den sie am frühen Abend getragen hatte, als sie ihren heutigen Beitrag für Vox 5 News gedreht hatte. Darin hatte sie versucht, nach einer Wahlkampfveranstaltung in einem Kaff in Maryland Adam A. Kettle auf einem Parkplatz auf das Interview seines Urgroßvaters anzusprechen. Sie war aber gescheitert, weil der Präsidentschaftskandidat keine Lust verspürt hatte, Rede und Antwort zu stehen. In ihrem Schlusssatz hatte die Reporterin das als Weigerung des Politikers interpretiert, sich mit der Realität auseinanderzusetzen. Das Video stand seit einer Stunde online. Lozen und Karen Seymour hatten es angesehen, während sie auf die Journalistin gewartet hatten.

Die Fahrstuhltür öffnete sich und die Frauen stiegen ein. Janis Dehane drückte auf den Knopf mit der 6 und die Kabine setzte sich in Bewegung.
„Mein Name ist Lozen Graham. Dies ist meine Kollegin Karen Seymour. Wir wollen mit Ihnen über das Kettle-Interview sprechen."
Janis Dehane sah sie überrascht an.
„Jetzt? Bestimmt nicht", sagte die Journalistin. Sie sprach etwas undeutlich.
„Jetzt ist der perfekte Zeitpunkt."
„Wer schickt Sie?"
„Nicht wichtig."

Der Fahrstuhl hielt. Lozen und Karen Seymour nahmen die Journalistin in die Mitte, drückten sie aus der Kabine und zogen sie zur Wohnungstür.

„Bitte aufschließen", sagte Lozen.

Janis Dehane öffnete ihre gigantische Handtasche, suchte und fand den Schlüssel und schloss die Tür auf. Lozen schob die Journalistin in die Wohnung.

Lozen setzte sich mit der Journalistin aufs Klappsofa, Karen Seymour nahm auf einem Barhocker vor der Küchentheke Platz.

„Wer sind Sie?", fragte Janis Dehanc. Ihre Augen waren weit aufgerissen. Keine Frage, sie hatte Angst.

„Ist es Ihnen nicht zu warm in Ihrem Mantel?", fragte Lozen und zog ihre Lederjacke aus. Dadurch konnte die Journalistin ihr Gürtelholster mit der HK P9S sehen.

„Harvey Farossi schickt Sie. Er hat mich gewarnt. Ich lasse mich nicht unter Druck setzen."

„Wer ist er?"

Janis Dehane antwortete nicht.

„Wollen Sie wirklich nicht ihren Mantel ausziehen?"

Die Journalistin schälte sich umständlich aus dem Mantel und legte ihn über die Lehne. Darunter trug sie den obligatorischen Hosenanzug mit dem tief dekolletierten Shirt.

„Sie haben einen schönen Busen."

„Was?"

Lozen grinste die Journalistin an, die ängstlich die Arme vor der Brust verschränkte.

„Mögen Sie Frauen?"

Eine Träne ran über die Wange der Journalistin.

„Verdammt, was wollen Sie?"

„Woher stammen das Kettle-Interview und das Foto? Und kommen Sie mir nicht mit dem Mist, den Sie im Fernsehen erzählt haben."

Janis Dehane sah Lozen an. Dabei lief eine weitere Träne über ihr Gesicht.

„Aber es ist die Wahrheit."

Lozen rieb sich das Gesicht und blickte zu Karen Seymour, die mit den Schultern zuckte.

„Ms. Dehane, ich bitte Sie. Verkaufen Sie uns nicht für dumm. Ich weiß, dass es nicht wahr ist."

„Es ist wahr."

„Okay. Reden wir noch mal über Ihren Busen."

„Was?"

„Zeigen Sie ihn uns."

Janis Dehane schluchzte.

„Also?"

„Ich bin Journalistin. Ich gebe meine Quellen nicht preis", sagte die Journalistin.

Lozen lächelte.

„Sie sind keine Journalistin. Sie sind eine ehemalige Pornodarstellerin, die viel Geld und die Chance ihres Lebens bekommen hat."

Das mit dem Geld war natürlich nur eine Vermutung, aber eine naheliegende.

„Was?"

„Wollen Sie das abstreiten, Ms. Dehane?", fragte Karen Seymour.

Die Journalistin schwieg, blickte auf den hellen Teppichboden und weinte. Lozen gab Karen Seymour ein Zeichen, die daraufhin vom Hocker glitt, zum Kühlschrank ging, eine Weinflasche herausholte, sie aufschraubte, ein Wasserglas aus einem Schrank nahm und beides vor Janis Dehane stellte, die sich die Flasche griff, das Glas fühlte, es auf ex leerte und nachschenkte.

„Das mit den Pornos bereuen Sie bestimmt, oder?"

Lozen legte ihr eine Hand auf die Schulter.

„Ich habe gedacht, die Videos seien aus dem Netz entfernt worden. Marv hatte es versprochen, und ich habe nie welche entdeckt, wenn ich gesucht habe", sagte Janis Dehane schluchzend und leerte das zweite Glas. „Wenn das rauskommt, ist meine journalistische Karriere am Arsch. Ich hab' bereits Angebote als Moderatorin."

„Das Netz vergisst nicht", sagte Lozen. Sie hätte fragen können, wer Marv war und warum sie ins Pornobusiness eingestiegen war, aber es interessierte sie nicht. Janis Dehane bekam einen Weinkrampf.

Fast zehn Minuten brauchte die Journalistin, bis sie sich gefasst hatte. Sie trocknete sich die Wangen und restaurierte ihr Make-up. Als sie damit fertig war, schloss sie die Augen und atmete tief durch.

„Ich habe keine Wahl, oder?"

Lozen antwortete nicht.

„Also, was wollen Sie wissen?"

„Von wem haben Sie die Aufnahmen?", fragte Lozen.

„Von Scott Dewet."

„Wer ist das?"

„Ein Bekannter meines Vaters."

Janis Dehane schenkte sich Wein nach.

„Lassen Sie sich nicht alles aus der Nase ziehen. Wer ist dieser Dewet? Was macht er? Warum kennt er Ihren Vater? Warum hat er sich an Sie gewandt?"

„Mein Vater leitet in Alexandria eine Gruppe amerikanischer Patrioten."

„Patrioten gleich Rechtsradikale oder Patrioten gleich konservative Republikaner?", fragte Karen Seymour.

„Letzteres. Obwohl das bei Scott Dewet nicht klar zu trennen ist. Mein Vater hat mir gesagt, dass er früher bei der Hammerskin Nation war, Sie wissen, diese rassistische Skinhead-Gruppierung. "

„Und weil dieser Dewet Ihren Vater kennt, hat er sich an Sie gewandt?"

„Vermutlich. Er hat mich vor ein paar Wochen auf der Arbeit angerufen und mich um ein Treffen gebeten. Er hat sehr geheimnisvoll getan, wollte nicht, dass wir uns in Alexandria oder irgendwo in Washington treffen. Schließlich war es ein Parkplatz oben in Rockville, an der Stonestreet Avenue, wo er mir das Interview und die Fotos angeboten hat. Mit der Auflage, ihn nicht als Quelle zu nennen."

„Und Sie haben einfach ja gesagt?", fragte Lozen.

Janis Dehane blickte sie an, als hätte sie etwas unerhört Dummes gesagt. Das kannte sie von Nick Davout.

„Ich hatte Material, das den Urgroßvater des aktuellen Präsidentschaftskandidaten der Demokratischen Partei belastete. Das ist die Story, von der jeder Reporter träumt."
„Sie haben sich keine Gedanken darüber gemacht, welche Absichten dieser Dewet verfolgte?"
„Doch, sicher. Aber in diesem Fall spielte es keine Rolle. William A. Kettle - ein Antisemit und Hitler-Freund, das ist von öffentlichem Interesse."
„Bloßgestellt von einem ehemaligen Hammerskin. Das hat Sie nicht gewundert?"
Die Journalistin schwieg.
„Sie sind ja ein Ass in Ihrem Beruf", sagte Karen Seymour.
„Hat er gesagt, woher er das Material hatte und warum er es Ihnen geben wollte?", fragte Lozen.
„Er hat gesagt, er wäre Patriot und Republikaner."
„Hat er sonst etwas gesagt?"
„Dass Harvey Farossi bestimmt Leute schicken würde, aber das hätte er mir nicht sagen müssen. Wer in

Washington arbeitet, kennt Farossi und seinen Ruf. ich habe gedacht, ich komme damit klar."
Die Journalistin zog eine Grimasse.

Lozen und Karen Seymour erhoben sich.
„Kein Wort zu irgendwem über unseren Besuch", sagte Lozen. „Bekannte Politjournalistin hat Porno-Vergangenheit ist ebenfalls eine Story, von der viele Reporter träumen."
Janis Dehane sah traurig zu ihnen hoch und nickte.

9.

Die Sonne stand hoch am Himmel und strahlte durch die vergitterten Fenster des Besucherraumes. In dem saß Eike mit George Echo-Hawk, einem Freund – und Leiter der Polizei in der Buffalohead Reservation – an einem langgezogenen Metalltisch, an dem sechs Personen Platz hatten. George Echo-Hawk sollte die Befragung durchführen. Eike hatte ihn gebeten, ihn in Maka zu unterstützen, weil er hoffte, dass Sympathisanten der Patriot Nation ablehnend auf ein Verhör durch einen Sioux reagierten.

Ein Wächter nach dem anderen wurde in den Raum geführt. Die Reihenfolge der Verhöre war alphabetisch:
Mark Block, 34, Afroamerikaner. Der einzige in Maka. Die Sicherheitslücken waren ihm bewusst. Besaß keine Informationen, wer von seinen Kollegen rassistische Tendenzen aufwies.
Steve Cole, 31, verhielt sich unverdächtig. Behauptete, nichts von den Sicherheitslücken mitbekommen zu haben. Besaß keine Informationen, wer von seinen Kollegen rassistische Tendenzen aufwies.

Hank Cougar, 26, verhielt sich unverdächtig. Die Sicherheitslücken waren ihm bewusst und er behauptete, sie der Direktorin mitgeteilt zu haben. Besaß keine Informationen, wer von seinen Kollegen rassistische Tendenzen aufwies.

Izzy Demsky, 54, Jude. Behauptete, nichts von den Sicherheitslücken mitbekommen zu haben. Besaß keine Informationen, wer von seinen Kollegen rassistische Tendenzen aufwies.

Jim Deace, 45, indianische Wurzeln. Behauptete, nichts von den Sicherheitslücken mitbekommen zu haben. Hielt Izzy Demsky für einen Rassisten.

Steve Dean, 36, verhielt sich unverdächtig. Behauptete, nichts von den Sicherheitslücken mitbekommen zu haben. Besaß keine Informationen, wer von seinen Kollegen rassistische Tendenzen aufwies.

Eike und George unterbrachen die Verhöre und gingen ins Büro von Direktorin Geller.

„Irgendwelche Erkenntnisse gewonnen, Deputy?", fragte sie.

„Nein. Bis jetzt halten sie dicht. Ein klassischer Fall von falscher Loyalität gegenüber Kollegen."

Direktorin Geller ließ Kaffee kommen. Eike und George waren müde. Für jedes Verhör hatten sie 30 Minuten angesetzt. Drei Stunden hatten sie hinter sich – und mindestens drei vor sich.

„Was ist mit Martin Holmes, Sarah Kind und Joe Anderson? Haben sie sich gemeldet?"

„Anderson ist vor zehn Minuten gekommen. Keine Meldung von den anderen beiden. Meine Sekretärin ruft alle halbe Stunde bei ihnen an."

„Gut."

Eike rauchte am offenen Fenster eine Zigarette und ignorierte den missbilligenden Blick von Direktorin Geller.

„Wir machen mit Anderson weiter", sagte er zu George.

„Lass uns noch zehn Minuten Pause machen. Mein Kopf dröhnt."

Joe Anderson, 38, war auf einem Reitausflug gewesen und hatte sein Mobiltelefon nicht mitgenommen. Er verhielt sich während des Verhörs unverdächtig. Behauptete, nichts von den Sicherheitslücken mitbekommen zu haben.

Besaß keine Informationen, wer von seinen Kollegen rassistische Tendenzen aufwies.

Stella Diering, 41, verhielt sich unverdächtig. Behauptete, nichts von den Sicherheitslücken mitbekommen zu haben. Besaß keine Informationen, wer von ihren Kollegen rassistische Tendenzen aufwies.

Steve Douglas, 49, behauptete, nichts von den Sicherheitslücken mitbekommen zu haben. Reagierte aggressiv auf die Befragung durch George Echo-Hawk. Eike schaltete sich ein.

„Gibt es ein Problem, Mr. Douglas?", fragte er.

„Sie sollten draußen sein und die Flüchtigen jagen, anstatt uns zu verhören."

„Hätten Sie Ihren Job gemacht, müssten wir hier nicht sitzen", sagte George.

„Wollen Sie mir erzählen, wie ich meinen Job machen soll?"

„Gerne."

Steve Douglas atmete schwer. Es war ihm anzumerken, dass er kurz davor stand, zu explodieren. Douglas war ein untersetzter Mann mit breiten Schultern und einem Bauchansatz. Sein Haar war voll und dunkel. Er trug eine Hornbrille mit dicken Gläsern.

„Ohne die Hilfe von einem oder mehreren Wärtern wären Schembechler und Hayes nie an das Werkzeug gekommen", sagte Eike.

„Deshalb sind die beiden rassistischen Spinner frei", sagte George.

Steve Douglas besaß mächtige, haarige Hände, mit der linken knetete er die rechte. Am Mittelfinger der linken Hand war eine helle Stelle. Dort trug der Mann normalweise einen Ring. Eike fragte sich, warum der Wächter ihn abgenommen hatte.

„Hatten Ihre Kollegen wie Block, Demsky und Deace Probleme mit den Flüchtigen?", fragte George.

„Keine Ahnung. Fragen Sie die."

„Mögen Sie Block, Demsky und Deace nicht?"

„Was soll diese Fragerei?"

Steve Douglas knetete sich weiter die Hände.

„Würden Sie bitte Ihre Taschen leeren, Mr. Douglas?", fragte Eike.

Der Wächter hörte auf zu kneten und starrte ihn an.

„Warum?"

„Bitte, Mr. Douglas."

„Bin ich festgenommen?"

„Nein."

„Dann leere ich die Taschen nicht."

„Mr. Douglas –"

„Sie können mich nicht dazu zwingen. Ich kenne meine Rechte."

„Mr. Douglas. Zwei Gewalttäter sind auf der Flucht. Es ist eindeutig, dass sie Hilfe von innerhalb des Gefängnisses bekommen haben. Sie verhalten sich unkooperativ. Was glauben Sie, wie lange es dauert, bis ich einen Haftbefehl habe?"

Das Kneten begann wieder. Eike zündete sich eine Zigarette an.

„Rauchen ist in diesem Raum nicht gestattet", sagte Steve Douglas.

Eike blies ihm den Rauch ins Gesicht.

„Also, Douglas?", fragte George.

Der Wächter atmete durch, stand auf und leerte die Hosentaschen. Ein Portemonnaie, Kleingeld, Auto- und Türschlüssel und ein Ring. Er war silbern und recht breit. Eike nahm ihn. Eine 18 war eingraviert. Wieder der Zahlencode. Er zeigte es George.

„Eins für A, 8 für H. Adolf Hitler", sagte Eike.

„Er ist ein verdammter Nazi."

„Jeder hat das Recht auf eine freie Meinung. Das ist von der Verfassung garantiert", sagte Steve Douglas.

„Wo sind Schembechler und Hayes?", fragte George Echo-Hawk.

„Ich lass mich nicht von einer Scheiß-Rothaut verhören."

„Sie sind ein echter Armstrong Custer."

„Und genauso auf verlorenem Posten."

Steve Douglas ballte die Fäuste.

„Schon mal von Selma Prison in New York gehört, Custer?", fragte Eike.

„Nein."

„90 Prozent der Insassen sind Schwarze, Hispanics, Indianer und Juden. Das Gleiche gilt fürs Wachpersonal."

„Und?"

„Ich hab' gute Kontakte. Wir kriegen dich am Arsch, Custer, und ich werde dafür sorgen, dass du in Selma landest und jeder Knacki weiß, was für einer du bist. Das wird dein Little Big Horn."

„Du bluffst."

„Das hat George McKay auch gesagt. Jetzt ist er in Selma die Hure von Kunta Kinte und seinen Brüdern."

Steve Douglas starrte sie an.

„Schembechler und Hayes, wo sind sie?"

10.

„Selma Prison?", fragte George Echo-Hawk.

„Gibt's nicht. Genauso wenig wie George McKay. Typen wie Douglas haben vor nichts mehr Angst, als unter den Menschen zu leben, die sie verachten."

George und Eike standen auf dem verschneiten Parkplatz des Gefängnisses, neben dem blauen Polizeiwagen mit der Aufschrift Sioux Tribe Police. Steve Douglas hatte gestanden, dass er und Sarah Kind den Flüchtigen geholfen hatten, weil Schembechler und Hayes Patrioten seien, die für ein christliches, weißes Amerika kämpften. Die USA müssten vor Juden, Moslems, Schwarzen, Hispanics, Asiaten, Indianern und Kommunisten gerettet werden. Darum hätten sie Schembechler und Hayes befreit. Steve Douglas hatte sich in Rage geredet, jedes Wort war wie eine Kugel aus seinem Mund geschossen, Schweiß hatte sich auf seiner Stirn gebildet, er hatte den Kopf hin- und herbewegt, weshalb die Brille begonnen hatte, ihm von der Nase zu rutschen. Eike und George waren irgendwann einfach aufgestanden und hatten den Verhörraum verlassen.

Eikes Smartphone klingelte. Quickdraw. Es war Sheriff Arendts.

„Wie sieht es bei dir aus, Sohn?"

„Folge einer Spur. Details hab' ich dir gemailt. Brauche Bankauskünfte der Flüchtigen und der involvierten Wächter. Und bei dir?"

„Bisher keine Spur der Flüchtigen. Das Militär unterstützt uns, die Highway Police und die Reservatspolizei bei den Straßensperren."

„Ist das klug?"

„Ich kann keine Rücksicht auf rechte Paranoiker nehmen."

„Verstehe."

„Das FBI ist auf dem Weg. Um 13.00 Uhr gibt es ein Treffen im Rathaus."

„Ich versuch' da zu sein. Ich informiere George. Er steht neben mir."

„Was macht er in Maka?"

„Mir helfen."

„Alles klar."

Der Sheriff legte auf.

„Worüber sollst du mich informieren?"

„Koordinationssitzung mit dem FBI."

George grinste. Die Minneapolis-Division des FBI war für die Dakotas zuständig. Die Chefin hieß Ann Lee Ironwood und war seine Freundin.

Sie stiegen in ihre Wagen und verließen das Gefängnis. George bog nach rechts und fuhr Richtung Reservation, Eike bog nach links. Er wollte zu Sarah Kind. Laut ihrer Akte lebte sie im Norden von Chayton County, an der Grenze zu Butte. Crook, der Wohnort der Flüchtigen, lag wenige Meilen entfernt.

Von der Internetseite American Guard:
Amerikaner, zwei Patrioten ist die Flucht aus einem Konzentrationslager des Feindes gelungen. Mit Mut und Klugheit haben sie bewiesen, dass man wahre Amerikaner nicht einsperren kann, dass wahre Amerikaner sich nicht einer indianischen Hure unterwerfen. Amerikaner, helft den Patrioten. Nehmt sie ein Stück des Weges mit, gebt ihnen etwas zu essen oder einen Dollar. Jede Kleinigkeit hilft. Denn bald wird nicht nur die Polizei, sondern auch die Armee des Diktators in Washington hinter diesen Freiheitskämpfern her sein. Möge Gott mit euch sein.

11.

Eike fuhr von der Landstraße auf einen Feldweg. Die Hügel und Nadelbäume waren von Schnee überzogen. Er mochte den nördlichen Teil von Chayton County. Keine richtigen Berge wie in den angrenzenden Black Hills, keine endlose Ebene wie im Osten des Bezirks. Diese Unentschlossenheit gefiel ihm. Er stoppte den Wagen, fuhr das Fenster herunter und atmete die kühle Winterluft ein. Vor gut vier Jahren war er noch Ermittler bei der Berliner Mordkommission gewesen, ein Großstadtmensch, der mit Natur nicht viel hatte anfangen können. Dann hatte er Sheriff Arendts und seine Tochter Chumani kennengelernt, zufällig, in einer Berliner Kneipe. Vater und Tochter waren auf den Spuren ihrer deutschen Vorfahren gewesen, ein Erbe, das Earl Arendts viel bedeutete. Eike und Chumani hatten sich verliebt und geheiratet, etwas, was Eike bis dahin für sich ausgeschlossen hatte. Schließlich war er nach Homer City gezogen. Vater und Tochter hatten ihm Reiten, die Orientierung in der Prärie, Feuermachen und Spurenlesen beigebracht. Früher war er bei der Identifizierung einer

Tulpe an seine Grenzen gekommen, heute konnte er Bäume benennen. Es kam ihm immer noch verrückt vor.

Chumani war vor einem Vierteljahr gestorben. Ein Autounfall, Fahrerflucht, Eike hatte den Mann am Steuer gejagt und hatte ihn getötet, mit bloßen Händen. Danach hatte er darüber nachgedacht, nach Berlin zurückzukehren. Aber nur für einen Moment. Chayton County war sein Zuhause geworden. Die endlose Weite der Prärie, die Black Hills, das wollte er nicht mehr missen. Wenn er in allein in die Berge ritt, fühlte er sich Chumani nah. Das war sentimental, gewiss, und obwohl er Sentimentalität nicht schätzte, genoss er das Gefühl.

Eike starrte in die verschneite Landschaft und erinnerte sich, wie er und Chumani im Winter durch den Schnee getobt waren. Er fuhr das Fenster hoch.
„Konzentrier' dich auf den Job, Eike", sagte er zu sich selbst.
Die Tendenz zum Selbstgespräch, die er seit ihrem Tod bei sich bemerkte, beunruhigte ihn. Er schaltete Radio Pahá Sápa ein. Chumani hatte den Sender mit anderen Sioux ins

Leben gerufen. Ihre Mutter war eine Sioux gewesen. Ihre indianische Herkunft hatte sie gepflegt.

Der Nachrichtensprecher berichtete von der Flucht von Schembechler und Hayes. Er bezeichnete sie als Flüchtige und Mörder. Ihre Mitgliedschaft in der Patriot Nation erwähnte er nicht. Der rechte Hintergrund der Verbrecher war offenbar noch nicht zur Presse vorgedrungen. Gut. Das machte den Job einfacher.

Eike fuhr den Feldweg weiter und gelangte nach zwei Meilen zu einem einfachen, einstöckigen Farmhaus, das malerisch am Rande eines Tannenwalds lag. Aus dem Schornstein stieg Rauch auf. Eike ärgerte sich, dass er mit dem Polizeiwagen gekommen war. Sarah Kind würde wissen, warum er ihr einen Besuch abstattete. Er stieg aus dem Wagen und stapfte durch den Schnee zum Haus, aus dem Heavy-Metal-Musik drang. Er stieg die drei Stufen auf die Holzveranda und musste wiederholt klopfen, bevor die Musik leiser gedreht und die Tür geöffnet wurde.

„Was wollen Sie?", fragte die Frau.

„Sehen Sie den Wagen nicht?"

„Sie tragen keine Uniform."

„Ist nicht mein Ding. Ich bin Deputy Sheriff Eike Wolfen."

Eike trug eine schwarze Lederjacke, schwarze Jeans und braune Stiefel. Die beige-braune Uniform des Sheriff Office von Homer City hatte er wenige Wochen getragen. Er hatte sie nicht gemocht. Chumani hatte vorgeschlagen, er sollte seinen Schwiegervater in eine Diskussion über kulturelle Unterschiede verwickeln. Der Trick hatte funktioniert. Er musste die Dienstkluft nur bei offiziellen Anlässen tragen.

„Was ist denn Ihr Ding?"

„Das Einfangen von flüchtigen Verbrechern."

„Wer ist geflüchtet?"

„Schauen Sie nicht auf Ihr Handy? Direktorin Geller hat mehrfach versucht, Sie zu erreichen."

„Akku ist leer."

Sarah Kind war eine mittelgroße Frau, Mitte vierzig, mit schulterlangen, blonden Haaren und einem Doppelkinn. Sie trug eine runde Brille, ein rot-schwarzes Baumfällerhemd, Jeans und Stiefel.

„Zu Ihrer Information: Den Häftlingen Schembechler und Hayes ist die Flucht gelungen."

„Oh."

„Sie hatten Hilfe."

„Wie kommen Sie darauf?"

„Sie hatten Werkzeug."

Sarah Kind stemmte die Arme in die Hüfte.

„Was wollen Sie von mir?"

„Steven Douglas hat gestanden. Er behauptet, Sie und er hätten den Flüchtigen geholfen."

„Warum sollte ich sowas tun?"

„Weil Sie Schembechler und Hayes für Patrioten halten und nicht für menschenverachtende Mörder?"

Die Stirn von Sarah Kind zuckte.

„Unsinn."

„Darf ich reinkommen, Ms. Kind?"

„Nein."

Er stieß Sarah Kind ins Haus und blickte ins Wohnzimmer. Plüschige, abgenutzte Möbel, ein Holzfußboden, auf dem billige, bunte Teppiche übereinander lagen. An der Wand hingen ein enormer Flatscreen und gerahmte Fotos.

„Sie dürfen nicht so einfach mein Haus betreten."

„Was sagen Sie zu den Vorwürfen von Steve Douglas?"

„Nichts. Verlassen Sie mein Haus."

Eike sah sich die Fotos an. Sarah Kind und ihr Ehemann. Der Ehemann in Jägerkluft. Der Ehemann im Auto. Kind und ihr Ehemann vor der Hakenkreuzflagge. Kind und ihr Ehemann vor einem brennenden Kreuz. Kinds Ehemann mit freiem Oberkörper, der bedeckt war mit Tätowierungen. Jungs und Mädchen, die auf einen Pappkameraden schossen, der aussah wie ein Afroamerikaner.

„Wo ist ihr Ehemann?"

„Hat 'nen Job in North Dakota. Kommt erst im Frühjahr wieder."

„Sind Sie in der Patriot Nation, Ms. Kind?"

„Geht Sie einen Scheiß an."

Eikes Smartphone klingelte. Quickdraw.

„Ja, Earl?"

„George ist angeschossen worden. Er ist in Bryant auf die Flüchtigen gestoßen."

„Wie geht es George?"

„Zwei Treffer. Liegt im Homer Hospital."

„Und Schembechler und Hayes?"

„Verschwunden."

Ohne ein weiteres Wort legte Eike der Wächterin Handschellen und zog sie zum Wagen. Sie leistete keinen Widerstand. Sie protestierte nicht.

Eike benötigte eine gute Stunde bis nach Bryant, einer Ansiedlung aus fünf Häusern und drei Schnapsläden mitten in der Prärie. Sie lag am Chayton County Highway, direkt an der Grenze zur Buffalohead Reservation und dem Nachbarstaat Wyoming. Vor dem größten der Schnapsläden stand Eikes Kollege, Deputy Ron Maupas, und sprach mit dem Betreiber. In der Gasse neben dem Laden saßen sechs Sioux auf dem Boden und betranken sich. In der Buffalohead Reservation herrschte Alkoholverbot, weshalb die Trinker aus dem Rez, wie die Anwohner die Reservation nannten, in Bryant ihr weniges Geld versoffen, weil der Ort nur 500 Meter entfernt lag.

Eike parkte neben dem Streifenwagen von Maupas, knöpfte die Jacke zu, zog Handschuhe an und stieg aus.
„Wer ist die Frau in deinem Wagen?", fragte Maupas und zeigte auf Sarah Kind, die auf der Rückbank von Eikes Streifenwagen saß.
„Eine Wächterin. Sie hat den Flüchtigen geholfen."

„Schöne Scheiße."
„Was ist passiert?", fragte Eike.
„Schembechler und Hayes haben diesen Laden überfallen. Mr. Harris hier, der Eigentümer, hat einen stillen Alarm ausgelöst."
„Die Schweine sind mit gezogenen Waffen reingestürmt und haben mir rund 300 Dollar abgenommen", sagte Mr. Harris, ein drahtiger Mann in Jeans und Kapuzenshirt, auf dem der Kopf eines bekannten Wrestlers zu sehen war.
„Geld, das Sie alkoholsüchtigen Indianern abgenommen haben, an denen Sie sich dumm und dämlich verdienen", sagte Eike.
„Was soll das heißen? Ich betreibe ein ehrliches Unternehmen und verdiene –"
„Halten Sie die Klappe."
Chumani hatte die Schnapsläden in Bryant immer abbrennen wollen.

„Wieso war George hier? Er hat keine Befugnis in Bryant."
„Er war am nächsten. Wir und die Highway Police waren wegen der Suche nach den Flüchtigen ganz woanders. Da hat Earl ihn gebeten, vorbeizuschauen", sagte Maupas.

„Verstehe. Was ist dann passiert? Eigentlich dauern Raubüberfälle nur Minuten. Wieso ist George ihnen begegnet?"

„Während des Überfalls betrat eine Kundin, eine Anne Three Bears, den Schnapsladen. Schembechler und Hayes sind über sie hergefallen und haben sie vergewaltigt."

„Was haben Sie in dieser Zeit gemacht, Mr. Harris?"

„Was sollte ich tun? Sie waren bewaffnet. Außerdem ist Anne kein Unschuldsengel, wenn Sie wissen, was ich meine."

„Ich weiß nicht, was Sie meinen."

Harris blickte Eike irritiert an.

„Was ist dann geschehen, Ron?"

„George betrat mit gezogener Waffe den Schnapsladen. Es kam zu einer Schießerei. George fing sich zwei Kugeln ein, und Schembechler und Hayes hauten ab."

„Was ist mit der Frau?"

„Sie liegt wie George im Chayton County Hospital."

„Wie sind die Flüchtigen abgehauen?"

„Laut Aussage von Mr. Harris mit einem alten, roten Pickup."

„Wahrscheinlich ein Ford. Ich kenn' mich mit Autos aus", sagte Mr. Harris.

Ein betrunkener Sioux torkelte an ihnen vorbei. Eike wusste, dass George und andere Sioux planten, die Besitzer der Schnapsläden in Bryant zu verklagen. Sie warfen ihnen vor, willentlich Alkohol zu verkaufen, obwohl sie wussten, dass er ins Rez geschmuggelt wurde und infolge des Alkoholismus enorme Kosten fürs die Krankenversicherungen und Sozialdienste entstanden. Verklagen war gut, aber die Idee, die Schnapsläden abzufackeln, gefiel Eike besser.

Eike setzte sich auf die Rückbank neben Sarah Kind.
„Ein Polizist wurde angeschossen und eine Frau vergewaltigt. Wo wollen Schembechler und Hayes hin?"
„Ich sagen Ihnen nichts. An diesem Ort gibt es doch nur versoffene Rothäute. Es wird schon die Richtigen getroffen haben."
Dummheit und Rassismus konnte Eike nicht ausstehen. Wobei Rassismus ohne Dummheit nicht möglich war.
„Warum haben Sie Schembechler und Hayes geholfen?"
„Ich sage nichts."
Sarah Kind war etwas jünger als Schembechler. Ihr Mann war längere Zeit nicht da. Sie war nicht gerade eine

Schönheit. Die Schlussfolgerung war nicht originell, aber oft waren die Dinge einfach.

„Stört es Sie nicht, dass Woody Schembechler eine Sioux vergewaltigt hat?"

„Warum sollte mich das stören?"

„Weil er Ihr Liebhaber ist."

Sarah Kind riss die Augen auf. Die erste ehrliche Reaktion, seit er sie getroffen hatte.

„Was?"

„Weil er Ihr Liebhaber ist."

„Nein …"

„Sie kennen sicher die Fernsehserie CSI. Da müssten Sie doch wissen, was die kriminaltechnische Abteilung heutzutage alles kann."

Sarah Kind sagte nichts.

„Die haben Maka Prison durchsucht und einiges gefunden."

Das war natürlich gelogen. Und die Möglichkeiten der kriminaltechnischen Abteilung waren bei Weitem nicht so märchenhaft wie im Fernsehen, schon gar nicht in Chayton County, South Dakota.

„Was haben die gefunden?"

„Was meinen Sie, was die gefunden haben?"

Sarah Kind ließ den Kopf sinken und schluchzte. Eike wartete.

„Es ist nicht oft passiert. In der Gefängniswäscherei. Merle, mein Mann, ist sieben Monate im Jahr nicht da."

„Wo und wann wollten Sie Woody wiedersehen?"

„Er wollte sich melden, wenn er in Sicherheit ist. Das hat er bisher nicht getan."

„Haben Sie die Werkzeuge besorgt?"

„Nein. Das war Steve. Ich hab' den Wagen und die Waffe besorgt."

„Ich frage noch mal: Wo wollen Schembechler und Hayes hin?"

„Ich weiß es nicht. Und wenn ich es wüsste, würde ich es Ihnen nicht sagen."

12.

Den Geruch von Krankenhäusern mochte Eike nicht. Die Mischung aus herben Desinfektions- und fruchtigen Reinigungsmitteln, Schweiß des Personals, Parfüm der Gäste und dem Gestank der Ausscheidungen fand er ekelerregend. In der Intensivabteilung stieg er aus dem Fahrstuhl und suchte die Zimmernummer, die ihm die Frau am Empfang mitgeteilt hatte. Er war direkt von Bryant ins Krankenhaus gefahren. Sarah Kind hatte Ron Maupas mit ins Sheriff Office genommen.

Eike musste nicht lange suchen. Vor dem Zimmer stand Theresa Echo-Hawk, die Mutter von George. Sie war eine korpulente Frau, die zum gewählten Stammesrat des Rez gehörte und das Prairie Wind Casino betrieb, das die einzig nennenswerte Einnahmequelle der Sioux in Chayton County darstellte. Eike umarmte sie.
„Kriegt die Schweine, Eike."

Durch eine Glasscheibe konnte er ins Krankenzimmer blicken, in dem George lag. Er sah blass und zerbrechlich aus. In seinem Armen steckten Schläuche, deren Funktion

Eike nicht kannte. Auf dem Tisch neben dem Bett stand ein Blumenstrauß.

„Wie geht es ihm?"

„Außer Lebensgefahr. Er hatte wirklich Glück. Keine lebenswichtigen Organe wurden verletzt."

„Gut."

Eine Krankenschwester betrat das Zimmer, schaute auf ein paar Displays und vermerkte etwas auf dem Krankenblatt, das am Bettende hing.

„Wer sind die Flüchtigen, Eike?"

„Zwei rechte Vögel. Dumm und gnadenlos."

„Du weißt, dass die Reservatspolizei dir in allen Belangen helfen wird."

„Ich weiß."

„Und darüber hinaus –"

„Lass deine Schläger aus dem Casino im Casino."

„Ich sage nur –"

„Alles ist gesagt."

13.

Ein massiger Kerl mit rotem Kopf, über 1,80 Meter groß, der ein wenig übergewichtig wirkte, trat aus dem heruntergekommenen Haus. Er trug Stiefel, Jeans, eine blaue Winterjacke, braune Handschuhe und eine blaue Wollmütze. Der Boden war vereist und rutschig. Der Mann hatte Mühe, das Gleichgewicht zu halten. Als er seinen Wagen erreichte, einen verrotteten, weinroten Dodge Diplomat, lehnte er sich erleichtert an die Motorhaube. In dieser Position verharrte er einen Moment, bevor er die Fahrertür, die dunkelblau war, aufschloss, einstieg und – wegen der glatten Straße – im Schritttempo wegfuhr. Der Motor machte ein seltsames Geräusch. Soviel Lozen wusste, wurde der Viertürer seit über 20 Jahren nicht mehr gebaut.

Der Mann, der am Steuer der Antiquität saß, war Scott Dewet. Seit einem Tag verfolgte ihn Lozen. Er lebte in Lower Alexandria, war um sechs Uhr aufgestanden, hatte gefrühstückt und war zum St. Paul's-Friedhof in Alexandria gefahren, auf dem er Gräber ausgehoben, Hecken beschnitten und Schnee geräumt hatte. Gegen drei

Uhr nachmittags hatte er gestern den Friedhof verlassen, war zu einer Bar gefahren, in der er eine Stunde verweilt hatte, bevor er nach Hause gefahren war.

Der Dodge Diplomat bog ab und verschwand aus ihrem Gesichtsfeld. Lozen stieg aus dem Auto, ging zum Haus und öffnete problemlos das alte Türschloss. Der Geruch von kaltem Zigarettenrauch schlug ihr entgegen. Der graublaue Teppichboden, der in der heruntergekommenen Bude ausgelegt war, war voller Brandlöcher. Raum für Raum durchsuchte Lozen. Das Badezimmer war ein Fall für die Seuchenschutzbehörde, das Schlafzimmer hatte seit Langem keiner mehr gelüftet und die Bettwäsche sah aus, als hätte sie seit Ronald Reagans Amtsantritt niemand gewechselt. Das Sofa aus beigem Kunstleder, das im Wohnzimmer stand, und das Regal, in dem sich DVDs befanden, sahen ebenfalls nach den 1980ern aus. An den Wänden hingen die amerikanische Flagge, der deutsche Reichsadler und die gekreuzten Klauenhämmer, das Logo der Hammerskin Nation.

Vor zwei Jahren hatte Graham Security den Auftrag bekommen, den Sohn des Bürgermeisters von Alexandria,

Virginia zu finden, der von zu Hause abgehauen war. Wie sich herausstellte, hatte er sich entschlossen, der Hammerskin Nation beizutreten. Nick Davout hatte ihr damals erzählt, dass das Logo ursprünglich in dem Film The Wall von Pink Floyd aufgetaucht war, wo es zu einer fiktiven Faschistengruppe gehörte, und dass es die Hammerskin Nation einfach übernommen hatte. Die Hämmer standen für den Hammer des Gottes Thor und sollten die Abstammung von der nordischen Rasse verdeutlichen. Krank.

Vom Wohnzimmer gelangte Lozen in einen Raum, in dem ein Stuhl, ein Tisch und ein Computer standen, dessen Herstellungsdatum Lozen auf die Jahrhundertwende schätzte. Sie fuhr ihn hoch und wurde nach dem Passwort gefragt. Sie rief Nick Davout an.
„Ideen fürs Passwort?", fragte Lozen.
Nick Davout hatte Scott Dewet überprüft. Er war 39 Jahre alt. Geboren in einem Kaff in Maryland. Highschool. Keine Berufsausbildung. Geschieden. Drei Kinder. Bis vor fünf Jahren war er ein aktives Mitglied der Hammerskin Nation gewesen. Vorstrafen wegen Körperverletzung, Drogenhandel und illegalem

Waffenbesitz. Das letzte Mal war er vor sechs Jahren im Knast gewesen. Arbeitete seit zwei Jahren auf dem Friedhof.

„Wir gehen logisch vor."

Nick Davout diktierte ihr als Erstes die Namen der Ex-Frau und der Kinder. Als es mit denen nicht klappte, versuchten sie es mit Nazigrößen aus dem Dritten Reich. Auch die waren es nicht. Nick Davout diktierte Lozen die Namen bekannter, amerikanischer Nazis. Der Rechner akzeptierte diese ebenfalls nicht.

„Okay, Familie nicht, Politik nicht, versuchen wir es mit Kultur."

Er gab Lozen die Namen von einem Dutzend rechter Rockgruppen. Auch die verschafften ihr keinen Zugang zum Computer.

Nick Davout entschloss sich, es nun mit den Namen rechtsextremer Terroristen aus den USA zu versuchen, und begann mit Timothy McVeigh, der 1995 den Bombenanschlag auf das Murrah Federal Building in Oklahoma City verübt hatte, bei dem 168 Menschen gestorben waren. Er war es nicht. Aber den zweiten Namen akzeptierte der Rechner. Es war der von Wade

Michael Page, einem Hammerskin, der 2012 in einen Sikh-Tempel in Wisconsin eingedrungen war und sechs Menschen erschossen hatte.

Der Desktop war fast leer. Lozen fand einen Ordner, in dem Scott Dewet Rechnungen sammelte, einen Ordner mit Fotos und ein Computerspiel mit dem Titel Ethnische Säuberung, das war's. Lozen kannte das Spiel. Der Sohn des Bürgermeisters hatte es gespielt. Eine Stadt musste gegen Schwarze, Latinos und Juden verteidigt werden. Der Spieler konnte als Skinhead oder Angehöriger des Ku-Klux-Klans kämpfen. Wenn der Spieler einen Schwarzen tötete, erklangen Affengeräusche, tötete man einen Latino, rief der: Ich mach jetzt Siesta.

Nachdem sie die Fotos auf einen USB-Stick kopiert hatte, öffnete Lozen den Internetbrowser, schaute sich den Verlauf der vergangenen Tage an und entdeckte die Adresse des E-Mail-Providers. Wieder benötigte sie ein Passwort. Nick Davout schlug vor, es weiter mit den Namen von rechtsextremen Terroristen zu versuchen. Beim vierten Anlauf waren sie drin, mit dem Namen James Wenneker von Brunn, einem 88-jährigen Amerikaner, der 2009 ins Holocaust Museum in

Washington D. C. eingedrungen war und einen Wachmann erschossen hatte.

Lozen arbeitete sich durch die empfangenen und versendeten Nachrichten. Wutmails von seiner Ex-Frau, die ihn beschimpfte und ihm mit dem Anwalt drohte, wenn er sich noch mal seinen Töchtern näherte. Mails von Janis Dehanes Vater, in denen er Scott Dewet zu verschiedenen Treffen einlud. Werbemails. Eine Mail von einem Kumpel, der vom Besuch einer Survival Training School berichtete, wo er für 500 Dollar ein Wochenende lang auf Pop-up-Figuren von Juden, Schwarzen, Indianern, Asiaten und Polizisten schießen durfte, die alle einen Davidstern auf der Brust trugen. Lozen verspürte große Lust, Scott Dewet krankenhausreif zu prügeln, und sagte das Nick Davout.

„Behalte deine Emotionen unter Kontrolle", sagte er. Lozen antwortete nicht. Sie wusste, dass er Recht hatte, aber es gab nichts Schlimmeres, als Nick Davout zu sagen, dass er recht hatte, weil es ihn arroganter machte, als er es ohnehin war.

Sie öffnete eine weitere Mail. Der Text bestand aus Ziffern. Sie stellte die FaceTime-Funktion ihres Smartphones an, informierte ihren Gesprächspartner davon und hielt es auf den Monitor, damit Nick Davout die Zahlenreihen sehen konnte.

„Ein Code", sagte er.

„Da wäre ich nicht drauf gekommen."

Nick Davout reagierte nicht. Menschliche Zwischentöne wie Ironie und Sarkasmus entzogen sich gelegentlich seiner Wahrnehmung.

„Mach' Fotos von den Mails, die mit dem Code verfasst wurden."

Lozen folgte der Anweisung ihres Angestellten.

„Ein einfacher Zahlencode, würde ich sagen", sagte Nick Davout, als sie fertig war.

„Was heißt das?"

„Du ordnest jedem Buchstaben im Alphabet eine Zahl zu. Nur Sender und Empfänger kennen die Zuordnung. Sehr simpel. Haben schon die alten Römer praktiziert."

„Wie lange brauchst du für die Entschlüsselung?"

„Nicht lange. Die Vorgehensweise ist sehr einfach. Der Buchstabe E ist der meistgebrauchte. Das heißt, die am

häufigsten benutzte Zahl steht für den Buchstaben. So arbeitet man sich durch den –"
Lozen hörte ein Geräusch von der Eingangstür.
„Muss Schluss machen."

Wer konnte das sein? Arbeitete Scott Dewet heute nicht den ganzen Tag? Sie fuhr den Rechner herunter und ging zur Tür, die leicht offen stand. Sie sah einen schlanken Mann im Wohnzimmer stehen. Er trug einen gutsitzenden, braunen Anzug und schwarze Lederhandschuhe. Seine hellen Haare waren kurz rasiert, wie bei einem Soldaten. Er begann das Haus zu durchsuchen.

Lozen beschloss einer Konfrontation aus dem Weg zu gehen und ging zum Fenster. Es ließ sich nicht öffnen. Sie könnte das Glas zerschlagen, aber das würde der Mann hören. Er wäre schneller im Zimmer als sie hinaus. Also gehen wir es defensiv an, dachte sie. Sie zog Jacke und T-Shirt aus. Darunter trug sie einen verwaschenen, grauen Sport-BH. Sie öffnete die Tür und ging ins Wohnzimmer.
„Scott, Schätzchen, bist du das?"
Der Mann, der eine DVD aus dem Regal in der Hand hielt, sah sie erstaunt an.

„Sie sind nicht Scott", sagte Lozen. Sie hasste den Gedanken, dass der Mann sie für die Freundin von einem Schwein wie Scott Dewet hielt.

Der Mann ließ die DVD fallen und rannte aus dem Haus. Er war schnell. Lozen wusste nicht, wann sie jemanden gesehen hatte, der sich so schnell bewegte. Sie folgte ihm und sah, wie er in einen grauen BMW sprang und davonraste. Sie konnte ihm nicht folgen, sie hatte ihren Wagen einen Block entfernt geparkt.

14.

Die Homer High School, ein flaches, bungalowähnliches Gebäude aus den 1970ern, die Chumani besucht hatte, versank im Schnee. Seit drei Tagen war sie geschlossen. Eike bog auf die Main Street von Homer City mit ihren roten Backsteingebäuden und Holzhäusern im Western-Style ein. Er drückte die Nummer von Ann Lee Ironwood. Bereits zweimal hatte er erfolglos versucht, die FBI-Chefin der Minnesota Division zu erreichen. Sein Smartphone steckte in der Halterung der Freisprechanlage. Das Freizeichen erklang.

Eike sah aus dem Fenster. Susan Ralston, die Besitzerin des Bargain Barn, einer umgebauten Scheune, in der sie Klamotten verkaufte, wie auch die Besitzer von Black Hills Gold, dem örtlichen Schmuckladen, und den beiden danebenliegenden Kunstgalerien schippten Schnee. Der Eingangsbereich von Sarah's Fashion Shop, in dem es schickere Kleidung gab als bei Susan Ralston, war schon geräumt.

Das Freizeichen wurde unterbrochen.

„FBI, Minnesota Division, Special Agent Ironwood."
„Ich bin's."
„Eike. Was ist los? Wir treffen uns doch gleich im Rathaus."
„Hat es dir keiner gesagt? Die Flüchtigen haben George angeschossen."
Schweigen am anderen Ende der Verbindung.
„Er wird es überleben", sagte er.
„Wie ist das passiert?"
Die Stimmte von Ann Lee Ironwood zitterte.
„Schembechler und Hayes sind in Bryant aufgetaucht, haben eine Sioux vergewaltigt und einen Schnapsladen überfallen. Als George erschien, haben sie ihn über den Haufen geschossen."
Eike parkte vor Mike's Diner.
„Ist Bryant nicht der Sündenpfuhl, wo sie Schnaps an Sioux verkaufen?"
„Ja, genau."
„George wollte die Leute da verklagen."
„Man sollte den Ort abfackeln."
„Wahrscheinlich", sagte Ironwood und beendete das Gespräch.

Eike stieg aus und betrat das Diner. Neben Frank Miller, dem Besitzer von Frank's Bakery, die neben dem Restaurant lag, gab es einen Kunden: Dr. Glenn Hoskins, der Leiter des Chayton County Museums, des kleinen Naturkundemuseums des Bezirks, dessen ganzer Stolz Ron, der Stegosaurier, war, dessen vollständiges Skelett die Attraktion seines Hauses war.

Eike grüßte die Männer und bestellte bei Mike, der Besitzerin des Diners, die gelangweilt Kaugummi kaute, einen Becher Kaffee. Der Fernseher lief. Eine Nachrichtensendung. Es ging um Adam A. Kettle, den Präsidentschaftskandidaten der Demokraten, dessen republikanischen Konkurrentin Sandra Mayweather in den Umfragen aufholte. Die Nachrichtensprecherin nannte als Grund ein altes Radio-Interview von Kettles Urgroßvater aus den späten 30er Jahren, in dem er sich positiv über Adolf Hitlers Drittes Reich geäußert hatte. Das könnte ihn die Wahl kosten, dachte Eike. Er zahlte den Kaffee, stieg ins Auto und fuhr weiter. Wegen des starken Schneefalls waren Durham Sports und die örtliche Buchhandlung Piles of Books geschlossen. Eike hielt an der Ampel vor dem Larsen Hotel, vor dem ein Angestellter Salz streute. Das einzige Café der Stadt, das Morrison, war geöffnet. Gäste konnte Eike keine im Inneren erkennen. Die Ampel sprang auf Grün und er fuhr weiter.

Er parkte auf dem Parkplatz hinter dem aus rotem Backstein gebauten Sheriff Office. Er ging um das Gebäude herum, über den verschneiten Platz mit dem Brunnen in der Mitte auf das Rathaus zu, einen imposanten Bau aus grauem Stein. Ann Lee Ironwood stand vor dem Rathaus und rauchte. Ihre langen, blonden Haare waren zu einem Zopf gebunden. Sie trug einen langen schwarzen Mantel, der am Oberkörper eng und um die Beine weit geschnitten war. Für Eike sah sie wie die Heldin eines Mantel-und-Degen-Films aus. Er nahm die FBI-Agentin in die Arme, als er das Rathaus erreicht hatte. Nach einer Weile löste sie sich von ihm. Ihre Augen waren gerötet. Sie hatte geweint. Der Versuch eines Lächelns misslang.
„Sie sind alle schon drin", sagte sie.

Im Büro des Bürgermeisters, einem Raum mit holzgetäfelten Wänden, an denen Landschaftsmalereien und die amerikanische Flagge hingen, saßen Sheriff Earl Arendts, Captain America, ein Vertreter der Highway

Patrol, an dessen Namen sich Eike nicht erinnern konnte, John Two Feathers von der Sioux Tribe Police, ein FBI-Agent, der sich als William Fitzhugh vorstellte, und Joel Kraft. Ihn zu sehen, überraschte Eike, weil er ihn so kurz vor der Wahl in Washington vermutet hätte.

Earl Arendts betrat als Letzter das Büro und entschuldigte sich für seine Verspätung. Er war ein großer Mann Anfang sechzig. Der massive Schädel war kahl. Er hatte eine silbergerahmte Brille auf der dicken Nase, unter der ein buschiger Schnauzbart hing. 365 Tage im Jahr trug der Mann die beige-braune Sheriff-Uniform. An der Hüfte hing ein alter Colt Double Eagle, den er nie gegen eine modernere Waffe tauschen würde.

Der Sheriff schüttelte den Anwesenden die Hand und setzte sich.
„Meine Damen und Herren, lassen Sie es mich kurz machen", sagte Joel Kraft, der hinter einem mächtigen Holzschreibtisch saß. „Ich spreche zu Ihnen sowohl in meiner Funktion als Bürgermeister als auch als Gouverneur. Die Lage ist ernst. Zwei Straftäter sind auf der Flucht, eine Frau wurde vergewaltigt, ein Polizist

angeschossen. Wir müssen die Flüchtigen so schnell wie möglich einfangen."

Eike fragte sich, ob den anderen Teilnehmern bewusst war, dass Kraft auch als Besitzer von Maka Prison ein Interesse daran hatte, dass die Ausbrecher schnell gefasst wurden. Die Flucht war schlecht fürs Geschäft.

„Weil die Zeit drängt, habe ich beschlossen, eine Prämie von 100 000 Dollar auszusetzen", sagte Joel Kraft, „für jeden Hinweis, der zur Verhaftung von Schembechler und Hayes führt. Aus diesem Grund habe ich eine Pressekonferenz einberufen. Außerdem informiere ich Sie, dass mich das US Marshall Service angerufen hat. Sie haben Schembechler und Hayes auf die Most Wanted List gesetzt. Ich erwarte eine reibungslose Kooperation zwischen den Strafverfolgungsbehörden. Es geht in diesem Fall nicht darum, wer sie fängt, sondern dass man sie fängt. Irgendwelche Fragen?"

Es gab keine.

Die Pressekonferenz dauerte 20 Minuten. Nicht alle Plätze waren belegt. In einer normalen Woche wäre das bei einem gelungenen Gefängnisausbruch anders gewesen, aber die Präsidentschaftswahl dominierte die regionale und nationale News-Berichterstattung.

Die meisten Fragen wurden Gouverneur Joel Kraft gestellt, die der Politiker routiniert und präzise beantwortete. Es ging um die ausgesetzte Prämie und die Koordination der Sicherheitskräfte. John Two Feathers sagte etwas zum Gesundheitszustand von George und des Vergewaltigungsopfers. Chester Thomsen, der Herausgeber und Chefreporter des Homer Bugle, der Zeitung, für die Eikes Frau gearbeitet hatte, erkundigte sich bei Earl Arendts, ob die Flüchtigen eine Gefahr für die Sicherheit der Bewohner in Chayton County darstellten, was der Sheriff nicht ausschließen konnte.

Im Anschluss an die Pressekonferenz bat Gouverneur Joel Kraft Eike, ihn in sein Büro zu begleiten.

„Ihre Einschätzung des Falls, Eike?"

„Zwei rechte Spinner auf der Flucht. Wegen völliger Inkompetenz beim Wachpersonal und der Leitung von Maka Prison."

„Was Frau Geller angeht, habe ich bereits die notwendigen Schritte in die Wege geleitet."

„Gut."

Eike überlegte, ob er auf die lausige Leistung des Wachpersonals hinweisen sollte, unterließ es aber. Es war nicht der richtige Zeitpunkt.

„Wie schnell, glauben Sie, kriegen wir die Flüchtigen?"
„Wird schwer. Sie kommen aus der Gegend. Das heißt, sie kennen sich aus und sie haben Freunde, die ihnen helfen werden."
Sie erreichten das Büro, Joel Kraft öffnete die Tür, ging zum Schreibtisch und setzte sich. Eike blieb stehen.
„Ich möchte, dass Sie sich ausschließlich um Schembechler und Hayes kümmern. Ich habe das bereits mit Earl besprochen und Agent Ironwood informiert."
„Okay."
„Ich wünsche ein tägliches Update."
„Kein Problem."
„Wenn ich Sie in irgendeiner Form unterstützen kann, melden Sie sich. Sie haben meine Nummer."
„Eine Frage hätte ich."
„Stellen Sie sie."
„Warum sind Sie in Homer? Sollten Sie nicht Wahlkampf für Mayweather machen? In einigen Tagen wird gewählt."

Joel Kraft lächelte ihn an. Er konnte das gut. Auf Fotos, in Webvideos und Fernsehbeiträgen kam es sogar noch besser.

„Seit wann machen Sie sich Sorgen um das Wohlergehen der republikanischen Kandidatin? Ich habe Sie für einen Anhänger von Adam A. Kettle gehalten. Schließlich haben Sie bei der unschönen CIA-Stasi-Affäre mit Lozen Graham zusammengearbeitet, und die ist ja der Kettenhund von Harvey Farossi."

Eike antwortete nicht. Er war damals zufällig in die Affäre verwickelt worden, als er den Todesfahrer von Chumani gesucht hatte. Es hatte sich herausgestellt, dass er für den Gouverneur arbeitete.

Nachdem die CIA-Stasi-Affäre bekannt geworden war, hatten die Männer eine Art Nichtangriffspakt geschlossen. Eike akzeptierte, dass man Kraft nichts nachweisen konnte, und der Politiker wusste das.

„Machen Sie sich keine Sorgen, Eike. Meine Maschine wartet auf dem Kiglaska Airfield, um mich zurück nach Washington zu bringen."

Kiglaska Airfield war die einzige Landebahn in Chayton County.

„Ich mache mir keine Sorgen, Gouverneur."

Joel Kraft lehnte sich zurück.

„Sehen Sie, ich bin Gouverneur von South Dakota und Bürgermeister von Homer City. Wahlkampf hin oder her: Ich darf meine Verpflichtungen nicht vernachlässigen. Schließlich haben mich die Leute gewählt, damit ich mich um ihre Belange kümmere – und nicht um die der Bundespolitiker in Washington."

Joel Kraft lächelte wieder. Selbst das schlimmste Wahlkampfgewäsch wurde dadurch glaubhaft.

„Viel Glück bei der Wahl, Sir", sagte Eike, nickte Joel Kraft zu und verließ das Büro des Politikers. Er fragte sich, warum dem Gouverneur dieser Fall wirklich so wichtig war.

Das Sheriff Office war fast leer, als Eike es betrat. Earl Arendts befand sich noch im Rathaus, die Deputys Mark Filmore und Ron Maupas suchten die Flüchtigen. Nur Ruthie, mit vollem Namen Ruthie Maria Knox, saß an ihrem Schreibtisch, telefonierte und schrieb nebenbei eine Mail. Auf ihrem Schreibtisch stand ein altmodisches Transistorradio, aus dem leise Countrymusik plärrte. Ruthie war eine ältere Dame, die, wie üblich, einen roten

Trainingsanzug trug, der mit den rötlich gefärbten Haaren korrespondierte. Wer im Sheriff Office anrief, landete bei ihr. Sie entschied, ob der Anrufer den Sheriff oder einen seiner Deputys sprechen durfte oder ob er mit ihr vorliebnehmen musste.

Eike nickte Ruthie zu, ging zu seinem Schreibtisch und setzte sich. Das Sheriff Office bestand aus einem weitläufigen Dienstraum mit Wänden aus unverputztem Stein, in dem vier Schreibtische standen. Es gab eine Zelle, die durch ein Gitter vom übrigen Raum abgetrennt war. In ihr saß Sarah Kind, die am Nachmittag nach Maka überstellt werden würde. Sie starrte Eike hasserfüllt an.
„Sie verletzen meine Bürgerrechte", sagte sie.
Eike antwortete nicht und fuhr den Rechner hoch. Das Hintergrundbild zeigte eine hübsche Frau mit langen, schwarzen Haaren, die Jeans und T-Shirt trug, auf einer Veranda saß und ein Bier in der Hand hielt. Es war Eikes verstorbene Frau Chumani. Sein Schwiegervater hatte ihn mehrfach aufgefordert, das Bild auszutauschen, aber er war noch nicht so weit. Nachdem er im Sommer den Todesfahrer getötet hatte, hatte sich seine Wahrnehmung der Trauer verändert. Der Teil, der schmerzte, der wütend

machte, der einen verzweifeln ließ, war verschwunden. Geblieben war ein kaltes Gefühl, das seine Sinne dämpfte.

Er öffnete den Mail-Account und fand eine Mail von Earl Arendts, mit den Kontoauszügen von Sarah Kind, Steve Douglas und den Flüchtigen. Der Sheriff schrieb Eike, dass er die Bankauskünfte der Wächter erhalten und die Kontoauszüge überprüft habe. Bei Steve Douglas habe es vier Wochen vor Ausbruch zwei Einzahlungen von jeweils 5 000 Dollar gegeben. Vom Konto von Woody Schembechler. Da der zu der Zeit im Knast gesessen hatte, müsse jemand anderes die Überweisung getätigt haben. Wie sich herausgestellt habe, teile er das Konto, trotz Scheidung, mit seiner Ex-Frau. Allerdings wäre unklar, woher Mindy Schembechler das viele Geld hätte. Sie verdiene knapp 1 200 Dollar im Monat und müsse davon einen Kredit und den Unterhalt für sich und das gemeinsame Kind bezahlen. Vor den Überweisungen habe sie das Geld auf ihr Konto bar eingezahlt und gleich überwiesen. Seltsam, dachte Eike.

„Jetzt weiß ich auch, wer Sie sind. Sie sind der Deutsche, der eine Indianerschlampe geheiratet hat", sagte Sarah Kind.

Eike sah sie an.

„Ich hoffe, Sie haben keine Bastarde gezeugt."

Eike und Chumani hatten keine Kinder. Sie hatten sich gemeinsam dagegen entschlossen. Chumani war Reporterin beim Homer Bugle gewesen und hatte sich für die Rechte der Sioux eingesetzt. Im Augenblick wären ihr andere Dinge wichtiger, hatte sie damals gesagt. Eike hatte es ähnlich gesehen.

„Wie kann man nur eine Rothaut ficken?"

Eike ignorierte die Fanatikerin und rief die Homepage der Patriot Nation auf. Hetze gegen den US-Präsidenten, Hetze gegen die Bundespolitik, Hetze gegen die UN, Hetze gegen Juden und Moslems, Hetze gegen Afroamerikaner, Hispanics und Indianer, Essays über Patriotismus und die Werte der Unabhängigkeitserklärung, Artikel über die Unterdrückung des weißen Amerika, über die Unterdrückung des weißen Mannes. Rechte Propaganda fiel in den USA unter den ersten Verfassungszusatz. Diese

Auffassung der Meinungsfreiheit war Eike auch nach vier Jahren noch fremd.

Er arbeitete sich weiter durch die Website, entdeckte weiterführende Links zu Seiten von rechten Hardrockbands – darunter Hayes' Gruppe Odessa – und Websites über Kindererziehung, die für Hausunterricht warben und Lehrpläne und Inhalte anboten. Er fand eine Seite mit Spieletipps, auf der er eine Anleitung entdeckte, wie man eine GI-Joe-Puppe in einen GI-Nazi verwandeln konnte.

Kopfschüttelnd recherchierte er weiter und stieß auf Seiten für die verschiedensten Dinge: Kochrezepte für den aufrechten Neonazi, Partnervermittlungen von Ariern und Arierinnen, die keinen Gleichgesinnten fürs Bett gefunden hatten. Schließlich stieß Eike auf die Seite American Guard, die kurz vor der Flucht von Schembechler und Hayes ins Netz gesetzt worden war und seitdem einzig den Zweck besaß, deren Flucht zu kommentieren. Den ersten Eintrag konnte man sogar als eine Art Ankündigung lesen. Eike schickte den Link zu Ruthie. Sie sollte herausfinden, wer hinter der Website stand.

„Sie sind ein verdammter Verräter an der angelsächsischen Rasse, Sie Deputyarsch", sagte Sarah Kind.

Ruthie stand von ihrem Tisch auf, nahm ihre halbvolle Kaffeetasse, ging zur Zelle und schüttete der Gefangenen die Flüssigkeit ins Gesicht.

„Im Büro des Sheriffs wird nicht geflucht."

Sarah Kind sah Ruthie überrascht an.

„Und wenn Sie nicht ruhig sind, gibt es hiervon was."

Ruthie zog eine Dose Pfefferspray aus der Hosentasche, worauf die Gefangene einen Schritt zurück machte. Ihre Gesichtsmuskeln zuckten unkontrolliert. Sie war wütend, schwieg aber. Sie zu verhören würde keinen Sinn machen, dachte Eike. Mehr als im Streifenwagen würde sie ihm nicht sagen. Sarah Kind war eine Fanatikerin. Sie würde Schembechler und Hayes nicht preisgeben.

Eike rief eine Karte von Chayton County auf. Bryant lag knapp 30 Meilen entfernt von Maka Prison. Zu Fuß konnten die Flüchtigen die Strecke nicht in der Zeit geschafft haben. Wahrscheinlich hatten Steve Douglas und Sarah Kind irgendwo in der Nähe des Gefängnisses den roten Pickup abgestellt. Warum waren Schembechler und Hayes das Risiko eingegangen und hatten den Schnapsladen überfallen? Wahrscheinlich brauchten sie Geld für Essen und Benzin. Oder sie waren einfach dumm.

Genauso schwierig war die Antwort auf die Frage, wo sie hinwollten. Am klügsten wäre es, den Bundesstaat zu verlassen und nach Wyoming, Montana oder North Dakota zu fahren. Eike sah zu Sarah Kind, deren Gesichtsmuskeln sich langsam beruhigten. Nein, die Flüchtigen würden Chayton County nicht verlassen. Sie hatten fast ihr ganzes Leben in der Gegend verbracht. Sie kannten niemanden außerhalb des Bezirks. Sie würden dahin fahren, wo sie Freunde hatten, wo sie jeden Schlupfwinkel kannten. Schembechler und Hayes würden versuchen, in Crook und Umgebung unterzutauchen. Er schaute sich die Karte noch mal an. Von Maka Prison aus lag Bryant quasi auf dem Weg.

Eike sah aus dem Fenster. Die Sonne ging unter und der graue Himmel verfärbte sich schwarz. Es war zu spät, er würde am nächsten Morgen nach Crook fahren. Er schrieb seine Vermutungen in eine Mail, schickte sie an seinen

Schwiegervater, Gouverneur Joel Kraft, Two Feathers, Ann Lee Ironwood und Captain America und fuhr nach Hause. Eike lebte knapp 20 Meilen von Homer City entfernt, fünf Meilen entfernt von der nächsten asphaltierten Straße, mitten in der Prärie, in einem einstöckigen, L-förmigen Gebäude aus dunklem Holz, mit einem Stall für zwei Pferde, das Chumani für sie ausgesucht hatte.

Eike parkte den schwarzen SUV vor dem Haus, stieg die drei Stufen auf die Veranda, stoppte, drehte sich um und starrte in die Dunkelheit, die gar nicht so dunkel war. Es war eine sternenklare Nacht. Das Licht des Mondes reflektierte sich in der verschneiten Prärie. Er zündete sich eine Zigarette an, eine Schwäche, die er und Chumani geteilt hatten.

Auf den morgigen Ausflug nach Crook freute er sich nicht. Er würde wahrscheinlich auf Gesinnungsbrüder der Flüchtigen treffen. Rechtsextremisten waren eine schwierige Klientel. An die Zeit, als er in Berlin verdeckt gegen Faschisten ermittelt hatte, dachte er nicht gerne zurück.

Von der Internetseite American Guard:
Amerikaner, die Agenten der jüdischen Schweine aus Washington durchforsten unseren schönen Staat nach Woody Schembechler und Rod Hayes. Der Gouverneur hat eine Prämie auf die Köpfe der Patrioten ausgesetzt. Als wären wir käuflich. Achtet auf Spitzel. Spürt sie auf und bringt sie zum Schweigen. Möge Gott mit euch sein.

15.

Gräber im Winter auszuheben, war ein Knochenjob. Scott Dewet brach mit dem Presslufthammer die Erde auf. Trotz Kälte und Schnee schwitzte der massige Kerl. Lozen lehnte in einiger Entfernung an einem Baum und beobachtete ihn. Niemand außer ihnen war auf dem Friedhof von St. Paul's.

Nach der Begegnung mit dem schnellen Mann hatte sie Karen Seymour vor dem Haus positioniert. Tatsächlich war der Mann am frühen Abend zurückgekommen. Durchs Fenster hatte Karen Seymour beobachtet, wie er den Rechner hochgefahren und nach zwei Stunden das Passwort geknackt hatte. Anschließend hatte der Mann sämtliche Mails von Scott Dewets Account gelöscht. Als er weggefahren war, war Karen Seymour ihm gefolgt, hatte ihn aber in Chinatown verloren.

Scott Dewet stellte den Presslufthammer ab. Es wurde unheimlich ruhig auf dem Friedhof. Neben dem großen Mann stand eine Schubkarre, in der ein Spaten lag. Den nahm er und begann die aufgebrochene Erde in die Karre zu schaufeln. Den Code seiner Mails hatte Nick Davout nach eigenen Aussagen in einer Stunde entschlüsselt. Es handelte sich um eine Kommunikation mit einem Mann, der sich Markus nannte und einen AOL-Account hatte, der auf MarkusW82@aol.com lautete, was Nick Davout interessant fand, weil bei AOL nur Dinosaurier über 50 waren, die ihren ersten Mail-Account nie geändert hatten. „Könnte eine kleine, aber feine Irreführung sein", sagte er zu Lozen.

Scott Dewet und dieser MarkusW82 hatten sich offenbar einmal persönlich getroffen und danach über codierte Mails kommuniziert. Aus den Nachrichten wurde klar, dass Scott Dewet Interview und Foto von MarkusW82 erhalten hatte. Für die Summe von 10 000 Dollar und die Versicherung, eine patriotische Heldentat zu vollbringen, hatte der ehemalige Hammerskin das Material an Janis Dehane weitergegeben.

Scott Dewet stellte den Presslufthammer wieder an. Nach wie vor waren er und Lozen allein auf dem Friedhof von St. Paul's. Sie holte eine Thermoskanne aus dem Rucksack und trank einen Schluck Zitronengrastee. Ihr war kalt. Sie fror nicht gern. Sie hoffte, dass sie nicht umsonst im Schnee herumstand.

Als Scott Dewet das Grab ausgehoben hatte, tauchte er auf: der schnelle Mann. Diesmal trug er einen schicken, schwarzen Mantel. Lozen glaubte, dass der schnelle Mann und MarkusW82 ein und dieselbe Person waren.

MarkusW82 hatte beide Hände in den Taschen. Als er sich bis auf fünf Meter genähert hatte, bemerkte Scott Dewet den Besucher. Er winkte ihm zu. MarkusW82 lächelte, schüttelte Scott Dewet die Hand, bevor er ihm mit einer eleganten Bewegung den Kehlkopf zertrümmerte, den Spaten packte, Scott Dewet damit das Genick brach und ihn in das frisch ausgehobene Grab schubste. MarkusW82 schaute sich um, bevor er langsamen Schrittes davonging.

Lozen fluchte, sie hätte voraussehen müssen, dass der schnelle Mann Scott Dewet aus dem Weg räumen würde. Er hatte die Hinweise auf seine Person vernichtet, da war es logisch, die einzige Person ins Jenseits zu schicken, die wusste, dass Janis Dehanes Enthüllungsstory Teil einer Intrige war.

Lozen holte ihr Headset aus der Tasche.

„Unser Mann hat Dewet umgelegt. Er verlässt den Friedhof. Schwarzer Mantel. Normale Größe."

Mit Scott Dewet hatte Lozen kein Mitleid. Nazis und Rassisten waren Abschaum. Sie war eine Chiricahua-Apachin. Als sie eine Jugendliche war, war eine Gruppe Weißer ins San Carlos-Reservat eingedrungen und hatte drei ihrer Freundinnen vergewaltigt. Einer von ihnen hatten sie das Hakenkreuz auf die Stirn geritzt. Als die Männer verurteilt worden waren, hatten sie Schwachsinn von der Überlegenheit der angelsächsischen Rasse gequatscht. Seitdem waren Faschisten und Rassisten nichts als Dreck für Lozen. Während ihrer Zeit als Soldatin bei der Army und als Ermittlerin beim CID hatten sie Dutzende von diesen Idioten aus der Armee geschmissen – oder zumindest so auseinandergenommen, dass sie für den Rest ihres Lebens die Folgen spürten.

„Wir sehen ihn", sagte Karen Seymour, „er steigt in den BMW. Ronan und ich folgen ihm."

16.

„Also, ich fasse zusammen: Ein faschistischer Friedhofsgärtner hat von einem Typen das Interview und das Foto bekommen und hat es für 10 000 Dollar an diese Porno-Journalistin weitergegeben", sagte Harvey Farossi.
„So ist es. Er war der Bote", sagte Lozen.
Sie saßen in der Washingtoner Wahlkampfzentrale von Adam A. Kettle, im Konferenzraum, einem Raum mit einem weißen Tisch, an dem zwölf Leute Platz hatten. An den Wänden hingen verschiedene Wahlkampfplakate.

„Ich werde die Schlampe fertigmachen. Morgen weiß die ganze Stadt, dass sie früher mit Bettakrobatik ihr Geld verdient hat. Dann kann sie ihre Karriere vergessen."
„Seit wann bist du so emotional, Harvey?"
„Seit mein Kandidat auf dem absteigenden Ast ist. Dank der Geschichte ist sein Vorsprung auf Mayweather in den Umfragen auf fast nichts zusammengeschrumpft."
Harvey Farossi schlug auf den Tisch und schloss die Augen.
„Wie finden wir diesen MarkusW82?", fragte er.
„Gute Frage."

Karen Seymour und Ronan McIntire hatten ihn erneut verloren, als ein Autofahrer auf der eisglatten Straße die Kontrolle über sein Fahrzeug verloren, sich quergestellt und die Straße blockiert hatte.

„Hinweise?"

„Gut trainiert, guter Anzug, teurer Wagen, kein Nullachtfünfzehn-Schläger. Ehemaliger Soldat oder Polizist, würde ich sagen."

„Finde ihn, Lozen, ich zahle dir ein Schweinegeld. Dafür will ich Resultate sehen."

Lozen sagte nichts. Er hatte recht.

Harvey Farossi holte ein silbernes Pillendöschen aus der Seitentasche seines Jacketts, öffnete es, nahm eine weiße Tablette heraus und schluckte sie. Seit der Wahlkampfmanager total betrunken einen Autounfall gehabt hatte, besaß er ein steifes Bein, das ihm heftige Schmerzen verursachte, weshalb er regelmäßig Schmerzmittel schluckte. Ohne sie funktionierte er nicht. Davon wussten wenige Menschen. Lozen gehörte dazu. Deshalb hatte er keine Hemmungen, vor ihren Augen eine Pille einzuwerfen.

„Vielleicht sollte ich diese Dehane doch nicht schlachten. Eine Journalistin, die man in der Hand hat, ist in Washington unbezahlbar. Und dank dieser Geschichte wird sie bestimmt Karriere machen."

Harvey Farossi erhob sich, zog den dicken Wintermantel an, der über der Stuhllehne hing, nahm seinen Krückstock, öffnete die Tür, humpelte aus dem Konferenzraum, ging durch eine Gruppe Wahlkampfhelfer, die Flugblätter und Anstecker in Kartons packten, zum Ausgang und trat ins Freie, wo ihm der Wind Schnee um die Ohren pustete.

Eine halbe Stunde nach dem Treffen mit Harvey Farossi saß Lozen in ihrem Büro hinter dem massiven Schreibtisch, trank Kaffee mit Karamell-Aroma und sah auf die an den Wänden hängenden Westernlandschaften von Albert Bierstadt. Wie sollte sie MarkusW82 finden? Sie wusste es nicht. Zu wenige Informationen, hatte Nick Davout gesagt, nachdem sie das Problem diskutiert hatten. Er hatte recht. Die Angelegenheit schien einer dieser Fälle zu werden, die vielversprechend begannen und dann im Nichts endeten. Das ärgerte sie – aus professionellem Ehrgeiz, aber auch weil es bedeutete, dass sie die Erfolgsprämie nicht bekommen würde.

123

Lozen holte den Laptop aus dem Rucksack, steckte ihn in die Docking Station, fuhr ihn hoch und rief Scott Dewets Foto-Ordner auf, den sie kopiert hatte. Viel Hoffnung hatte sie nicht, dass es sie weiterbringen würde. Sie öffnete das erste Bild. Eine Frau, nackt, die Beine gespreizt, auf einem Bett liegend; dieselbe Frau in der Küche; dieselbe Frau mit drei Kindern – wahrscheinlich seine Ex. Weitere Bilder von den Kindern. Weitere Nacktaufnahmen der Frau. Ein Foto von Timothy McVeigh im orangenen Gefängnis-Outfit. Dazu der Satz: Für die mit Hoffnung. Für die mit Mut. Für die, die begriffen haben, dass nur Gewalt, nur eine Weiße Revolution unsere Rasse retten kann. Sie stieß auf Porträtaufnahmen von Männern, die sie nicht kannte. Lozen hatte eine Ahnung und überprüfte die im Internet. Tatsächlich, Scott Dewet blieb seiner Verehrung für rechte Terroristen treu: Scott Roeder, der einen Arzt getötet hatte, der Abtreibung durchführte, Richard Poplawski, der drei Polizisten erschossen hatte, weil er Angst hatte, dass er keine Waffe mehr tragen dürfte.

Lozen schloss den Foto-Ordner. Zeitverschwendung. Ciao, 250 000 Dollar. Sie beschloss den Arbeitstag zu beenden. Sie packte den Laptop in den Rucksack, verließ das Büro, fuhr mit dem Fahrstuhl in die Tiefgarage, stieg in den Wagen, stellte die Heizung und das Radio an und fuhr nach Hause, was bei den aktuellen Wetterverhältnissen mindestens eine Stunde dauern würde.

Kein Ende des Winters absehbar, verkündete die Wetterfrau von WTOP Radio, als Lozen nach 70 Minuten anhielt. Sie stellte das Radio aus, stieg aus dem Auto und stapfte durch den Schnee auf das einstöckige Holzhaus zu, von dessen Fassade die blaue Farbe blätterte. Der Baum auf dem Grundstück sah wilder aus als die übrigen an der Straße. Aus dem Briefkasten an der Straße quollen Werbeprospekte. Anders als bei den Nachbarn lag der Zugang zum Haus voller Schnee. Es kostete Lozen einige Mühe, bis zur Tür zu gelangen. Sie war nicht oft in ihrer Bleibe in dem Washingtoner Vorort, meistens übernachtete sie in einem Apartment in der Stadt.

Lozen schloss die Haustür auf und machte das Licht an. Es war ein typisches Haus in einem Vorort einer amerikanischen Großstadt. Die Küche war durch eine

Theke vom Wohnbereich getrennt. In dem befanden sich ein dreisitziges Sofa mit einem flachen Holztisch und ein Flatscreen-Fernseher mit Netzverbindung. An den Wänden hingen – wie im Büro – zwei romantisch verklärte Westernlandschaften von Albert Bierstadt. Arvist hatte sie gefragt, warum sie die Bilder mochte. Weil die Stimmung und die Farben der Gemälde sie ansprachen, hatte sie geantwortet. Normalerweise lehnte sie die übliche Darstellung der Pioniertage ab. Mutige, weiße Cowboys und Farmer, die die Wildnis eroberten, Städte errichteten und die Nation aufbauten. Der Völkermord an den Indianern wurde komplett ausgeblendet.

Ohne ihre Jacke auszuziehen, ging sie in die Küche, kochte einen Zitronengrastee, ging auf die Veranda an der Rückseite des Hauses, fegte mit der Hand den Schnee vom Schaukelstuhl, setzte sich und nippte an dem heißen Getränk. Von der Veranda blickte sie auf einen Garten, in dem zwei Bäume standen und der von einem mannshohen Holzzaun umgeben war. Arvist hatte die Veranda gemocht. Lozen fragte sich, warum sie gerade jetzt an den Deutschen denken musste. Zumindest hatte er seit der Nacht vor dem William H. G. Fitzgerald Tennis Stadium keine SMS mehr geschrieben. Sie nippte erneut am Tee und lenkte ihre Gedanken auf ein anderes Thema.

Verdammt, wie konnte sie MarkusW82 auftreiben? Sie musste offener denken. Der schnelle Mann war nach dem Mord an Scott Dewet in die Innenstadt gefahren. Um seinem Auftraggeber Bericht zu erstatten? Um nach Hause zu fahren? Sie wusste es nicht. Wo genau hatten Karen Seymour und Ronan McIntire ihn verloren? Lozen nahm ihr Smartphone aus der Jackentasche und rief Karen an. Ecke E Street North West, 10 Street North West habe sich der Wagen quergestellt, sagte sie. Und wo hatte sie ihn beim ersten Mal verloren, wollte Lozen wissen. Massachusetts Avenue auf der Höhe der 3rd Street, erklärte ihre Angestellte. Das war nicht weit vom Weißen Haus bzw. vom Capitol Hill, aber näher zum Hauptquartier des FBI in der Pennsylvania Avenue. MarkusW82 wäre ein Ex-Soldat oder Ex-Cop, hatte sie Harvey Farossi gesagt. Warum Ex? Warum kein aktiver FBI-Agent? Es ging um die Präsidentschaftswahlen. Wer Adam A. Kettle aus dem Rennen werfen wollte, besaß politische Interessen, war wahrscheinlich in D. C. vernetzt, unterhielt Kontakte zu den Ordnungsbehörden.

Was, wenn der schnelle Mann ein aktiver FBI-Angehöriger wäre? Das würde seine Professionalität erklären.

Lozen rief Harvey Farossi an.
„MarkusW82 ist ein FBI-Agent."
„Wie kommst du darauf?"
„Es ist eine Möglichkeit."
„Eine Möglichkeit? Sind wir jetzt bei Möglichkeiten?"
Lozen überging die Frage.
„Ich mach' mit Karen, die ihn auch gesehen hat, ein Phantombild."
„Und dann?"
„Rufst du deinen Buddy Jack an, der es überprüfen soll."
Jack Manusco war Assistant Director in Charge in New York City, was bedeutete, dass er das dortige FBI-Büro leitete.
„Das ist viel verlangt von Jack."
Lozen zuckte mit den Schultern, als könnte Farossi sie sehen, und beendete das Gespräch. Von der Straße hörte sie ein näher kommendes Räumfahrzeug. Sie ging ins Haus, holte eine Schaufel aus der Abstellkammer und begann den Zugang zum Haus vom Schnee zu befreien.

17.

Ein starker Wind hatte eingesetzt, der den Schnee am Boden aufwirbelte. Der Himmel lag wie eine graue Wand über der Prärie. Eike stieg aus dem Wagen, klappte den Kragen der Lederjacke nach oben und blickte auf Crook, eine Ansammlung von 43 Häusern in einer Senke, auf die sich rund 96 Bewohner verteilten. Der Ort lag am äußersten Rand von Chayton County. Eike war zuvor nie in Crook gewesen. Es gab kein Sheriff Office, keine Kirche, keine Jobs und keine Einkaufsmöglichkeiten, aber immerhin einen Bürgermeister. William Lester hieß der. Eike hatte daran gedacht, mit ihm zuerst zu sprechen, die Idee aber verworfen, weil er nicht wusste, wo der Mann politisch stand.

Woody Schembechlers Ex-Frau lebte an der Ortsgrenze. In der Hoffnung, dass die Ex sich nicht loyal verhielt, hatte er beschlossen, mit ihr zu sprechen. Das Haus lag an der Main Street. Ein einfaches Gebäude aus Holz. Im Vorgarten standen ein verschneites Autowrack und ein rostiger Grill. Eike stieg aus seinem SUV. Auf den Dienstwagen hatte er verzichtet. Er wollte nicht mit der

Tür ins Haus fallen wie bei Sarah Kind. Aus dem gleichen Grund lag sein Schulterhalfter unter dem Sitz.

Er stapfte durch den gefrorenen Schnee zur Eingangstür. Er musste nicht klingeln. Ein schlaksiger Junge im schwarzen T-Shirt, auf dem das Totenkopf-Symbol des Comic-Helden The Punisher zu sehen war, öffnete die Tür.
„Was kann ich für Sie tun, Mister?"
Der Sohn. Mike. Sechzehn Jahre alt. Wenn er sich richtig an die Angaben in der Akte erinnerte.
„Ich würde gerne mit Ms. Schembechler sprechen."
„Und Sie sind?"
„Horst Wessel, ein Freund deines Vaters."
Eike wusste nicht, warum er gelogen hatte, es war eine intuitive Entscheidung gewesen. Eike handelte oft intuitiv. Manchmal mit Erfolg, manchmal nicht, und stets zum Verdruss seiner Vorgesetzten.
„Sie haben einen starken Akzent, Mister."
„Ich komme aus Berlin in Deutschland. Ich wohne erst seit ein paar Jahren in den Staaten."
Eine Frauenstimme aus dem Inneren des Hauses rief, dass Horst Wessel eintreten dürfe. Mike Schembechler ließ ihn ins Haus. Es gab keinen Flur. Der Besucher stand sofort

im Wohnzimmer, einem Raum mit einem hellbraunen, flauschigen Teppich, billigen Holzmöbeln, einem Flachbildschirm und einer Playstation. An der Wand hing die Flagge der Konföderierten. Auf einer Anrichte standen Fotos. Woody Schembechler und seine Frau beim Grillen, Woody Schembechler und seine Frau an einem einarmigen Banditen im Prairie Wind Casino, Woody Schembechler und seine Frau auf einer Demonstration. Er trug ein schwarzes Hemd, sie ein T-Shirt, auf dem Hitler zu sehen war. Über dem Kopf des Diktators stand der Satz Next time ... no more Mr. Nice Guy.

Der Fernseher lief. Irgendeine Serie. The Walking Dead, Z Nation, Ash vs. Evil Dead, Eike war sich nicht sicher. Mit Untoten hatte er es nicht so. Schembechlers Ex lag auf einem alten, auberginefarbenen Sofa, rauchte und trank eine Cola. Sie war eine dralle Blondine in zu engen Jeans und in einem zu engen schwarzen T-Shirt, unter dem sich der BH abzeichnete. Noch war sie ein Mädchen, das sich die Typen aussuchen konnte, aber diese Zeit neigte sich dem Ende zu.

„Mr. Wessel, was kann ich für Sie tun?"

„Ich suche Woody."

„Wir sind nicht mehr zusammen."

Woody Schembechlers Ex sah ihn an. Eike konnte den Blick nicht deuten. Überprüfte sie ihn oder schaute sie, ob er in ihr Beuteschema passte und ein möglicher Clinch im Bett drin war?

„Sie wissen, dass Woody aus dem Gefängnis geflüchtet ist?", fragte die Frau.

Laut Akte hieß sie Mindy Schembechler, geborene Tutrell. Hatte nach der Scheidung ihren Mädchennamen nicht wieder angenommen. Sie war 38, ohne Schulabschluss und arbeitete Teilzeit als Verkäuferin in einer Mall im Nachbarstaat. Keine Vorstrafen.

„Ja."

„Kennen Sie ihn gut?"

„Ich kenn' ihn aus Maka. Saß da vor drei Jahren für ein halbes Jahr."

„Wie ist Deutschland so?", fragte Mike.

„Sie kommen aus Deutschland?", fragte Woody Schembechlers Ex.

„Hat er gesagt, Mom."

Eike legte ein Lächeln auf.

„Er hat recht, Ms. Schembechler."

„Woody träumt davon, nach Deutschland zu reisen. Nürnberg, Berlin. Das interessiert ihn."

„Schöne Orte."

„Setzen Sie sich, Mr. Wessel."

„Nennen Sie mich Horst."

„Ich bin Mindy."

Er setzte sich neben sie aufs Sofa. Sie roch nach billigem Parfum von der Sorte, die unter dem Namen eines Popstars vertrieben wurde.

„Gefällt Ihnen Amerika?"

„Sehr."

„Warum sind Sie in die USA gekommen?", fragte Mike, der sich mittlerweile im Schneidersitz auf den Boden gesetzt hatte.

„Hier wird der Kampf für die Sache der Weißen ernsthafter geführt als bei uns."

Mike Schembechler nickte wild mit dem Kopf. Er war bereits ideologisch infiziert.

„Schatz, bring doch Horst und mir ein Bier", sagte Mindy Schembechler.

Ihr Sohn sprang auf, lief in die Küche und kam kurz darauf mit zwei Dosen Bier zurück, die er seiner Mutter und Eike gab.

„Darauf, dass sie Woody nicht schnappen", sagte Mindy Schembechler.

Eike prostete ihr zu. Offenbar stand sie loyal zu ihrem Ex.

„Was bringt dich nach South Dakota?"

„Hatte vor ein paar Wochen Ärger in New York. Hab' einen Latino zu hart angefasst, weil er mich über den Tisch ziehen wollte. Fand' seine Familie, und ist riesig, nicht gut. Seitdem fahr' ich durchs Land. Nehm' 'nen Job an, wenn sich was bietet. Als ich vom Gefängnisausbruch gehört hab', war ich in Deadwood und hab' gedacht, ich fahr mal rüber nach Crook."

„Scheiß-Latinos", sagte Mike.

Eike nickte.

„Glaubst du, Woody ist noch in der Gegend, Mindy?"

Sie sah ihn misstrauisch an.

„Weiß nicht."

Sie trank einen Schluck Bier. Mindy Schembechler war nicht so doof, wie sie wirkte.

„Weshalb hast du überhaupt in Maka gesessen?"

„Illegaler Verkauf von Alkohol im Rez."

„Wieso haben sie dich nicht aus dem Land geworfen, nachdem du im Knast warst?"

„Ich bin amerikanischer Staatsbürger."

„Heirat?"

„Ja. Hab' sie in Berlin getroffen. Auf einem Konzert der Blond Haired Daredevils."

„Die sind immer noch super. Ich steh' auf Boots ", sagte Mike.

Die Blond Haired Daredevils waren eine rechte US-Hardrockband, die weltweit in der rechten Szene seit fast zehn Jahren verehrt wurde. Boots war einer ihrer bekanntesten Songs, in dem beschrieben wurde, wie ein Afroamerikaner von weißen Patrioten zu Tode getreten wurde.

„Wo ist deine Frau?"

„Wurde vor zwei Jahren überfahren."

„Oh. Tut mir leid."

„Sie war eine tolle Frau."

„Kinder?"

„Leider nein."

Eike sah zu Mindy Schembechler, die ihn traurig anblickte. Offenbar hatte seine Lügengeschichte funktioniert.

„Ich hab' ein zweites Kind, eine Tochter. Ist bei ihren Großeltern. Woody liebt sie über alles. Er hat darauf bestanden, dass die Kinder ihn in Maka besuchen."

„Klingt, als gäbe es noch eine Chance für euch."

Mindy Schembechler zuckte mit den Schultern.

„Wer weiß? Er hat lebenslang. Was für einen Sinn macht da eine Ehe?"

Sie leerte das Bier und schickte Mike Schembechler in die Küche, um Whiskey und Eis zu holen.

„Ich trink' ihn mit Eis. Egal ob Sommer oder Winter, keine Ahnung, warum. Whiskey schmeckt gekühlt einfach besser."

Mike Schembechler kam mit einer Flasche Coyote 100 Light Whiskey, einer lokalen Marke, zwei Gläsern und einer Schale mit Eiswürfeln zurück. Als er das auf den Sofatisch gestellt hatte, nahm er die Fernbedienung, ging ins Netz, fand einen Song der Blond Haired Daredevils und spielte ihn ab. Mindy Schembechler schenkte ein, sie stießen an und leerten das Glas in einem Zug.

„Ah, das tat gut", sagte sie.

Eike spürte den Alkohol, obwohl er ausreichend gefrühstückt hatte. Mindy Schembechler lehnte sich an Eike.
„Du musst nicht denken, dass ich immer so früh trinke."
„Denke ich nicht."
„Ist gerade eine harte Zeit."
„Sicher. Kann ich mir vorstellen."
Sie legte den Kopf auf seine Schulter. Ihr Haar fühlte sich strohig an.
„Mike, geh doch auf dein Zimmer."
„Ach, Mom."
„Mike."
Eike war erleichtert, als er draußen ein Auto vorfahren hörte. Mindy Schembechler richtete sich auf.
„Das müssen Dwayne und Helen sein. Sie sind früh dran", sagte sie, „Mike, lass sie rein."
Mit der Fernbedienung stellte sie die Musik leise.
„Dwayne ist ein Freund von Woody. Sie sind zusammen in der Patriot Nation."

Dwayne war ein kräftiger Kerl mit einer kräftigen Wampe. Ein dünner Bart umrahmte seinen Mund. Die Haare waren militärisch kurz geschnitten. Als wäre es wärmster Sommer, trug er ein offenes Jeanshemd, darunter ein Tanktop, eine Camouflage-Hose und beige Stiefel. Hinter ihm stand eine dünne Frau in einer blau-schwarzen Winterjacke und Handschuhen. Dwayne blickte Eike ausdruckslos an.
„Darf ich vorstellen: Das ist Horst. Ein Freund von Woody."
Eike verfluchte sich, dass er nicht einen anderen Namen gewählt hatte. Seine Überheblichkeit konnte ihm gefährlich werden. Nicht jeder Amerikaner war eine Null in europäischer Geschichte.

Dwayne reichte ihm die Hand. Eike stand auf und drückte sie. Dwayne war ein starker Mann.
„Woher kennst du Woody?"
„Aus Maka."
„Warum warst du drin?"
„Er hat Schnaps an die Rothäute verkauft", sagte Mindy Schembechler.
„Gut verdient?"

„War okay."

Dwayne wand sich an Mindy Schembechler.

„Kommst du?"

„Ja. Horst, willst du mit?"

Dwayne machte einen überraschten Gesichtsausdruck.

„Wohin?", fragte Eike.

„Ein Treffen von Woodys Freunden."

„Ja, gerne."

Dwayne sah Eike ernst an. Ihm gefiel die ausgesprochene Einladung offenbar nicht.

„Es ist ein Treffen der Patriot Nation", sagte er.

„Horst gehört zu uns", sagte Mindy Schembechler.

„Ist das so?"

„Ja", sagte Eike.

„Wir können nicht jeden zum Treffen mitnehmen. Du könntest ein Fed sein."

„Bin kein Bundespolizist."

„Kann jeder sagen. Zum wem gehörst du?"

Dwayne grinste ihn an und rieb sich seinen mächtigen Bauch.

„Bis sie 2010 von den Bullen zerschlagen wurden, war ich in Berlin bei den Weißen Wölfen."

„Nie von der Gruppe gehört. Und dann?"
„Danach bin ich in die USA gekommen. Hab' mich aber niemandem mehr angeschlossen."
Bei den Weißen Wölfen hatte Eike verdeckt ermittelt. Es war eine terroristische Gruppierung gewesen, auf deren Konto ein halbes Dutzend Morde an Türken und Asylbewerbern gingen.

Dwayne befahl Mike Schembechler nachzuschauen. Der Junge holte ein Tablet, ging ins Internet und fragte, wie sich Weiße Wölfe schrieb. Eike buchstabierte es für ihn. Als er zum Umlaut kam, war der Junge irritiert. Eike erklärte ihm, dass es in der Sprache des Führers solche Buchstaben gäbe.

Nachdem Mike Schembechler die Enter-Taste gedrückt hatte, erschienen die Suchergebnisse. Auf der zweiten Seite fand der Junge einen englischsprachigen Text. Er gab Dwayne das Tablet, der den Artikel durchlas. Als er damit fertig war, drehte er sich zu Eike.
„Ihr habt es dem Abschaum damals gezeigt."
„Ja."

„Warum bist du nicht in den Knast gewandert wie die meisten deiner Brüder?"

Eike beschloss, es war an der Zeit weniger nett zu sein.

„Was willst du mit dieser Frage sagen? Dass ich meine Leute im Stich gelassen habe?"

Dwayne lächelte ihn an.

„Und wenn es so wäre?"

„Reiß' ich dir den Kopf ab."

Dwayne lächelte weiter.

„Wirklich?"

„Ja."

Die Männer starrten sich. Plötzlich fing Dwayne an zu grinsen und schlug Eike auf die Schulter.

„Du bist in Ordnung, Mann."

18.

Dwayne bog von der Landstraße ab, auf einen nicht asphaltierten Weg, der über zwei Hügel in ein Waldstück führte.
„Gleich sind wir im Valley Forge-Lager", sagte er.
Sie gelangten zu einem Tor, an dem ein fröstelnder Wächter mit einer Schrotflinte stand. Hinter ihm hing ein Schild, auf dem Whites only stand. Dwayne begrüßte den Mann am Tor und erklärte, wer Eike war. Der Wächter nickte und sie durften passieren. Nach zweihundert Meter erreichten sie den Parkplatz, auf dem viele Autos standen. Eike stieg aus und schaute sich um. Ein Wachturm, auf dem ein Mann ohne eine sichtbare Waffe stand, ein einstöckiges Farmhaus, daneben ein Stall. Etwas weiter hinten sah er ein Gebäude, auf dessen Dach ein Hakenkreuz gemalt war.

„Komm", sagte Mindy Schembechler und hakte sich bei ihm ein.
Ihr Sohn lief zu einer Gruppe Jugendlicher.
„Du wirst die besten Steaks deines Lebens bekommen", sagte Dwayne.

Sie gingen zum einstöckigen Farmhaus, vor dem ein großes Holzkreuz im Schnee lag, um das herum Kinder spielten. Neben dem Eingang befand sich ein Grill, auf dem zwei Dutzend T-Bone-Steaks lagen. Ein untersetzter Mann, der eine Mütze mit Ohrenschützern, einen Rollkragenpulli, fingerlose Handschuhe und eine blutrote Schürze trug, wendete das Fleisch. Dwayne stellte ihn als Pete vor. Ein zweiter Mann am Grill legte Steaks auf Pappteller und verteilte sie. Mit dem Essen betraten sie das Haus und gelangten in einen Saal, in dem Tische und Bänke aufgebaut worden waren. Eike setzte sich neben einen Skinhead und seine extrem tätowierte Freundin, die Burger aßen. Sie stellten sich als Seth und Mary aus Sioux Falls vor, als Eike sie um die Ketchup-Flasche bat, die vor ihnen auf dem Tisch stand.

Eike schaute sich um. Der Raum war halbvoll. An den Wänden hingen ein Büffelkopf, ein Portrait von George Washington, ein Hakenkreuz und die Flagge der Konföderierten, an der Decke ein Kronleuchter im Westernstil.
„Ich besorg' uns Bier", sagte Mindy Schembechler und ging zum Bierstand im Eingangsbereich. Eike spritzte

Ketchup auf den Teller und tunkte ein Stück vom Steak hinein. Das Fleisch schmeckte tatsächlich sehr gut. Er fragte sich, wie hoch die Wahrscheinlichkeit war, dass jemand in diesem Camp ihn als Deputy Sheriff Eike Wolfen erkannte. Auch wenn er nie zuvor in Crook gewesen war, hieß das nicht, dass er nicht erkannt wurde. Mit Rechtsradikalen hatte er nichts zu tun gehabt, dafür mit Typen, die Sioux-Frauen belästigt hatten. Vielleicht war einer von denen im Lager. Vielleicht war es viel einfacher. Vielleicht war er einem der Anwesenden bei einer Verkehrskontrolle begegnet. Es war also nicht auszuschließen, dass er enttarnt wurde. Deshalb hatte er vor der Abfahrt bei Mindy Schembechler die Toilette aufgesucht und eine SMS an Earl Arendts mit der Bitte um Rückendeckung geschrieben. Problem: Den genauen Ort hatte er nicht mitteilen können.

Mindy Schembechler kam zurück mit den Bierbechern und verteilte sie. Am Ende des Raumes bemerkte Eike eine Bühne, auf die zwei Männer ein Stehpult stellten. Dwayne klärte ihn auf, dass Pierce Britton, der Gründer der Patriot Nation, nach dem Essen eine Rede halten würde.

In der nächsten Stunde füllte sich der Raum. Mindy Schembechler stellte ihn ein paar Leuten vor, man sprach über den harten Winter, die Ernte, das Manöver und seine Gefahren und natürlich die Flüchtigen. Ausnahmslos sympathisierten die Menschen mit ihnen. Dass sie eine Frau vergewaltigt hatten, taten sie schlicht weg als Lüge ab – und dass sie George angeschossen hatten, sahen sie als eine gerechtfertigte Kampfhandlung an, notwendig für die Aufrechterhaltung eines weißen Amerika. Eike hätte kotzen können.

Er ging vor die Tür, zündete eine Zigarette an und schlenderte zum Stall. Auf dem Weg simste er seinem Schwiegervater eine Wegbeschreibung zum Camp.
„Hi, Horst."
Eike schaute sich um. Es war Mike, der mit den anderen Jugendlichen das Holzkreuz aufrichtete. Er winkte dem Jungen zu und ging Richtung Einfahrt. Er brauchte einen Notfallplan. Das Lager war von einem mannshohen Drahtzaun umgegeben. Kein Stacheldraht. Nicht schwierig, drüber zu klettern. Ein Problem könnte der Mann im Wachturm darstellen. Nur weil keine Waffe zu sehen war, bedeutete das nicht, dass er keine hatte. Dann

war da der Wächter, der sie aufs Gelände gelassen hatte. Er versperrte den Weg zum Parkplatz. Das bedeutete, er musste sich ins Gelände schlagen.

Als er zurück ins Farmhaus ging, hatte man die Tische entfernt und weitere Bänke aufgestellt. Wie in einer Kirche war ein Mittelgang entstanden, durch den man zu seinem Platz gehen musste. Mindy Schembechler winkte ihm zu und er setzte sich neben sie. Auf der Bühne stand ein weißhaariger Mann mit Bart und Brille. Er trug eine Stoffhose, ein Hemd und ein Jackett und sprach mit Dwayne und einer untersetzten Frau um die fünfzig. Das war Pierce Britton. Eike hatte sein Foto in den Akten gesehen.
„Setzt euch bitte", sagte eine kräftige Stimme vom Eingang.

Die Leute, die noch standen, darunter Dwayne, suchten sich einen Platz. Am Ende gab es keinen leeren Platz. Zweihundert Männer, Frauen und Kinder befanden sich im Raum, schätzte Eike. Pierce Britton stellte sich ans Pult. Umgehend trat Ruhe ein. Der Gründer der Patriot Nation begann zu sprechen. Ruhig, akzentuiert, mit einer angenehmen Stimme, die ein gewisses Training verriet. Seine Ausführungen waren eine krude Mischung aus Nazi-Gewäsch und christlichem Unsinn. Er sprach von der biologischen und kulturellen Überlegenheit der weißen, angelsächsischen Rasse, verdammte die Schlammmenschen, wie er sämtliche Farbigen bezeichnete, von denen er glaubte, sie wären vor Adam geboren worden. Er warnte vor den Juden, die er als Abkömmlinge Satans klassifizierte, gezeugt von Eva und der Schlange. Er führte aus, dass die Weißen mittlerweile in der Minderheit wären und um ihre Rechte kämpfen müssten, mit allen Mitteln. Er betonte, wie wichtig die Familie wäre und welche bedeutende Rolle die Frauen hätten, deren Aufgabe es wäre, den Bestand der weißen Rasse zu sichern. Sie wären auf der Welt, um reine weiße Kinder zu gebären. Das Überleben der Rasse läge in der Gebärmutter ihrer Frauen.

Mindy Schembechler, ihr Sohn Mike, Dwayne, Helen und die übrigen Anwesenden applaudierten den Worten ihres Führers. Eike wünschte, er wäre der Mutant aus den Superheldencomics, der die Fähigkeit besaß, die Gedanken der Menschen zu beeinflussen. Zwar sollten die

Gedanken frei sein, aber in diesem Fall waren die weniger wert als nichts.

Am Ende seiner Rede brachte die untersetzte Frau Pierce Britton ein Zweihandschwert.
„Jetzt kommt das Gelöbnis", sagte Mindy Schembechler leise in Eikes Ohr.

Ein Mann in der ersten Reihe stand auf, ging zum Pult und küsste den Griff des Schwertes, das Pierce Britton am oberen Teil der Klinge hielt. Dann sagte der Mann:
„Ich verpflichte mein Leben dem Rassenkampf. Ich bin bereit mein Leben zu geben, um die weißen Helden und Krieger zu ehren, die vor mir das ultimative Opfer gegeben haben. Sie sind meine Vorväter, ich versuche ihrem Vorbild gerecht zu werden und unsere weiße Heimat eine Realität bleiben zu lassen. Heil Hitler! White Power!"
Mann um Mann stand auf und wiederholte das Gelöbnis. Frauen und Kinder blieben sitzen.
„Du musst auch gehen", sagte Mindy Schembechler leise. Da hatte sie recht. Auch wenn es ein Risiko darstellte. Die Blicke der Anwesenden würden auf ihn gerichtet sein. Wenn einer ihn erkannte, hatte er ein Problem. Er schaute

sich um. Vor dem Ausgang standen zwei Kerle in Holzfällerjacken. Die Fenster. Fünf gab es. Eines hinter dem Pult. Das war der Weg. Wenn er erkannt wurde, musste er durchs Fenster springen und draußen sein Glück suchen.

Nach einer Viertelstunde war Eike an der Reihe. Er erhob sich und ging den Mittelgang auf Pierce Britton zu, der ihn mit ernster Miene anblickte. Es blieb ruhig im Raum. Niemand rief: Das ist ein Bullenschwein. Er erreichte Pierce Britton, küsste den Schwertgriff, sagte den blöden Spruch auf und kehrte zurück in seine Reihe. Eike atmete durch.

Nach einer knappen Dreiviertelstunde hatten die Männer ihr Gelöbnis abgelegt. Pierce Britton schwallte von der Bedeutung dieses gemeinsamen Erlebnisses, das ihren Bund erneuerte, in dem jeder das gleiche Ziel verfolgte und jeder für jeden eintrat. Das war seine Überleitung zum Thema Woody Schembechler und Rod Hayes. Natürlich nannte er sie weiße Helden, rief die Anwesenden zur Hilfe auf und schickte die untersetzte Frau mit einem Cowboyhut los, um Spenden für die Flüchtigen zu sammeln. Unter heftigem Applaus und Standing Ovations trat Pierce Britton von der Bühne und verließ den Saal.

Während die Frau durch die Reihen ging, um die Spenden einzusammeln, erschienen zwei Männer, die das Pult entfernten und Mikrofone aufstellten.
„Jetzt kommen die Bismarck Twins, die machen geile Musik", sagte Mindy Schembechler.
Von der Gruppe hatte Eike noch nie gehört.
„Ich hol' uns Bier", sagte Helen und ging zum Eingangsbereich, wo an der Zapfanlage wieder ausgeschenkt wurde.

Die Frau mit dem Cowboyhut erreichte ihre Reihe. Sie warfen Geld hinein. Anschließend ging Eike nach draußen, vors Haus, um zu rauchen, wo er auf Pierce Britton traf, der sich eine Pfeife anzündete.
„Auch wenn es mittlerweile alle verfluchen, aber Rauchen ist eine schöne Sache", sagte der Führer der Patriot Nation.
„Sie sagen es."
„Sie sind der alte Freund von Woody. Dwayne hat von Ihnen erzählt."
Eike nickte.

„Die Weißen Wölfe waren eine gute Gruppe. Sehr erfolgreich. Ich habe den Anführer, Kevin Reuter, gut gekannt."

Eike lächelte Pierce Britton an. Der Obernazi testete ihn.

„Mathias, nicht Kevin. Kevin war sein kleiner Bruder."

„Richtig. Stimmt. Wo hab' ich meinen Kopf? Tragisch, dass sie tot sind. Mathias war ein guter Mann."

Mathias Reuter hatte sich der Verhaftung widersetzt und wurde vom SEK erschossen, Kevin hatte sich nach seiner Verurteilung im Knast erhängt.

„Ja."

„Wie sind Sie damals weggekommen? Ich habe gedacht, die deutsche Polizei hätte die ganze Gruppe gekriegt."

„Reines Glück. Hatte Waffen in der Türkei besorgt, als die Bullen zuschlugen. Außerdem kannte der verdeckte Ermittler, der uns hat auffliegen lassen, meinen echten Namen nicht."

„Er lautet bestimmt nicht Horst Wessel."

„In den USA halten die meisten Menschen das für einen normalen, deutschen Namen."

Pierce Britton lachte.

„Ja, wir sollten die europäische Geschichte besser kennen. Wir Amerikaner sind eben sehr auf unser Land fixiert."

„Das stimmt."
„Wie heißen Sie denn jetzt richtig?"
„Thomas Bergen."
Die Männer schüttelten einander die Hände.
„Nett, Sie kennenzulernen, Thomas Bergen."
Thomas Bergen war Eikes Alias gewesen, als er verdeckt in der rechten Szene ermittelt hatte. Wenn Pierce Britton den Namen überprüfen würde, müsste er schon sehr tief graben, um etwas zu finden – und wenn er etwas fand, würden es irgendwelche belanglosen, privaten Einträge in den sozialen Netzwerken sein, die irgendein Fascho damals gemacht hatte. Die Frage war, ob der Amerikaner ihn erkennen würde. Die Haare hatte er schwarz gefärbt und kurzgeschnitten getragen, dazu einen Henriquatre-Bart um den Mund herum.

Mike Schembechler kam rausgelaufen und verkündete, dass der Auftritt der Bismarck Twins gleich beginnen würde. Eike nickte Pierce Britton zum Abschied zu und folgte dem Jungen ins Innere. Er wusste nicht, ob der Führer der Patriot Nation ihm geglaubt hatte.

Am Bierstand herrschte Gedränge. Die Leute lachten und redeten. Links neben der Bühne sah Eike die untersetzte Frau, die das Geld aus dem Cowboyhut nahm, in einen Briefumschlag steckte und damit zum Ausgang ging. Eike schaute ihr hinterher. Nicht auszuschließen, dass sie das Geld zu Schembechler und Hayes brachte. Aber er kam nicht weg. Er suchte das Klo, fand drei Chemotoiletten auf der Rückseite des Gebäudes und ging in eine Kabine. Auf dem Smartphone entdeckte er eine SMS. Seine Kollegen, die Deputys Mark Filmore und Ron Maupas, waren in Stellung. Er simste ihnen, dass sie der Frau, die in Kürze das Lager verlassen würde, folgen sollten, und warum.

Zufrieden ging Eike zurück ins Haus. Auf der Bühne standen zwei junge, blonde Frauen mit Gitarre, die weiße T-Shirts mit einem Smiley trugen. Der Smiley trug Hitlerfrisur und Hitlerbart. Was die Bismarck Twins vortrugen, hörte sich zuerst wie ein netter, harmloser Folksong an. Aber der Text des Liedes stand völlig im Einklang mit der vorhergehenden Rede von Pierce Britton. Eike nahm sich ein Bier. Mindy Schembechler, ihr Sohn und Helen genossen die Musik, Dwayne stand etwas abseits und unterhielt sich mit seinem Führer. Zu blöd, dass er seinen Wagen bei Mindy Schembechler hatte stehenlassen. Dadurch war er auf sie angewiesen und konnte nicht einfach abhauen. Und dazu hatte er in diesem Moment große Lust.

Die Bismarck Twins spielten eine Stunde lang und beendeten ihren Auftritt unter tobendem Applaus. Eike hoffte, dass der Abend nun sein Ende finden würde, doch dem war nicht so. Die Anwesenden zogen ihre Winterjacken über und strömten mit Bier in der Hand aus dem Haus. Nüchtern waren die wenigsten. Die Stimmung war heiter und ausgelassen. Selbst der grimmige Dwayne grinste. Mindy Schembechler küsste auf dem Weg nach draußen Eike auf die Wange und hakte sich wieder bei ihm ein.

Sie versammelten sich vor dem aufgerichteten Holzkreuz, an dem eine Art Vogelscheuche hing. Sie stellte einen Afroamerikaner dar. Eine Perücke im Afro-Look war auf dem Kopf befestigt, das Gesicht geschwärzt. Die Vogelscheuche trug Klamotten, wie man sie von Rappern aus Hip-Hop-Videos kannte.

Die Bismarck Twins erschienen mit Fackeln in der Hand und zündeten das Kreuz an. Es war offenbar mit Benzin überschüttet, denn es fing sofort Feuer. Die Menge jubelte, als die Flammen die Vogelscheuche erreichten. Mindy Schembechler kuschelte sich an Eike. Vielleicht wollte er doch nicht der Mutant sein, der Gedanken veränderte, sondern der mit den Stahlklauen, der seine Gegner einfach erledigte.

19.

Dicke Schneeflocken fielen seit Stunden auf die Stadt. Lozen stand in ihrem Büro am Fenster, trank einen Kaffee mit Karamellgeschmack und schaute auf den grauen Himmel und die weißen Hausdächer. Doppelt so lang wie sonst, fast zwei Stunden, hatte sie gebraucht, um ins Büro zu fahren. Die Räumfahrzeuge kamen nicht nach. Zentimeterhoch lag der Schnee auf den Straßen. Das Freischaufeln des Hauszugangs war Zeitverschwendung gewesen. Irgendwann in der Nacht waren die Temperaturen leicht gestiegen, der Schneefall hatte eingesetzt und seitdem nicht aufgehört. Busse und Metro fuhren unregelmäßig, die Schulen hatten geschlossen.

Vor einer halben Stunde hatten Karen Seymour und sie das Phantombild von MarkusW82 fertiggestellt und an Harvey Farossi geschickt. Als sie sich an ihren Schreibtisch setzte, ging die Tür auf und Nick Davout marschierte mit einem Tablet in der Hand ins Büro. Er klopfte nie an.
„Ich habe die Anbieter von Memorabilien aus der Zeit des Zweiten Weltkriegs in Washington D. C. und Umgebung abtelefoniert. Ein möglicherweise positives Ergebnis. Ein

Ken Milner behauptet, er habe die Sachen schon mal gesehen. Er war am Telefon etwas verwirrt, aber er schien etwas zu wissen. Du solltest zu ihm fahren."

Lozen schaute aus dem Fenster.

„Wo hat dieser Milner seinen Laden?"

„Cumberland."

„Die Stadt liegt in Maryland."

„Richtig. Normalerweise rund zweieinhalb Stunden mit dem Auto. Bei diesen Wetterbedingungen eher vier bis sechs. Ich würde warten, bis es aufgehört hat zu schneien und die ersten Straßen geräumt sind."

Lozen nickte.

Als Nick Davout das Büro verlassen hatte, öffnete sie ihren Mail-Account und entdeckte eine Nachricht von Harvey Farossi, in der er schrieb, er habe Jack Manusco Druck gemacht und der FBI-Mann habe versprochen, er würde bis zum Mittag liefern. Der Wahlkampfmanager machte sich offensichtlich Sorgen. Lozen suchte im Netz nach neuesten Wahlumfragen. Die Ergebnisse, die sie fand, waren desaströs für Adam A. Kettle. Sandra Mayweather hatte ihn überholt und führte knapp. Auf derselben Seite stieß sie auf einen Link, der zu einem

Artikel führte, der William A. Kettle mit seinen Zeitgenossen Charles Lindbergh, Joseph Kennedy und Henry Ford verglich, allesamt populäre Amerikaner, die in den 1930ern Sympathien fürs Dritte Reich gehegt und antisemitische Äußerungen veröffentlicht hatten. Das war nicht gut. Sie surfte durch rechte Internetforen, wo der Vorfahre von Adam A. Kettle gefeiert wurde. Das war noch schlechter. Schließlich ging sie auf eine Seite afroamerikanischer Bürgerrechtler, die eigentlich demokratisch wählten, sich in Folge der Ereignisse aber entschieden hatten, davon abzuraten, Kettle die Stimme zu geben. Das war eine Katastrophe.

Lozen stand auf und ging zurück zum Fenster. Es schneite mit unverminderter Intensität. Unten auf der Straße kam ein Wagen ins Rutschen und rammte einen parkenden Laster. Es sah schlecht aus für Harvey Farossis Mann. Lozen gab ihm kaum eine Chance. Wenn Adam A. Kettle tatsächlich verlor, würden er und sein Wahlkampfmanager auf Blut aus sein. Sollte sie wider Erwarten den Urheber dieser Affäre tatsächlich aufspüren, musste sie aufpassen, nicht in ein Mordkomplott verwickelt zu werden. Harvey

Farossi war so. Er kannte keine Grenzen. Deshalb war er in D. C. gefürchtet.

Lozens Telefon klingelte. Weil es ein moderner, drahtloser Apparat war, passte er nicht ins altmodische Büro, aber Lozen hatte einen Ton eingestellt, dessen Klang sie an alte Schwarz-Weiß-Filme erinnerte, wenn Humphrey Bogart, Edward G. Robinson oder James Cagney einen Anruf erhielten. Arvist Bunger hatte ihr ein paar dieser alten Kinoabenteuer runtergeladen, als er entsetzt festgestellt hatte, dass sie nie einen Film der alten Hollywood-Stars gesehen hatte.

„Graham Security."
„James Manusco", sagte der Anrufer. Die Stimme war tief und angenehm. Wahrscheinlich konnte er prima Country-Songs singen, dachte Lozen.
„Jack. Es ist lange her."
„Harvey hat gesagt, ich soll Sie direkt anrufen."
„Und?"
„Leider ist MarkusW82 ein Kollege von mir. Es handelt sich um Special Agent Rupert Markus Babcock. 29 Jahre alt. Ehemaliger Sergeant bei den Marines. War im Irak.

Seit fünf Jahren beim FBI, zwei davon in Chicago, drei in Washington D. C., hat beste Noten. Konzentriert sich auf Wirtschaftskriminalität."

„Irgendwelche Auffälligkeiten?"

„Nein."

„Können Sie mir seine Akten schicken?"

„Bereits erledigt."

„Danke."

„Und zeigen Sie die nicht jedem. Personalunterlagen von FBI-Agenten sind vertraulich."

Jack Manusco legte auf. Lozen war sich nicht klar, wie sie sich fühlen sollte. Auf der einen Seite hatte sie mit ihrer Annahme bezüglich MarkusW82 recht behalten, auf der anderen Seite sah sie in den neugewonnenen Informationen keinen Ansatz, der ihr weiterhalf. Sie öffnete Manuscos Mail und las die Akte. MarkusW82 kam aus Illinois, seine Eltern waren tot. Ein Bruder lebte in Minnesota, eine Schwester in Idaho. Keine Ehefrau, keine Kinder. Ehrenvoll bei den Marines entlassen. Hatte problemlos die Aufnahmeprüfung des FBI bestanden. Experte in Wing Chun-Kung Fu und Aikido. Gute Schießergebnisse bei den obligatorischen Tests, gute

Quote bei der Lösung seiner Fälle, gute Bewertungen seiner Vorgesetzten. Auf dem Papier war MarkusW82 ein Musterknabe. Musterknaben machten Lozen Angst. Sie versteckten entweder geschickt ihre dunklen Abgründe oder waren lebensunerfahrene Streber, und lebensunerfahrene Streber waren gefährlich wie Geisterfahrer.

Sie rief das Team zusammen und informierte es.
„Es ist beunruhigend, dass ein FBI-Agent als Killer arbeitet", sagte Karen Seymour.
„Stimmt", sagte Lozen, „es klingt wie ein Szenario aus einem Streifen der 1970er."
„Du schaust in letzter Zeit zu viele Filme", sagte Nick Davout.
„Danke für den Hinweis."
Lozen machte eine kurze Pause, bevor sie fortfuhr:
„Nick, Ronan, auch wenn ich nicht glaube, dass es viel bringt: Versucht mehr über seine familiären Hintergründe und seine Zeit bei den Marines herauszufinden. Karen, setz die Slackers auf ihn an. Sag ihnen, sie sollen bei der Überwachung vorsichtig sein. Er gehört nicht zu ihrer üblichen Klientel. Er ist ein Profi."

„Wir sollten herausfinden, wie es um seine Finanzen bestellt ist. Schulden sind ein gutes Motiv", sagte Nick Davout.

„Balu, deine Aufgabe."

„Okay."

„Sollen wir mit seinen Kollegen und Ex-Kameraden Kontakt aufnehmen?", fragte Ronan McIntire.

„Nicht im Augenblick. Die Gefahr ist zu groß, dass MarkusW82 mitbekommt, dass wir an ihm dran sind. Außerdem sollten wir bei Fragen an FBI-Angestellte es womöglich besser über Harveys Freund Jack spielen."

„Kommen wir zum Motiv. Warum hat er deiner Meinung nach Dewet umgebracht?", fragte Nick Davout.

„Mitwisser aus dem Weg räumen scheint für mich bisher die einzige logische Erklärung."

„Bedeutet das nicht, dass Janis Dehane in Gefahr ist?", fragte Balu Brummel.

„Unwahrscheinlich. Sie steht zu sehr im Rampenlicht. Sie umzubringen würde zu viele Fragen aufwerfen. Außerdem weiß sie eigentlich nichts. Dazu kommt, dass Dewet ein äußerst unzuverlässiger Zeitgenosse war."

„Trotzdem sollten wir Dehane überwachen. Um sicherzugehen", sagte Nick Davout.

„Ja", sagte Lozen. „Schau, ob du einen Freien findest, der das übernehmen kann."

„Okay."

„Sonst noch was?"

„Ja", sagte Karen Seymour und grinste Lozen dabei hinterhältig an, „Arvist hat angerufen und bittet dich um Rückruf."

Lozen stöhnte.

„Sonst noch was?", fragte sie.

„Es hat aufgehört zu schneien", sagte Nick Davout.

20.

Die Ampel sprang auf Rot. Als Lozen leicht bremste, brach der Wagen nach rechts aus, sie steuerte gegen, brachte das Fahrzeug unter Kontrolle und zum Stehen. Kein Mensch stand an der Ampel. Seit zweieinhalb Stunden war sie unterwegs nach Cumberland. Lozen wusste nicht viel über die Stadt, außer dass sie zu den ärmsten in Maryland gehörte. Nick Davout hatte gemeint, es wäre zu früh, als sie losgefahren war, aber sie hatte nicht untätig im Büro herumsitzen wollen.

Es herrschte kaum Verkehr; wenn, begegnete sie Räumfahrzeugen, Polizei- und Feuerwehrwagen und Ambulanzen. Je weiter sie stadtauswärts fuhr, desto verwaister und unbefahrbarer wurden die Straßen. Bei einigen Anhöhen griffen die Reifen nicht, der Wagen kam die Straße nicht hoch, glitt rückwärts zurück und sie musste eine andere Route nehmen. Nach drei Stunden, kurz hinter Williamsport, legte sie eine Pause in einem Diner an der Interstate ein, in dem sich außer dem Koch und der Bedienung niemand aufhielt. Nachdem sie die Toilette benutzt hatte, trank sie einen Kaffee und unterhielt sich über das Wetter, bis sie sich erholt genug fühlte, um weiter zu fahren. Sie nahm eine Flasche Wasser für den Weg mit.

Als sie endlich Kenny's War House erreichte, war Lozen erleichtert. Sie parkte in einer Nebenstraße und stampfte, ohne einem Menschen zu begegnen, durch den tiefen Schnee zum Geschäft, das im Erdgeschoss eines heruntergekommenen Hauses lag, dessen obere Stockwerke unbewohnt waren, was an den zugenagelten Fenstern zu erkennen war.

Im Schaufenster hingen Uniformen aus den vergangenen 80 Jahren, überwiegend amerikanische, es gab alte Gasmasken, Stahlhelme, Hakenkreuzbinden und Orden. Die verschiedensten Messer lagen aus: Schweizer Taschenmesser, Klappmesser, Wehrmachtsmesser mit der schwarzen Scheide aus Stahl und Bowiemesser. In einem Regal standen Bücher, die die verschiedensten Aspekte des Zweiten Weltkriegs behandelten. Die meisten Cover waren von der Sonne ausgebleicht.

Als Lozen die Eingangstür aufdrückte und den Laden betrat, ertönte ein kurzes Klingeln. Kein Mensch war zu sehen. Der Raum war schwach beleuchtet. Es roch nach Feuchtigkeit und Pilzbefall. Von irgendwoher kam leise Musik. Ein Country-Song. Die Heizung war offenbar kaputt. Es war kalt. Lozen konnte ihren Atem sehen.

Sie schaute sich um. Links befand sich eine alte, mechanische Kasse, dahinter eine Tür und daneben Vitrinen, in denen Waffen – vermutlich nicht funktionsfähig –, Messer, Orden und Fotos lagen. Dahinter standen Regale mit weiterem Militärkrempel. Rechts hingen in drei Gängen Mäntel, Jacken, Hosen und Hemden, allesamt Teile von Uniformen. Ein Ordnungsprinzip war nicht zu erkennen. Im hinteren Bereich entdeckte sie Kartons mit Büchern und alten Zeitschriften, darunter viele Ausgaben von Soldier of Fortune, einer einst legendären Zeitschrift für Möchtegernsöldner, Survival-Verrückte und andere Militaristen.

Die Tür hinter der Kasse wurde geöffnet und ein Mann schlurfte in den Verkaufsraum. Lozen ging zu ihm hin und stellte sich vor.

„Graham von Graham Security. Sie haben mit meinem Mitarbeiter Mr. Davout gesprochen, Mr. Milner."

„Richtig. Seltsamer Kerl. Wirkte wie ein Roboter. Wie der blasse Typ bei Star Trek, nicht der alten Serie, sondern bei der anderen, mit dem Glatzkopf als Captain."

Ken Milner war um 50 Jahre alt, unrasiert, mit wenigen, langen Haaren auf dem Kopf. Er trug einen löchrigen, dunklen Rollkragenpullover, eine blaue Jacke der Marines, Wollhandschuhe mit abgeschnittenen Fingern, eine grün-braune Camouflage-Hose und schwarze Stiefel. Sein Atem stank nach Alkohol, sein Körper nach mangelnder Hygiene.

„Sind Sie Mexikanerin, Miss? Sie haben so scharfe Wangenknochen."

„Nein, Apachin. Ist das ein Problem?"

Ken Milner sah sie mit trüben, rotunterlaufenen Augen an.

„Nein", sagte er müde, „ich habe viele Kunden, die es stören würde, aber ich bin da tolerant. Viele von euch Rothäuten sind in Ordnung."

„Rothäute ist eine unkorrekte Bezeichnung für die Urbevölkerung dieses Landes, Mr. Milner."
„Drauf geschissen, was korrekt ist."
Rassistische Bemerkungen waren für Lozen eine Alltäglichkeit. Sie war nicht im San Carlos-Reservat aufgewachsen, sondern in Albuquerque, wo sie in der Schule Anfeindungen erlebt hatte, die sich in der Grundausbildung und danach fortgesetzt hatten. Da sie ein Talent für körperliche Gewalt besaß, hatte sie jede und jeden verprügelt, die oder der ihr dumm gekommen waren. Damit hörte sie nach ihrem Kampfeinsatz im Irak auf. Von nun an reagierte sie mit Gleichgültigkeit. Zumindest meistens. Von ihrer Achselhöhle bis zu ihrem Hüftknochen hatte sie sich damals den Schriftzug Apache Nation tätowieren lassen. Diese Zugehörigkeitserklärung war ihr erstes Tattoo gewesen und zeigte den Stolz auf ihre Herkunft.

„Mr. Milner, am Telefon haben Sie meinem Mitarbeiter gesagt, Sie hätten das Foto von Kettle und Joseph Goebbels schon einmal gesehen. Mr. Davout hat nur nicht verstanden, wo."
Ken Milner kicherte.

„War da ein bisschen benebelt, Pocahontas. Hatte einen zuviel getrunken, mit Craig von gegenüber."

Ken Milner tat so, als würde er eine Flasche ansetzen. Dabei kicherte er erneut.

„Wo haben Sie das Foto gesehen?"

„Da war ein Treffen, mit Typen, die so hübschen Squaws wie dir sofort die Kleider vom Leib reißen, dich auf den Tisch werfen und drei Wochen vergnüglich vergewaltigen."

Wieder kicherte Ken Milner.

„Also ein Treffen anonymer Sexualstraftäter."

„Nein, Patrioten."

„Patrioten?"

„Von der harten Sorte. Siehst du, Pocahontas, ich bin auch Patriot, und ich finde, in unserem schönen Land läuft vieles falsch. Es gibt zu viele Schwarze, Spics und Juden. Die müssen, im Gegensatz zu euch Rothäuten, noch lernen, wo ihr Platz ist. Aber da ist kein General Custer, um sie in die Schranken zu weisen, und anders als viele Typen da auf diesen Treffen lehne ich Gewalt meistens ab und finde, dass die Politfuzzis in D. C. zwar Scheiße bauen, aber deshalb muss ich ihnen nicht gleich den Schädel wegblasen. "

„Schön zu hören."
„Hey, ihr Rothäute würdet heute noch halbnackt durch die Prärie rennen, wenn nicht bedeutende Männer wie Custer und Crook euch die Zivilisation eingeprügelt hätten."

Lozen atmete durch. Sie erinnerte sich, als ein Master Sergeant im Irak die feindlichen Truppen als Rothäute bezeichnet hatte, die es galt umzubringen. Sie war eine Patriotin, die freiwillig für ihr Land kämpfte. Bemerkungen wie die des Vorgesetzten hatten sie verwirrt und verunsichert, doch auch dazu gezwungen, über ihre Identität als Apachin nachzudenken. Ein befreundeter Private, ein Cherokee, meinte zu ihr, die Weißen sollten sich bewusst machen, dass die Apachen, Cherokee, Sioux, Kiowas und all die anderen Stämme die ersten Amerikaner gewesen wären. Lozen mochte diese Formulierung: die ersten Amerikaner.

„Wo war dieses Treffen, Mr. Milner? Und wer war dabei?"
„Ihr Mitarbeiter meinte, bei der Sache wäre ein wenig Geld drin."

Lozen zog ihr Portemonnaie aus der schwarzen Lederjacke und nahm 100 Dollar heraus, die Ken Milner ihr aus der Hand riss und in seine Hosentasche stopfte.

„Also?"

„War 'ne Survival-Messe in der Nähe von Minnesota. Wo man alles Mögliche kaufen kann, was man braucht, um in der Wildnis zu überleben: Outdoor-Klamotten und Uniformen, lang haltbare Nahrungsmittel, Campingzubehör, Bogen, Messer, Äxte, Landkarten, Literatur und so weiter."

„Und was haben Sie da gemacht?"

„Viele Survival-Typen stehen auf Uniformen und alte Nazi-Messer. Ich verkauf' auf diesen Messen nicht schlecht."

„Und das Foto?"

„Lag auf dem Tisch bei 'nem Skinhead. Später hab' ich gesehen, wie ein Kollege von mir es gekauft hat."

„Was für ein Kollege?"

„Kenn' seinen Namen nicht. Netter Kerl. Etwas militant. Plaudere mit ihm immer, wenn wir uns auf einer Messe treffen. Kommt irgendwo aus den Dakotas oder Wyoming oder so. Cowboyland eben. Und er gehört zu irgend so einer Gruppe."

„Was für eine Gruppe?"

„Patrioten", sagte Milner und kicherte erneut.

„Geht es ein wenig genauer?"

„Mann, es gibt so viele von denen und die heißen alle gleich: Aryan-weiß-was ich, Brotherhood-Blabla, Skin-Nation-oder-Land, Posse-sowieso – das kann kein Mensch auseinanderhalten."

Lozen hatte den Eindruck, dass Ken Milner log und wusste, zu welcher Gruppierung der Mann gehörte.

„Er gehört also zu denen, die sich mit Vergnügen eine 88 auf die Stirn tätowieren."

„Eh, Pocahontas, Hitler hatte gute Ideen – und dass die angelsächsische Rasse und Kultur den anderen überlegen ist, ist ja augenscheinlich."

„Tatsächlich?"

„Hey, schau doch, wo du und deine roten Brüder gelandet seid. Ihr sauft, haut euch Drogen rein, wenn ihr Geld verdient, tut ihr das mit Glücksspiel, und das heißt für einen braven Christenmenschen wie mich, ihr verdient euer Geld mit der Sünde."

Lozens Faust ballte sich.

„Wie sah der Mann aus?"

„Normal. Dünn, mit Schnauzbart, buschige Augenbrauen, hoher Haaransatz."

Wieder hatte Lozen den Eindruck, dass Ken Milner mauerte.

„Hey, Pocahontas, stimmt es eigentlich, dass Frauen deiner Rasse auf weiße Schwänze stehen?"

Sie trat ihm nicht zwischen die Beine, sie zertrümmerte ihm nicht die Nase, obwohl sie es gerne getan hätte. Stattdessen ging sie ohne ein weiteres Wort zum Ausgang.

„Hey, Pocahontas, wie wäre es mit einem intimen Powwow?", rief ihr Ken Milner hinterher.

Draußen hatte es wieder begonnen zu schneien. Lozen stapfte zum Wagen und stieg ein. Auf dem Beifahrersitz lag die Flasche Wasser aus dem Diner, die sie während der Fahrt ausgetrunken hatte. Die nahm sie, öffnete den Kofferraum, nahm den Benzinkanister heraus, füllte die Flasche, stellte den Kanister zurück, schloss den Kofferraum und ging zurück Richtung Kenny's War House. Auf dem Weg stopfte sie ein Papiertaschentuch in die Flaschenöffnung.

Auf der Rückseite des Gebäudes entdeckte sie den Hintereingang. Die Tür war unverschlossen. Lozen trat ein und stand in einem kleinen Vorraum, aus dem eine weitere Tür führte. Wieder umfing sie der Geruch von Feuchtigkeit und Pilzbefall. Sie drückte vorsichtig die zweite Tür auf und blickte in den Verkaufsraum. Ken Milner stand mit dem Rücken zu ihr am Eingang, trank aus einer Dose Bier und schaute nach draußen. Als er ins Hinterzimmer verschwand, holte Lozen ein Benzinfeuerzeug aus der Lederjacke, entzündete das Papiertaschentuch, warf den Brandsatz in den Laden und lief zurück zum Wagen.

Als sie an Kenny's War House vorbeifuhr, stand Ken Milner vor seinem Geschäft und schaute entsetzt, wie die Flammen sich ausbreiteten. Dabei trank er weiter aus der Bierdose. Seit ihrer Kindheit fand Lozen, dass Feuer etwas sehr Schönes war.

21.

Mindy Schembechler sah hübsch aus, wenn sie schlief. Eike glitt vorsichtig aus dem Bett. Die Sonne war gerade aufgegangen. Er war müde, weil sie spät ins Bett gegangen und noch später eingeschlafen waren. Dass Mindy Schembechler den Abend erotisch beenden wollte, war vor der Abfahrt klar gewesen, aber nicht, dass er sich drauf einlassen würde. Er wusste nicht, warum. Er war betrunken gewesen, aber nicht so betrunken. Als Dwayne sie absetzte, hätte er einfach sagen können, er wäre müde, er hätte morgen einen harten Job vor sich, was auch immer. Stattdessen ging er mit ins Haus, als sie fragte, ob er noch einen Absacker trinken wolle.

Der Junge war in seinem Zimmer verschwunden, Mindy Schembechler hatte den Whiskey und das Eis geholt und geschwärmt, wie wichtig solche Treffen wären, damit die Aufgabe der Arier nicht wegen der alltäglichen Pflichten vergessen werde. Statt wütend zu werden, hatte Eike sie bemitleidet. Er wusste nicht, warum und fand, dass es nichts entschuldigte. Als sie ihn küsste, hatte er sich nicht gewehrt.

Eike zog sich an, schlich aus dem Haus und stieg in seinen Wagen. Es war der erste Sex nach dem Tod von Chumani gewesen. Keine Frage, irgendwann wäre es sowieso passiert, aber mit einer Rassistin, mit der Ex-Ehefrau eines flüchtigen Gewaltverbrechers? Eike schlug mit der Stirn aufs Lenkrad. Er war ein Idiot. Ein Überidiot. Ob Nietzsche darüber geschrieben hatte? Keine Ahnung. Philosophie war Chumanis Ding gewesen, nicht seines. Er fuhr raus aus Crook und entdeckte eine SMS von Mark Filmore, der um Rückruf bat.

„Wie sieht es aus?"

„Wir haben die Flüchtigen lokalisiert. Zwei Meilen von Crook entfernt. In einem Farmhaus. Ich simse dir die Adresse. Die Frau aus dem Camp ist gestern nach einigen Zwischenstopps dahin gefahren. Die Highway Patrol ist informiert. Gestern Nacht war wegen der Dunkelheit eine Verhaftung zu gefährlich, hat der Sheriff gesagt."

„Da hatte Earl recht. Unternehmt nichts, bis ich da bin."

„Alles klar."

Es sah nicht gut aus, als Eike ankam. Der Wagen von Deputy Mark Filmore parkte rechts neben einem der

Highway Patrol. Der weiße Ford mit dem obligatorischen brauen Streifen an der Seite und der gelben Aufschrift stand quer auf der Landstraße und blockierte sie. Eike parkte den SUV und ging zu Mark Filmore, der mit zwei State Troopern hinter dem Wagen in Deckung gegangen war. Eike kannte die Kollegen nicht.

„Was ist los, Mark? Ihr solltet doch warten", sagte Eike.
„Wer sind Sie?", fragte ein hochaufgeschossener State Trooper mit braunen Haaren und einem dünnen Oberlippenbärtchen, dessen braun-graue Uniform etwas zu weit war und um dessen Hals ein Feldstecher hing.
„Deputy Eike Wolfen, eingesetzt von Gouverneur Kraft, die Flüchtigen dingfest zu machen."
„Ich bin Lieutenant Randi Markson von der Highway Patrol", sagte der hochaufgeschossene Mann.
„Was ist passiert?"
„Wir haben Ihren Anordnungen gemäß die Farm der Kramers observiert. Bis die Flüchtigen sie verlassen wollten. Das mussten wir verhindern. Deshalb habe ich die Straße blockieren lassen."

Eike schaute die Straße hinunter. Der rote Pickup stand gut 300 Meter entfernt auf einem verschneiten Feldweg, wenige Meter vor der Auffahrt auf die Straße. Zwei Bewaffnete standen auf der Ladefläche, eine dritte Person saß am Steuer. Eike bat den Lieutenant um den Feldstecher.

Woody Schembechler hielt ein Jagdgewehr mit Zielfernrohr, Rod Hayes eine Remington Semi Automatic Sniper System, eine halbautomatische Schusswaffe. Am Steuer saß die untersetzte Frau aus dem Camp. Die Flüchtigen konnten nicht weg. 100 Meter weiter stand ein zweiter Streifenwagen der Highway Patrol quer auf der Straße. Zwei State Trooper zielten mit Gewehren in Richtung des Pickups. Hinter den Flüchtigen führte der Weg zu einer Farm, hinter der eine nicht enden wollende, weiße Ebene begann.

Ein fieser Wind kam auf. Eike schlang die Arme um seinen Oberkörper.
„Die Anordnung war eindeutig: nichts unternehmen, bis ich da bin", sagte er.

„Die Situation verlangte, dass ich handle. Die Flüchtigen wären sonst entkommen."

„Sie hätten den Pickup einfach fahren lassen sollen. Sie hätten ihm folgen können. Weil Sie es nicht getan haben, haben wir diese Pattsituation. Sie können nicht weg, wir können nicht ran, ohne dass wir riskieren, dass sie auf uns schießen."

„Ich sehe das anders. Die Flüchtigen fahren zu lassen, wäre ein grober Fehler gewesen."

Was für ein Trottel, dachte Eike.

„Haben Sie Verstärkung angefordert, Lieutenant Markson?"

„Selbstverständlich. Sie ist in frühestens 30 Minuten hier."

„Schauen Sie, Lieutenant", sagte der zweite State Trooper.

Sie blickten zum roten Pickup und sahen, wie Rod Hayes von der Ladefläche kletterte. Ein Fehler. Einen der Polizisten hinter dem zweiten Wagen machte die Aktion nervös. Er schoss. Die Kugel schlug in den Pickup ein. Woody Schembechler legte an und drückte zweimal ab. Der Polizist wurde getroffen und fiel um. Der andere State Trooper ging in Deckung. Der Lieutenant, sein Kollege und Mark Filmore zogen ihre Pistolen und nahmen den

Pickup unter Feuer, dabei wurde die Frau an der Schulter verletzt. Rod Hayes schoss zurück, traf den Lieutenant in den Arm, wurde selbst getroffen und schwankte für einen Moment, bevor er auf die Ladefläche sprang.

Die Frau am Steuer startete trotz ihrer Verletzung den Pickup und gab Gas. Sie schoss über die Landstraße hinweg auf den dahinterliegenden Acker, fuhr eine scharfe Linkskurve und zog am zweiten Wagen der Highway Patrol vorbei. Der verbliebene Polizist stand auf und zielte auf den Pickup. Woody Schembechler schoss. Der Polizist fiel zu Boden und begann zu schreien. Die Frau lenkte den Pickup zurück auf die Straße. Eike schaute dem sich entfernenden Wagen hinterher. Nichts hätte er lieber getan, als in den SUV zu steigen und den Flüchtigen zu folgen, aber er musste den Verletzten helfen.
„Mark, ruf den Notarzt, dann binde den Arm des Lieutenants ab. Ich schau nach den anderen Jungs."

Er lief zum zweiten Polizeiwagen. Der State Trooper, der zuerst getroffen worden war, lag regungslos in Schnee. Eike prüfte seinen Puls. Er hatte keinen. Der zweite Polizist stöhnte und hielt sich den Bauch. Eike suchte den

Erste-Hilfe-Koffer im Streifenwagen, fand ihn, nahm Quik-Clot-Pulver, einen synthetischen Puder zur Stillung von Blutungen, heraus, streute ihn auf die Wunde und legte einen behelfsmäßigen Verband an. Mehr konnte er nicht tun. Er nahm sein Handy und informierte Earl Arendts über den Vorfall und die Richtung, in die der Pickup gefahren war.

Die Ambulanz traf zeitgleich mit der von Lieutenant Randi Markson angeforderten Verstärkung eine knappe Dreiviertelstunde nach der Schießerei ein. Die Verletzten wurden ins Hospital gebracht. Mit Mark Filmore und zwei State Troopern ging Eike zum Farmhaus. Sie trugen schusssichere Westen. Die Waffen waren entsichert und gezogen. Eike benutzte eine alte Glock 18, eine Vollautomatik mit abnehmbarem Anschlagschaft. Das Schulterhalfter war eine Spezialanfertigung. Links befand sich das Holster für die Waffe, rechts die Halterung für den Anschlagschaft. Auf dem Weg zur Farm befestigte er den abnehmbaren Anschlagschaft an der Waffe.

Als die Männer sich bis auf hundert Meter dem Haus genähert hatten, öffnete sich die Haustür. Die Männer blieben stehen und zielten auf das Gebäude.

„Kommen Sie mit erhobenen Händen nach draußen", rief Eike.

Ein alter Mann und eine junge Frau mit einem kleinen Jungen an der Hand traten nach draußen. Eike erkannte Mutter und Sohn. Es handelte sich um die Familie von Rod Hayes. Die State Trooper nahmen sie in Gewahrsam.

Eike betrat mit Mark Filmore das Farmgebäude, in dem es nach Kaffee und frisch gebackenem Brot roch. In der Küche fanden sie einen gedeckten Frühstückstisch vor. Im spartanisch eingerichteten Wohnzimmer entdeckte Eike ein Foto, das Rod Hayes' Frau und den alten Mann zeigte. Er musste ihr Vater sein. Sie durchsuchten die übrigen Räume der Farm, ohne auf etwas Interessantes zu stoßen.

Als Eike ins Freie trat, sah er, dass auf der Straße Dutzende Wagen standen. Producer positionierten ihre Reporter und Kameramänner so, dass die Farm im Hintergrund zu sehen war. Einzelne Journalisten liefen um die Wagen der

Highway Patrol herum und filmten die Einschusslöcher und Blutflecken. Niemand stoppte sie.

Eike atmete durch, ging zur Straße und beantwortete die Fragen der Presse. Anschließend stieg er in seinen SUV und holte die Landkarten aus dem Handschuhfach. Google Maps auf dem Smartphone oder dem Tablet fand er zu unübersichtlich, weshalb er die analogen Karten aus Papier weiterhin benutzte.

Die Flüchtigen konnten überall sein. Die Landstraße führte zu einem Highway, über den sie nach Wyoming, North Dakota und in benachbarte Countys gelangen konnten. Die Straßenkarte half nicht. Anderer Ansatz. Die Frau am Steuer und Rod Hayes waren angeschossen worden. Sie brauchten einen Doktor. Er rief seinen Schwiegervater an und bat ihn, Beamte der Highway Patrol zu den Ärzten in der Umgebung zu schicken.

Eike zündete sich eine Zigarette an. Bisher waren die Flüchtigen in der nächsten Umgebung geblieben. Würden sie das jetzt ändern? Sein Smartphone klingelte. Quickdraw. Earl Arendts teilte ihm mit, dass es im

Umkreis von Crook nur einen Arzt gäbe, einen Doktor namens Hank Ferber. Er nannte Eike die Adresse. Die Praxis des Arztes lag kurz hinter der Ortgrenze. Beschlössen die Flüchtigen, dorthin zu fahren, müssten sie einen großen Bogen fahren. Aber warum nicht.

Als Eike den Wagen anließ, begannen die meisten Reporter ihre Sachen zu packen. Zwei Fernsehjournalisten blieben. Sie standen in dicken Winterjacken, das Mikrofon in der behandschuhten Hand, vor der Kamera und warteten. Offenbar wurden sie gleich live in eine Nachrichtensendung geschaltet.

Als Eike das Haus des Arztes erreichte, stand bereits ein Wagen der Highway Patrol in der Auffahrt. Er stieg aus und betrat das Haus. Wo waren die Kollegen? Er hörte Stimmen, denen er folgte, und gelangte ins Behandlungszimmer, in dem zwei State Trooper mit einem älteren Herrn in einem weißen Kittel Whiskey tranken. Die Polizisten sahen Eike fragend an. Er zog seine Dienstmarke.
„Deputy Eike Wolfen. Ich leite die Fahndung nach Schembechler und Hayes."

„Kayne und Miller von der Highway Patrol", sagte einer der State Trooper.

„Ich bin Dr. Ferber", sagte der ältere Herr.

Mit den drei Männer stimmte etwas nicht, dachte Eike. Sie wirkten unsicher. Er schaute sich um. Im Mülleimer lagen blutige Verbände und ein zerschnittenes Hemd.

„Sie waren hier?"

Keine Antwort. Eike wiederholte seine Frage.

„Ja", sagte einer der Polizisten schließlich.

„Und?"

„Und?"

„Wo sind sie? Was ist passiert?"

„Sie sind zu mir gekommen und haben mich um Hilfe gebeten, die ich ihnen gewährt habe", sagte Dr. Ferber, „ich konnte sie nicht wegschicken. Ich kenne Woody und Rod seit ihrer Kindheit. Sie sind gute Jungs."

„Die guten Jungs haben einen Beamten der Highway Patrol erschossen und zwei weitere verwundet."

Dr. Ferber schwieg. Ihm gingen die Haare aus. Die Kopfhaut war bleich, faltig und voller Altersflecken. Die Augen waren rot geädert, die Zähne gelb. Letzteres vermutlich vom Rauchen. Er stank nach Zigarre. Der weiße Kittel war zerknittert und an den Armen ausgefranst. Ein Landarzt, der wie das Klischeebild eines Landarztes aussah.

„Wann sind sie weg?", fragte Eike.
„Vor zehn Minuten", sagte einer der Polizisten.
Die Antwort kam schnell, zu schnell, die Zeitangabe klang nicht nach einer Schätzung. Eike sah sich den State Trooper an. Er war um die dreißig. Die Arme hatte er vor der Brust gekreuzt. Er kaute auf der Unterlippe. Sein Kollege war etwas älter, saß auf dem Schreibtisch und hielt mit beiden Händen ein Wasserglas, in dem sich der Whiskey befand. Mit zusammengekniffenen Augen beobachtete er Eike.

„Die Flüchtigen waren noch hier, als Sie ankamen", sagte Eike.
Keine Reaktion.
„Das kann nicht sein."
Der Ältere trank einen Schluck und sah beschämt zu Boden.
„Also?"
Eike starrte den Jüngeren an.
„Ja."

„Was, ja?"

„Ja, sie waren in der Praxis, als wir ankamen."

„Warum haben Sie die Männer ziehen lassen?"

Schweigen.

„Reden Sie!"

„Als wir eintrafen, hatte Doc gerade die Behandlung beendet. Wir trafen im Flur aufeinander. Sie waren bewaffnet. Woody und Rod hatten Gewehre, die Frau eine Pistole. Mein Gott, die Sache hätte in einem Massaker enden können."

„Woody und Rod?"

„Ich bin in dieser Gegend aufgewachsen und mit Rod zu Schule gegangen."

„Sie haben einen Kollegen von Ihnen umgebracht, Mann."

„Sie wissen nicht, wie das ist. Sie sind ein Zugereister."

Eike lehnte sich an die Wand und rieb sich die Stirn.

„Eine Ahnung, wo sie hinwollen?"

„Nein."

„Kennen Sie die Frau?"

„Nein."

„Sie wissen, Sie sind wegen Mithilfe dran. Ich würde versuchen, Punkte zu machen."

„Wir wissen es wirklich nicht."

Eike ging kopfschüttelnd aus dem Haus und brachte telefonisch seinen Schwiegervater auf den neuesten Stand. Anschließend setzte er sich in den SUV, schaltete Radio Pahá Sápa an und dachte nach. Die Sache wurde schwieriger, als er gedacht hatte. Mit so starker Unterstützung der Nachbarschaft hatte er nicht gerechnet. Die Flüchtigen konnten sich in jedem Haus in Crook und Umgebung aufhalten. Wenn alle so dachten wie der Arzt und die Polizisten, waren die Chancen gering, einen Tipp aus der Bevölkerung zu bekommen. Woody Schembechler und Rod Hayes zu fangen würde eine langwierige Angelegenheit werden, die sich über Wochen, wenn nicht sogar Monate, hinziehen würde, wenn sie nicht vorher einen Fehler machten. Eike ließ den Wagen an und fuhr nach Homer City, wo er in Mike's Diner zu Abend aß, im Big Eagle Saloon drei Bier trank und nach Hause fuhr.

Kein Licht brannte, als er vor seinem Haus parkte. Er stieg aus dem Wagen und blickte auf das Gebäude, das im Dunklen lag. Er kämpfte sich durch den kniehohen Schnee zur Veranda, schloss die Eingangstür auf, hängte die Lederjacke auf und zog die Schuhe aus. Für einen Moment blieb er im dunklen Eingangsbereich stehen. Noch immer erwartete er, dass das Licht brannte und Chumani auf dem Sofa lag, irgendein intellektuell anspruchsvolles Werk las und ihm begeistert davon erzählte.

Aus der Küche holte er sich eine Blechdose mit seinen Drogenvorräten, drehte sich einen Joint, zündete ihn an und stellte sich rauchend vors Bücherregal, dessen Füllung zu achtzig Prozent Chumani gehört hatte. Von ihm stammten die Comics, die in den unteren Bereichen standen.

Vor gut zwei Monaten hatte Eike beschlossen, Chumanis Bücher durchzulesen. Sein System war dabei recht einfach: Er begann oben rechts und wollte unten links enden. Da Chumani die Bücher weder alphabetisch geordnet noch nach Belletristik und Sachbuch getrennt hatte, musste Eike sich bei jedem Werk auf etwas völlig anderes einlassen. Das erste Buch war Toni Morrisons Paradies gewesen, gefolgt von Dr. Glenn Hoskins' Ron, der Stegosaurier, gefolgt von Willa Cathers Meine Antonia, gefolgt von Dee Browns Begrabt mein Herz an der Biegung des Flusses. Seit einer Woche las Eike eine

Kulturgeschichte über die Zeit der großen Depression, was dazu geführt hatte, dass er eine Vorliebe für den Jazz der 1920er entwickelt hatte. Eike zog die Kulturgeschichte aus dem Regal, setzte sich aufs Sofa, rauchte und las, bis er einschlief.

22.

„Darf ich mich setzen?"

Lozen blickte hoch. Ein Mann stand vor ihr am Tisch. Sie saß in Coffy's Noodles, einem schlauchförmigen Restaurant in der Nähe ihres Büros, das vor einem Jahr eröffnet worden war, rund 20 Gäste fasste und von einer Mexikanerin mit der Vorliebe für Blaxploitation-Filme und asiatische Nudelsuppen betrieben wurde. 21 verschiedene Sorten standen auf der in Plastik eingeschweißten Karte. Auf dem Bildschirm über der Kasse hing ein Röhrenfernseher, auf dem die Original-Shaft-Trilogie aus den 1970ern ohne Pause lief. Die Bilder waren wunderbar verschwommen, was daran lag, dass die Filme von einer uralten VHS-Videokassette abgespielt wurden. Schlechte Bildqualität gehörte zu dieser Art von Kino.

Mit einer Handbewegung gab Lozen dem Mann, der sie angesprochen hatte, das Zeichen, sich zu setzen. Die Überraschung, ihn zu sehen, verbarg sie. Da die Interstate 68 geräumt worden war, hatte sie nur drei Stunden für den Rückweg von Kenny's War House gebraucht. Bei

Sonnenuntergang war sie in der Tiefgarage angekommen und, weil sie Hunger gehabt hatte, direkt zu Coffy's Noodles gegangen.

„Woher kenne ich Sie?", fragte Lozen.
„Wir sind uns einmal kurz begegnet."
Lozen sah ihn fragend an.
Der Mann lächelte.
„Sie legen nicht viel Wert auf schöne Unterwäsche, oder?", fragte der Mann. Es war MarkusW82. Lozen war peinlich berührt, dass sie nur im BH in Scott Dewets Wohnung vor ihm gestanden hatte.
„Haben Sie damals gewusst, wer ich war?"
„Nein. Erst als ich nachgedacht habe. Klassisches Ausschlussprinzip. Der Mann war Rassist. Das schließt eine Indianerin als Bettgespielin aus. Und selbst wenn er inkonsequent gewesen wäre – ein Verlierer wie dieser Dewet hätte niemals eine Freundin gehabt, die aussieht wie Sie. Der Rest war Recherche. Es gibt nicht viele Frauen in der Sicherheitsbranche, die Apache Nation als Tattoo tragen."
Das Gute ist, du Arsch, dass du nicht weißt, dass ich weiß, wer du bist, dachte Lozen.

Wie auf dem Friedhof trug der schnelle Mann Handschuhe, den schicken, schwarzen Mantel und darunter einen gut sitzenden Anzug. Er hatte ein Aftershave aufgelegt, das gut roch. Keine Frage, MarkusW82 war ein eitler Mensch. Wie hatte er sie gefunden? Entweder hatte er vor dem Bürogebäude den ganzen Tag auf sie gewartet und war ihr ins Restaurant gefolgt, oder er hatte sie seit dem Morgen verfolgt, was wegen des Brandes bei Ken Milner etwas unangenehm wäre.

„Was kann ich für Sie tun?", fragte sie.
„Ziehen Sie sich zurück", sagte der schnelle Mann.
„Und wenn nicht?", fragte sie.
„Ich arbeite für eine wichtige Interessengemeinschaft, die mir freie Hand gegeben hat."
„Eigener Ermessensspielraum. Wie schöne Arbeitsbedingungen."
MarkusW82 lächelte.
„Was also werden Sie tun?", fragte Lozen.
„Wenn ich richtig informiert bin, sind Sie für Spenden auf Ihr Privatkonto nicht empfänglich."
„Da sind Sie richtig informiert."

„Die einzig Aufrichtige in einem Pfuhl aus Sündern."

„Wie schön gesagt. Ist das von Ihnen?"

„In unserem Gewerbe leben die Aufrechten nicht lange."

„Was genau ist unser Gewerbe?"

„Wir schützen und töten."

„Sie müssen mir unbedingt die Adresse ihres Rhetorik-Coaches nennen. Er scheint hervorragend zu sein."

MarkusW82 zupfte seinen Mantel zurecht.

„Glauben Sie nicht, dass Harvey Farossi Sie in diesem Fall beschützen kann."

„Was ist ein Farossi? Eine italienische Süßigkeit?"

„Wollen Sie unsere Zeit mit solchem Geplänkel vergeuden?"

„So lange Sie wollen. Mein Essen dauert noch. Reisnudeln mit Rind. Kann ich empfehlen."

Nein, dachte Lozen, es war ausgeschlossen, dass der schnelle Mann ihr den ganzen Tag gefolgt war. Bei dem wenigen Verkehr hätte sie ihn spätestens auf der Interstate bemerkt, egal wie gut er war. Also hatte er den Tag vor dem Gebäude verbracht, in dem ihr Büro lag.

„Einen schönen Abend, Ms. Graham", sagte Markus W82 und stand auf. „Merken Sie sich: Weitere Verhandlungen gibt es nicht."

„Die schönere Formulierung wäre gewesen: Die Zeit der Worte ist vorbei, jetzt folgen Taten."

Der schnelle Mann grinste und verließ das Restaurant.

23.

Die Tür von Nick Davouts Büro stand offen. Es war das Gegenteil von Lozens: modern und funktional eingerichtet. Es gab keine Bilder an der Wand. Nick Davout saß im Dunkeln am Computer und tippte etwas ein. Wenn er konzentriert arbeitete, hatte sein Gesicht etwas Maskenhaftes. Sie klopfte an die Tür und er schaute zu ihr hoch.
„Lozen."
„Die anderen sind schon weg?"
„Ja."
Für die Mitarbeiter von Graham Security war es ein Rätsel, wann Nick Davout nach Hause ging. Ronan McIntire meinte, er hätte gar keins. Nick Davout war kein geselliger Mensch. Kein Kollege war je bei ihm zu Hause gewesen. Aus Neugier hatte Lozen irgendwann nachgeschaut, welche Adresse er bei seiner Anstellung angeben hatte. Sie kannte die Straße nicht, hatte den Namen bei Google Maps eingegeben und hatte feststellen müssen, dass es die Adresse in Washington D. C. nicht gab.
„Versuch Farossi zu erreichen. Wir haben ein Problem."

Lozen brachte ihre Jacke ins Büro, ging zur Kaffeemaschine, machte sich einen Latte Macchiato mit Karamellgeschmack und ging zurück zu Nick Davout.

„Ich habe seine Sekretärin erreicht. Er ist mit dem Kandidaten in Albany. Sie hat ihm eine Nachricht hinterlassen. Er wird sich melden."

Die nächste Stunde verbrachte Lozen damit, Werbe- und Spammails aus ihrem Account zu löschen, dem General zu antworten, der in vierzehn Tagen mit ihr ein Wochenende in Colorado verbringen wollte, wozu sie Lust hatte, und anschließend Musik zu hören. Als Nick Davout ins Büro kam und sie zu sich winkte, lief ein Song von Joe Strummer and The Mescaleros.

„Ich hoffe, es ist dringend, Lozen", sagte Harvey Farossi, als sie Nick Davouts Büro betrat. Gegenüber vom Schreibtisch ihres Mitarbeiters hing ein großer Monitor, an dessen oberem Rand eine Kamera steckte. Auf dem Monitor war Harvey Farossi zu sehen. Er saß in einem schwarzen Abendanzug in einem weißen Raum an einem leeren Bürotisch. Lozen kannte die Örtlichkeit. Er lag im Keller des New York State Executive Mansion in Albany, der offiziellen Residenz von Gouverneur Adam A. Kettle. In dem Raum konnte man eine Videokonferenz abhalten.

Der Wahlkampfmanager hatte die Krawatte geöffnet, in der Hand hielt er ein Glas, vor ihm stand eine Flasche Whiskey. Er sah müde aus.
„Schön, dich sehen", sagte Lozen, „einen harten Abend gehabt?"
„Nichts ist anstrengender als einen Wahlkampf zu führen, den man verliert."
„Du glaubst, du verlierst?"
„Schau dir die Umfragen an. Wir hatten eben einen Empfang für die Führer der muslimischen Gemeinden in New York State. Es war die Hölle. Die einen hatten Angst, einen rassistischen Kandidaten zu unterstützen, die anderen haben Adam zur Seite gezogen und gesagt, dass auch sie glauben, dass Hitler und die Judenverfolgung nicht das Schlechteste gewesen wären."
„Die Kraft von Geschichte wird unterschätzt, hat Arvist mir mal gesagt. Wir sind immer aufs Jetzt fokussiert und vergessen dabei, dass das Gestern unser Handeln und Denken prägt."

„Das klingt nach ihm. Und das Blöde ist, er hat recht. Das ist das Problem an Demokratien, man kann die Vergangenheit nicht umschreiben."
„Das ist eine Behauptung, die so nicht stimmt."
„Lozen, komm mir nicht mit den unterdrückten Ureinwohnern und ihrer Nebenrolle in den Geschichtsbüchern."
Sie schwieg. Sie hatte keine Lust, mit Harvey Farossi zu debattieren.

„Also, warum sitzen wir hier und sprechen miteinander?", fragte der Wahlkampfmanager.
„MarkusW82 hat mich aufgesucht, mir gedroht und gesagt, auch du könntest mich nicht schützen."
„Fuck."
„Wie hat er dich gefunden?", fragte Nick Davout.
„Er hat mich nach unserer Begegnung in Dewets Haus identifiziert."
„Er ist dir gegenüber nicht als FBI-Agent aufgetreten?"
„Nein."
„Was bedeutet das?", fragte Farossi.
„Dass du mehr zahlen musst", sagte Lozen.
„Wie überraschend."

Harvey Farossi schenkte sich Whiskey nach.

„Wir könnten proaktiv handeln", sagte er.

„Sie meinen, MarkusW82 zu eliminieren?", fragte Nick Davout.

Der Wahlkampfmanager trank einen Schluck.

„Das macht keinen Sinn, Mr. Farossi. Die Gegenseite würde einen Ersatz anheuern und wir würden den einzigen Vorteil verlieren, den wir besitzen, nämlich die Kenntnis darüber, wen unser Gegner uns entgegengestellt hat. Lozen, hat er angedeutet, er wüsste, dass wir ihn überwachen, oder wissen, wer er ist?"

„Nein."

„Sehen Sie, eine Eliminierung macht im Augenblick keinen Sinn."

„Hm."

„Haben wir mehr über MarkusW82 herausgefunden?", fragte Lozen.

„Nicht viel", sagte Nick Davout. „Er hat eine Wohnung, die einen Tick zu teuer für ihn ist, er trägt Klamotten, die einen Tick zu teuer für ihn sind, er geht zu oft in Restaurants. Die Slackers meinten, er würde ein Callgirl namens Emma Ederton regelmäßig besuchen. Die ist obere Preisklasse, ebenfalls ein bisschen zu viel für einen FBI-Angestellten. Woher er das Geld dafür hat, ist unklar. Und er macht es nicht schlecht. Er lebt nur leicht über seine Verhältnisse, man muss schon seine Ausgaben zusammenzählen, um festzustellen, dass sein Gehalt dafür nicht reicht."

„Sprich: Der Wichser hat einen Sponsor", sagte Harvey Farossi.

„Vermutlich. MarkusW82 hält sich öfters im Capitol Hill auf, was für einen Spezialisten für Wirtschaftsverbrechen nicht ungewöhnlich ist. Über Jack Manusco habe ich seine Bankverbindung bekommen. Ich habe mich reingehackt. Er hat rund 2 000 Dollar plus auf seinem Konto und ein Sparbuch von 5 000 Dollar. Das war's. Die IRS ist zufrieden mit ihm. Der unbekannte Sponsor ist klug genug, das Geld nicht auf das Konto von MarkusW82 zu überweisen."

„Sonst noch was?", fragte Lozen.
„Manusco hat mit einem Freund hier in Washington gesprochen und meinte, es gäbe das Gerücht, dass MarkusW82 zum Secret Service wechseln würde."

„Interessant. Das Schutzorgan des Präsidenten. Harvey, hast du dir eigentlich weitere Gedanken gemacht, wer hinter der Sache stecken könnte?"

„Sicher. Mayweather ist es eher nicht. Das ist nicht ihre Art. Ansonsten könnten es nach wie vor viele sein: jeder führende Republikaner, Mitglieder einer Super PAC, Lobbyisten, was weiß ich. Jemand, der Präsident werden will, hat immer mächtige Feinde."

„Das war ja von vornherein klar", sagte Nick Davout.

„Gib Gas, Lozen", sagte Harvey Farossi und beendete die Videokonferenz.

Als Lozen kurz darauf die Firma verließ, saß Nick Davout wieder mit maskenhaftem Gesicht im Dunklen vor seinem Computer und tippte etwas ein.

24.

Die Faust flog auf sie zu. Schnell. Verdammt schnell. Fast zu schnell. Lozen schaffte es mit Mühe auszuweichen. Sie stand mit Rowan McIntire im Ring von Clint's Gym und keuchte und schwitzte. Clint Freeman stand am Ring und rief ihnen Anweisungen zu. Er war in den 1980ern ein Schwergewichtsboxer gewesen, der viel Respekt in der Szene genoss. Das sicherte genug Kundschaft für sein Gym, in dem einige regionale Größen trainierten. Der ehemalige Boxer war 57 Jahre, 2,03 Meter groß, und die Muskeln unter dem Bauchfett waren noch nicht weich geworden. Wäre Martin Luther King ein Boxer mit Rastalocken gewesen, er hätte wie Clint Freeman ausgesehen, fand Lozen.

„Nicht so langsam", rief der Boxtrainer.

Rowan McIntire war kleiner als Lozen und neun Jahre älter, dafür fünfundzwanzig Kilo schwerer und ein erfahrener Faustkämpfer. Seine Reflexe waren erstaunlich. In einem Ring, wenn es fair nach den offiziellen Boxkampfregeln ging, war er ihr überlegen.

Rowan McIntire wich einer Geraden von ihr aus, täuschte links an und erwischte sie mit einem rechten Haken. Sie ging zu Boden, sprang sofort wieder auf und schlug vier schnelle Schläge auf seine Deckung.
„Lahm", rief Clint Freeman.
Lozen bekam eine Gerade in den Bauch und wich zurück.
„Und jetzt frei", rief Clint Freeman.
Lozen schlug eine rechte Gerade, Rowan McIntire wich zurück, weshalb er sich einen Fußtritt in den Magen einfing. Er antworte mit einem schnellen Haken. Lozen gelang es den Arm zu packen, und sie warf ihren Gegner mit einem Hebel auf den Boden. Rowan McIntire stöhnte. Sie warf sich im MMA-Stil auf ihn und verpasste ihm schnelle Schläge ins Gesicht, aber es gelang ihm, sie von sich herunterzuwerfen und aufzustehen. Mit erhobenen Fäusten standen sie sich gegenüber. Clint Freeman unterbrach den Kampf.
„Das reicht für heute."
Sie ließen die Fäuste sinken.
„Und hier die Lektion des Tages."
Das gehörte zum Ritual beim Training von Clint Freeman.
„Seid nie überheblich. Egal wie gut ihr seid – oder für wie gut ihr euch haltet, ihr werdet auf Bessere treffen, und nur

die Siege über die Besseren zählen. Der Rest sind Geschenke."

Lozen und Rowan McIntire keuchten und versuchten zu lächeln.

„Und außerdem solltet ihr zwei an eurer Kondition arbeiten."

Lozen lehnte sich in die Seile. Das Sparring hatte ihr gutgetan. Den Tag über war nichts passiert. Genauer gesagt: In ihrem Fall war nichts passiert. Karen Seymour war mit Ken Lopez bei einer Autogrammstunde bei Walmart und begleitete ihn anschließend zu einem TV-Auftritt. Nick Davouts Einsatzteam war auf dem Weg nach Pakistan, um einen islamistischen Terroristen zu fassen. Fast wünschte sie sich, mit nach Pakistan geflogen zu sein. Eine klar umrissene Aktion, keine Fragen, keine geheimnisvollen Gegner. Lozen kannte das von sich. Bereits als Ermittlerin des CID hatte sie sich bei Fällen, die nicht vorangingen, vorgestellt, wie früher als einfache Soldatin ins Gefecht zu gehen, wo es darum gegangen war, Befehle zu befolgen und spontan zu handeln, wenn etwas schiefging.

Clint Freeman zog Lozen die Boxhandschuhe ab.

„Alles in Ordnung bei dir, Kindchen? Du wirkst gestresst."
„Rocky hatte gegen Apollo Creed Stress, ich fühl mich gut."
„Er hatte dich fast, Kindchen."
„Meine rechte Faust ist aus Eisen, meine linke aus Stahl. Trifft die eine nicht, dann die andere."
„Der Spruch ist abgehangen."
Lozen kletterte aus dem Ring.
„Wie geht es eigentlich dem Spinner?"
Der Ex-Boxer meinte Nick Davout.
„Gut."
Clint Freeman war ein Fan von Nick Davout. Seit einem Ereignis vor zwei Jahren. Rowan McIntire boxte gelegentlich, in Mexiko oder bei illegalen Hinterhofkämpfen. Meistens begleitete ihn Clint Freeman. Einen dieser Kämpfe hatte überraschend Nick Davout besucht. Nach einem Fight, den Rowan McIntire gewonnen hatte, waren die unzufriedenen Freunde des Verlierers in der Umkleide aufgetaucht. Es waren zwei Männer gewesen. Einer hatte den Fehler gemacht, Nick Davout einen Schlag zu verpassen. Wenige Sekunden später hatte er mit einem gebrochenen Arm am Boden gelegen, und Lozens Angestellter hatte ein Foto mit dem

Smartphone gemacht. Sie hatte so etwas nie zuvor gesehen, Clint Freeman auch nicht.

Lozen ging in die Umkleide, öffnete ihren Spind, streifte eine schwarze Funktionshose und ein graues Kapuzenshirt über und zog die Lederjacke an. Sie duschte nicht im Gym. Es gab nur einen Waschraum, und die Boxer in Clint's Gym waren keine Gentlemen. Als sie die Umkleide verließ, schaute sie auf ihre Armbanduhr. Der Tag war erst halb vorbei. Mist.

Gemeinsam mit Rowan McIntire ging sie zum Wagen, den sie in einem Parkhaus in der Nähe abgestellt hatte. Sie bemerkte einen braunen Viertürer, in dem MarkusW82 und ein weiterer Mann saßen. Sie fuhren ihnen langsam hinterher. Von den Slackers, die den schnellen Mann beobachten sollten, sah sie keinen. Als Lozen und Rowan McIntire das Parkhaus betraten, fuhr der braune Viertürer weiter. MarkusW82 war also kein Mann übereilter Handlungen. Er versuchte ihr Angst zu machen, ihr zu zeigen, dass er alles über sie wusste, sie überall zu jeder Zeit aufspüren konnte. Das bedeutete, dass er ein überheblicher Mistkerl war. Denn solche Spielchen beunruhigten sie nicht im Geringsten.

Zurück im Büro duschte sie, bestellte einen Salat, schrieb ein paar dienstliche Mails und ging anschließend auf dem Laufwerk Kunden in den Dateiordner Farossi und dort in den Unterordner, den Nick Davout für den Fall angelegt hatte und der den Namen Nazi-Vergangenheit trug. Das gesamte Team hatte Zugriff auf den Ordner.

Lozen öffnete in Nazi-Vergangenheit den Unterordner Connections, in dem Nick Davout das Material sammelte, mit dessen Hilfe er herauszufinden hoffte, wer letztendlich die Affäre gestartet hatte. In dem Unterordner gab es ein Dokument mit einer Liste, die zwölf Namen von Politikern und Lobbyisten umfasste, die ein Interesse am Scheitern von Adam A. Kettles Kandidatur hatten. Unter der Liste waren komplexe Diagramme und Tabellen mit Kürzeln, deren Bedeutung Lozen nicht kannte und die sich ihr auch nicht erschlossen. Offenbar versuchte Nick Davout Bezüge und Verbindungen herzustellen. Nur zu was? Das Problem daran, mit einem Genie wie Nick Davout zu arbeiten, war gelegentlich der Umstand, dass sie ihm nicht folgen konnte. Die Diagramme und Tabellen sagten ihr nichts. Frustriert schloss sie den Ordner. Sie musste warten, bis die Angelegenheit in Pakistan erledigt war und er sich wieder dem Fall widmen konnte.

Lozen griff zum Telefon und rief die Slackers an. José Martinez ging an den Apparat.

„Hola, Chica."

„Hola, José. Wie sieht es bei euch aus?"

„Den Vormittag über hat er dich verfolgt, wie du ja sicher bemerkt hast."

„Ihr wart also beim Gym. Ich hab' euch nicht gesehen."

„Hey, Chica, wenn du uns gesehen hättest, verstünden wir nichts von unserem Geschäft."

José Martinez war ein Schwätzer, der Lozen mit seinen abgehangenen Sprüchen an die Actionhelden der 1980er erinnerte.

„Klar, ihr seid die Besten der Besten."

„Du sagst es."

„Wo ist Markus W82 jetzt?"

„Vom Gym aus ist er zum FBI-Gebäude gefahren, das er aber schnell wieder verlassen hat. Er hat was gegessen, ein Gespräch mit einem Polizisten geführt und ist nach

Arlington gefahren, wo er in der Glebe Road vor einem Apartmentgebäude geparkt hat, in dem er sich zurzeit noch aufhält."

„Was will er da?"

„No sé. Zac ist an ihm dran."

„Gut."

„Geht der Fall nicht voran, Chica?"

„Wie kommst du darauf?"

„Immer wenn die Dinge nicht vorangehen, rufst du an und willst einen telefonischen Bericht."

25.

Ein Gewirr aus amerikanischen Papierflaggen. Die Nationalhymne. Eine schlanke Frau im blauen Kostüm und mit auffallend hübschen Waden betrat die Bühne. Ihr folgte ein breitschultriger Mann mit wenig Haaren, der einen dunkelblauen Anzug trug und ein wenig wie ein in die Jahre gekommener Wrestler wirkte. Die Frau stellte sich vors Rednerpult, lächelte und begann zu reden. Über den Wert der Familie, welchen Rückhalt sie einem gab, dass eine echte Familie aus Mann, Frau und Kindern bestand. Lozen gähnte. Sie lag zu Hause auf dem Sofa, zugedeckt mit einer grünen Decke, einer Tasse Zitronengrastee in der Hand, und schaute PBS, den amerikanischen öffentlich-rechtlichen Fernsehkanal, auf dem eine Dokumentation über die zwei Präsidentschaftskandidaten lief.

Bei der Frau mit den schönen Waden handelte sich um Sandra Mayweather, bei dem breitschultrigen Mann um Wes Bindella, ihren erklärten Vizepräsidenten. Die Wahlkämpferin sprach stets ohne Teleprompter, hatte nie Notizen in der Hand. Das kam bei den Bürgern an, weil es spontan wirkte, und Spontaneität im Wahlkampf vermittelte den Eindruck, dass die Kandidatin ehrlich und noch nicht korrumpiert vom System war. Harvey Farossi kopierte diese Art von Auftritten.

Sandra Mayweather war eine intelligente Populistin, ihre Botschaften einfach, klar und konservativ: Amerika war die größte Nation, die es auf Erden gab, die USA mussten wieder ein Land für die Arbeiter und Farmer werden, für Mütter und Kinder. Gott hatte viel vor mit den Vereinigten Staaten.

Das Religiöse spielte eine wichtige Rolle bei der Politikerin. Zu Beginn des Wahlkampfes hatte Lozen Harvey Farossi zu einem Auftritt von Sandra Mayweather irgendwo in einem Kaff in Ohio begleitet. Es war eine seiner Methoden, er wollte den Gegner und seine Anhänger live vor Ort erleben, damit er sie besser einschätzen konnte. Der Wahlkampfmanager hatte Lozen für den Fall angeheuert, dass ihn jemand erkannte. Mayweather-Anhänger waren berüchtigt dafür, schnell gewalttätig zu werden.

Vier Stunden hatten sie gewartet, bis endlich Sandra Mayweathers Privatjet auf dem regionalen Flughafen gelandet war. Auf beiden Seiten des Fliegers stand in goldenen Buchstaben der Name der Kandidatin. Eine Gruppe ihrer Anhängerinnen, die Lollis lutschten, um ihren Mund feucht zu halten, weil sie nicht genug Wasser dabeihatten, war in Ekstase geraten. Eine hatte wiederholt gerufen: „Oh, mein Gott", eine andere hatte geschrien: „Was für ein Flugzeug!".

Ein Priester hatte die Bühne betreten und eine kurze Einführung gehalten, die mit den Worten „Wir glauben" geendet hatte, womit er Gott und die Kandidatin gemeint hatte. Dann hatte Sandra Mayweather die Bühne betreten, die Anhänger hatten gejubelt und sie hatte darüber geredet, dass ihr Gegner Adam A. Kettle nicht wüsste, wie man gewinne, darüber, dass Unschuldige von illegalen Einwanderern auf offener Straße erschossen würden, von unamerikanischen Kräften, die den christlichen Glauben zerstören wollten und darüber dass die Mainstream-Medien immer lügen würden. Sie hatte versprochen, all dies zu beenden, sie hatte versprochen, es den Gegnern der USA zu zeigen, sie hatte profitable Deals versprochen.

„God bless you", hatten ihre Anhänger skandiert. Ein hässlicher, blonder Junge mit Stupsnase und Segelohren hatte ein Plakat hochgehalten, auf dem seine Dreifaltigkeit geschrieben stand: USA – Gott – Mayweather.

Sandra Mayweathers Anhänger wollten, was sie bereits besaß: ein eigenes Flugzeug und viel Geld, beides wären für sie Symbole individueller Freiheit, hatte Harvey Farossi ihr damals gesagt. Lozen hatte mit den Schultern gezuckt. Dummheit führte zu Fanatismus, und sie hatte am Rande des Flughafens beides gesehen.

Lozen schaltete um und startete eine Folge einer heruntergeladenen, trashigen Zombie-Serie, die Karen Seymour ihr empfohlen hatte. In der Episode ging es um Zombies, die unter der Wirkung des Potenzmittels Viagra standen. Am Ende war Lozen etwas enttäuscht. Die Folge war nicht schlecht gewesen, aber leider hatte es die Viagra-Zombies nie zu sehen gegeben. Die menschlichen Helden hatten nur über die Wirkung gesprochen, die das Mittel auf die lebenden Toten hatte.

Lozen wollte gerade eine weitere Folge starten, als ihr Smartphone klingelte. Sie nahm ab, ohne aufs Display zu sehen. Ein Fehler.

„Ja?"

„Hier ist Arvist."

„Arvist. Was willst du?"

„Reden."

„Keine gute Idee. Wir haben beschlossen, dass es nichts wird. Wir sollten dazu stehen."

„Ich bin konsequent inkonsequent."

„Arvist, ich muss arbeiten."

Sie beendete das Gespräch. Kaum hatte sie das Smartphone weggelegt, klingelte es wieder.

„Arvist, es reicht."

„Hola, Chica."

Es war nicht Arvist, es war José Martinez.

„José."

„Spukt dir der Deutsche immer noch im Kopf herum?"

„Der Typ ist eine Klette."

Sie atmete durch.

„Was willst du, José?"

„Ich habe gedacht, du wolltest einen abschließenden Tagesbericht."

„Leg los."

„Also: MarkusW82 ist in der South Glebe Road ins Dominions Arms Apartment Building in den ersten Stock gegangen. In dem liegen die Büros des Arlington County Republican Committees. Die kümmern sich um die Belange der republikanischen Partei in Arlington."

„Spannend."

„Zac ist der Zielperson gefolgt. Sie hat in dem Büro des Komitees eine Frau getroffen. Das Treffen hat eine Viertelstunde gedauert. Danach ist die Frau mit dem Bus nach Hause gefahren, was unser Glück war, weil Zac ihr deshalb folgen konnte. Es handelt sich laut dem Schild an ihrem Haus um eine Evelyn Shortridge."

„Sagt mir nichts. Und MarkusW82?"

„Warum benutzt du eigentlich seinen E-Mail-Namen?"

„Keine Ahnung. Wo ist er hin?"

„Nach Hause."

„Verstehe. Danke für den Bericht."

„Gerne."

Lozen simste den Namen Evelyn Shortridge an Nick Davout. Kaum hatte sie die Botschaft abgeschickt, ging ihr auf, dass Nick Davout noch mit Pakistan beschäftigt war.

Wenn sie an diesem Abend etwas über die Frau erfahren wollte, musste sie selber recherchieren. Als sie den Namen in die Suchmaschine eingeben wollte, hörte sie ein Hupen. Sie ging zum Fenster. Draußen im Schnee stand der braune Viertürer. Der Innenraum war beleuchtet. Lozen erkannte den Mann, der am Vormittag mit MarkusW82 im Wagen gesessen hatte. Sie rief die Polizei und erklärte, ein Mann parke vor ihrem Haus, hupe und mache ihr Angst, worauf zehn Minuten später Washingtons Beste erschienen, den Fahrer befragten, ihn anschließend wegschickten und bei Lozen klingelten, um ihr zu erklären, es habe sich um einen Vertreter aus Virginia gehandelt, der sich verfahren habe. Lozen bedankte sich bei den Polizisten für ihre Arbeit. Die Versuche von MarkusW82, sie unter Druck zu setzen, begannen sie zu nerven.

Sie setzte sich wieder auf die Couch, nahm das Tablet und gab den Namen der Frau in die Suchmaschine ein. Es gab zwei Frauen namens Evelyn Shortridge in Washington D. C. und Umgebung. Eine war 36 und betrieb ein Spielzeuggeschäft, die andere war Mitglied in den relevanten Social-Media-Netzwerken und nannte sich Kommunikationswissenschaftlerin. Lozen schickte ein

Bild an die Slackers, die umgehend bestätigten, dass es sich um die Frau aus Arlington handelte, woraufhin sie sich die Einträge in den sozialen Netzwerken genauer anschaute.

Die Frau arbeitete für die republikanische Präsidentschaftskandidatin. Welche Funktion sie innehatte, war nicht ersichtlich. Sie rief Harvey Farossi an, weil er die Frau unter Umständen kannte, aber der Wahlkampfmanager ging nicht ans Telefon, also gab sie die Stichworte Evelyn Shortridge, Wahl, Republikaner in die Suchmaschine ein. Die Ergebnisse blieben etwas diffus, aber zumindest war klar, dass Evelyn Shortridge eine Mitarbeiterin von Wes Bindella war.

26.

„Wenn ich Wes Bindella jetzt treffen würde, würde ich den Kerl umbringen", sagte Adam A. Kettle und ballte die Faust. Der Kandidat war wütend. Zusammen mit Harvey Farossi und Lozen saß er im Wohnzimmer des Wahlkampfmanagers an einem beeindruckenden Tisch aus Olivenholz. Adam A. Kettle war knapp über eins achtzig. Das leichte Übergewicht wurde vom Anzug verschleiert. Er sah sportlich und gesund aus. Das Haar strahlte blond, die gebräunte Gesichtshaut saß straff auf dem Schädel. Er sah nicht wie einundfünfzig, sondern wie Anfang vierzig aus. Nick Davout hatte Lozen erzählt, der Politiker würde, seit er die 30er hinter sich gebracht hatte, regelmäßig nach Deutschland an den Bodensee reisen, wo ein verschwiegener Schönheitschirurg seine Fassade überarbeitete. Verschwiegen war wichtig, denn der Kandidat besaß das Image eines irisch-amerikanischen Naturburschen, und das kam an beim Wähler.

„Was weisst du über Evelyn Shortridge, Harv?", fragte Lozen.

„30 Jahre alt. Aus Baltimore, hat Kommunikationswissenschaft studiert und direkt nach der Universität bei Bindella angefangen, der zu der Zeit bereits Senator für Maryland war."

„Schläft er mit ihr?", fragte Adam A. Kettle.

„Hat er. Meinen Quellen zufolge haben sie ein Jahr vor Wahlkampfbeginn damit aufgehört."

„Wie clever. Beweise?"

Eine Washingtoner Legende besagte, dass Harvey Farossi umfangreiche Dossiers über die wichtigen Personen des öffentlichen Lebens besaß und eine beträchtliche Anzahl von ihnen in der Hand hatte, weil er belastendes Material gesammelt hatte.

„Hätten wir welche, hätte ich sie längst veröffentlicht."

„Und Bindella?", fragte Lozen. „Was ich über ihn weiß, ist Wikipedia-Wissen: 45 Jahre alt, zweifacher Senator, davor verschiedene politische Ämter beim Bürgermeister von Baltimore und später beim Gouverneur von Maryland. Verheiratet, zwei Töchter, Protestant. Konservativer als Mayweather."

„Unter Umständen viel konservativer", sagte Harvey Farossi, „es gab früher Gerüchte, er habe mit rassistischen Gruppierungen sympathisiert. Beweise sind nie aufgetaucht. Es gibt ein paar grenzwertige Kommentare über mexikanische Einwanderer aus seinen frühen Tagen. Das ist alles. Interessant ist noch, dass er als Mann aus Baltimore auftritt, dabei kommt er aus einem kleinen Kaff in South Dakota. Erst nach dem Studium ist er nach Maryland gezogen."

„South Dakota? Interessant."

„Warum, Ms. Graham?", fragte Adam A. Kettle.

„Meinen Recherchen zufolge kommt aus dieser Ecke zumindest das Foto."

„Das muss nichts bedeuten", sagte Harvey Farossi.

„Muss nicht. Stimmt."

„Ich gehe davon aus, dass Nick Davout der Sache nachgeht?"

„So ist es."

Das war natürlich gelogen. Pakistan war nicht vorbei.

„Wir müssen es Wes Bindella heimzahlen. Es rettet vielleicht nicht die Wahl, aber ich lass' mich nicht von so einem Wichser fertigmachen. Haben wir irgendetwas Brauchbares gegen Wes in der Hand?", fragte Adam A. Kettle.

„Nein. Wir wissen zwar, wie es ungefähr gelaufen ist, aber können es nicht belegen", sagte Lozen.

Der Kandidat erhob sich, ging zur Anrichte, auf der Gläser und eine Karaffe mit Whiskey standen, und schüttete sich einen Drink ein.

„Ich will, dass wir Wes kriegen. Er hat mir wohlmöglich die Wahl versaut, und ich will nicht, dass er das ungestraft getan hat."

27.

Am Morgen trainierte Eike eine Stunde im Stall, wo er im hinteren Bereich einen abgetrennten Trainingsraum mit Gewichten und einem Sandsack eingerichtet hatte. Anschließend machte er sich ein Müsli, stellte den Fernseher an und aß sein Frühstück, während die Gesichter von Woody Schembechler und Rod Hayes über den Bildschirm liefen. Die Kommentatoren-Stimme erklärte, dass die Flüchtigen in der Nacht eine Videobotschaft im Netz veröffentlicht hatten. Oben links am Bildschirmrand entdeckte Eike eine Quellenangabe: American Guard. Er holte sein Tablet und ging auf die Seite, in deren Zentrum das Video stand. Er startete es.

Woody Schembechler und Rod Hayes standen nebeneinander in einem Wald. Sie trugen grüne Parkas. Woody Schembechler war es, der redete:
„Wir, Woody Schembechler und Rod Hayes, sind Patrioten, und wir möchten über die Ereignisse der letzten Tage und Stunden sprechen. Wir saßen unschuldig im Gefängnis, verurteilt von jüdischen Richtern, deren Rechtsprechung nicht im Einklang mit der Verfassung und

der Bibel stehen. Die Richter waren Feinde Christi, sie waren Feinde der arischen Rasse. Wir sind aus dem Konzentrationslager des Feindes geflohen, um den Kampf aufzunehmen. Die Schuld für die Ereignisse bei der Farm der Kramers trifft eindeutig die Mitglieder der South Dakota Highway Patrol. Sie haben das Feuer ohne Vorwarnung eröffnet. Ich möchte, dass die Welt weiß, dass ich keine Genugtuung aus dem Tod oder der Verletzung der Polizisten ziehe. Es war wie während meines Einsatzes im Irak im Kampf gegen die Dschihadisten. Wenn man angegriffen wird, ist es eine Sache des Überlebens. Ich musste als Soldat Menschen töten. Ich fühlte mich schlecht, aber ich hatte keine Wahl. So war es auch bei der Schießerei auf der Farm der Kramers. Ich und mein Freund Rod Hayes sind im Einsatz. Für die USA, für die arische Rasse, gegen das kommunistische Judentum. Rod und ich wissen nicht, wo unser Weg uns hinführen wird und wie lange wir überleben werden, um unseren Kampf auszutragen. Das spielt keine Rolle. Wir sind Amerikaner. Wir sind Arier. Wir stehen aufrecht bis zum Schluss. White Power. God bless you."

Die Männer machten den Hitlergruß und gingen aus dem Bild.

Eike holte sein Smartphone. Vier Anrufe vom Sheriff und zwei von Gouverneur Kraft in der letzten Stunde. Er hatte sie während des Trainings nicht mitbekommen. Er rief seinen Schwiegervater an.

„Sohn, endlich meldest du dich."

„Was ist los?"

„Hast du von dem Video von Schembechler und Hayes gehört?"

„Hab' es mir eben angeschaut."

„Gouverneur Kraft hat es gar nicht gefallen. Er schickt die Armee und die Highway Patrol nach Crook. Sie sollen sämtliche Häuser in der Stadt und der Umgebung durchsuchen."

„Ist das klug? Die Rechten werden jubeln."

„Klug? Vielleicht nicht. Aber unter Umständen effektiv. Wenn wir sie auf normalem Weg jagen, kann es dauern, bis wir sie kriegen."

28.

Der Flur war schlecht beleuchtet, der Boden verdreckt. Ein beißender Gestank, der sich aus den Gerüchen von Essen, Zigarettenrauch, billigem Parfüm und Reinigungsmittel zusammensetzte, lag in der Luft. Aus den Wohnungen drangen die Geräusche von Streitereien, Hundegebell, Babygeschrei, Musikfetzen und Dialogauszüge von nicht identifizierbaren Filmen und Serien. Lozen klopfte an der Tür mit der Nummer 192. Nach einer Weile hörte sie, wie sich jemand auf der anderen Seite der Tür näherte und sie aufschloss. Der Mann, der in Apartment 192 wohnte, war Ken Milner.
„Mr. Milner, vielleicht erinnern Sie sich an mich. Mein Name ist Graham, von Graham Security."
„Sicher, Pocahontas, ich erinnere mich."
„Darf ich eintreten?"
Ken Milner winkte sie herein. Er trug ein dreckiges Kapuzenshirt und eine genauso dreckige Jeans. Die Füße waren nackt. Die Zehennägel waren lang und krumm und gelb. Er roch wie bei ihrer ersten Begegnung nach Alkohol und mangelnder Körperhygiene. Das Apartment bestand aus einem Raum mit Wohnküche. Bier- und

Whiskeyflaschen bedeckten den Teppichboden. Im Fernseher lief eine Krimiserie, an deren Titel sich Lozen nicht erinnern konnte. Sie spielte in New York City am Ende des Amerikanischen Bürgerkrieges.

„Weißt du, dass kurz nach deinem Besuch mein Laden abgebrannt ist, Pocahontas?"
„Nein. Tut mir leid zu hören."
„Ich hab' zuerst gedacht, du bist es gewesen. Ihr Rothäute habt es doch mit Flammen, Tanz ums Lagerfeuer und so."
„Warum sollte ich so was tun?"
„Ihr Rothäute seid unberechenbar."
„Was hat die Feuerwehr gesagt?"
„Irgendwas von alten Leitungen. Aber die waren nicht besonders gründlich."
Ken Milner ließ sich aufs in Plastik eingeschweißte Sofa fallen, griff aus dem Meer von Flaschen eine mit Whiskey, führte sie zum Mund und nahm einen tiefen Schluck.
„Was willst du, Pocahontas? Doch scharf auf mich?"
Als er das sagte, leckte sich Ken Milner den Mund. Weil sie wie das erste Mal vier Stunden auf verschneiten Straßen hatte fahren müssen, war Lozen angespannt. Trotzdem reagierte sie nicht auf die plumpen

Anzüglichkeiten und zog drei Fotos aus der Jacke, die sie ihm gab.

„Was soll ich damit?"

Ken Milner legte die Aufnahmen neben sich aufs Sofa.

„Ist einer davon der, der das Foto auf der Messe gekauft hat?"

Nick Davouts Aktion in Pakistan war erfolgreich gewesen. Sein Team hatte den Terroristen gefasst und war auf dem Weg zurück nach Hause. Sofort hatte sich Nick Davout wieder in den Fall eingeklinkt und Wes Bindellas Vergangenheit durchleuchtet. Fündig war er in dessen College-Jahrbuch geworden, welches der Politiker online gestellt hatte. Eine klassische Wahlkampftaktik. Wer Privates preisgab, wurde für die Wähler greifbarer. Nick Davout hatte Bindellas Mitschüler durchleuchtet. Drei Männer waren in der rechtsradikalen Szene aktiv, und alle drei besuchten Messen, wie Ken Milner sie beschrieben hatte. Lozens Fotos zeigten die Männer.

„Warum sollte ich dir helfen?", fragte Ken Milner.
Lozen zog 100 Dollar aus der Hosentasche.

„Reicht nicht, Pocahontas. Zeig' deine Titten und dann helf' ich dir vielleicht. Vielleicht will ich auch anfassen. Vielleicht will ich auch noch, dass du deine Jeans ausziehst."

Lozen verpasste Ken Milner einen Schlag mit der flachen Hand, der den Mann mit genug Wucht traf, dass er vom Sofa in das Meer aus Flaschen fiel, die wie die Steine eines Dominospiels klirrend umfielen. Ken Milner schrie, weshalb Lozen den Fernseher lauter stellte. Dann nahm sie die Fotos vom Sofa, setzte sich auf den schreienden Mann, legte die Aufnahmen neben ihn, holte den Schlagring aus der Jacke, zog ihn über, zeigte ihn dem Mann unter ihr, der darauf verstummte, nahm erneut die Fotos und hielt sie vor sein Gesicht. Mit zittriger Hand zeigte er auf das in der Mitte: Den Namen Woody Schembechler hatte Nick Davout auf die Rückseite geschrieben.

29.

Die Kälte schmerzte. Welcher Wintertag war es? Eike zählte nicht mehr. Er saß auf der Motorhaube des SUVs, den er auf einem verschneiten Acker geparkt hatte, und blickte auf Crook. Drei Militärlaster, gefolgt von drei schwarzen Wagen, näherten sich von Westen. Am Ortseingang blieb ein Laster stehen, der zweite und die schwarzen Wagen hielten in der Ortsmitte, der dritte an der östlichen Ortsgrenze. Soldaten sprangen aus dem Laster, Anzugträger aus den Wagen. Sie formierten sich in Vierergruppen und begannen das Dorf zu durchsuchen.

Eike glitt von der Motorhaube und stapfte hinab in den Ort. Ein scharfer Wind blies ihm ins Gesicht und fegte den Schnee in die Luft. Vereinzelt erschienen grimmige Gesichter an den Fenstern und blickten ihm hinterher, wie er die Straße entlang zum Rathaus ging, dem einzigen Gebäude aus Stein, in das die Soldaten die Bewohner bringen und in dem das FBI die Verhöre durchführen würden.

Im Eingangsbereich standen Ann Lee Ironwood und Captain America neben einem breitschultrigen Mann um die fünfzig, der Jeans, Rollkragenpulli und einen Cowboyhut trug. Die FBI-Agentin stellte ihn als Bürgermeister William Lester vor.

„Ist dieses Vorgehen wirklich nötig, Deputy?", fragte Lester.

„Anweisung des Gouverneurs. Bewohner von Crook und Umgebung haben nachweislich den Flüchtigen geholfen."

Der Bürgermeister schwieg.

„Kannten Sie die Flüchtigen?"

„Ja. Aber ich teile nicht ihre politischen Ansichten."

„Erfreulich. Würden Sie ihnen helfen?"

„Natürlich nicht. Rassisten haben in Crook nichts zu suchen."

Nach und nach füllte sich der Eingangsbereich des Rathauses mit den Einwohnern von Crook. Die FBI-Agenten hatten drei Büros vorbereitet, in denen die Verhöre stattfinden sollten, die mit einer Videokamera aufgezeichnet wurden. Die Dauer war auf 15 Minuten terminiert. Eike saß mit Ann Lee Ironwood und Captain

America in einem vierten Raum und beobachtete die Verhöre auf zwei Monitoren.

Nach einer Stunde wurde Dwayne in eines der Büros geführt. Der FBI-Agent sprach ihn als Mr. Betts an. Er beantwortete keine Fragen, starrte nur feindselig in die Kamera. Nach zehn Minuten gaben die Agenten auf und ließen ihn gehen.

Später wurde Mindy Schembechler in einen Raum gebracht. Sie sah ängstlich und verletzlich aus. Die Fragen der Beamten beantwortete sie. Als das Verhör beendet war, stand Eike auf und ging in den Flur, wo er auf sie traf, als sie von einer FBI-Agentin aus dem Raum geführt wurde.

„Ich übernehme", sagte Eike. Die Frau nickte und ging Richtung Eingangsbereich, um den nächsten Einwohner zu holen.

Mindy Schembechler sah Eike an. Sie war nicht überrascht ihn zu sehen.

„Du hast mich verarscht", sagte sie.

Er sagte nichts.

„Mike und ich haben dich in den Nachrichten gesehen. Vor der Farm der Kramers. Mike konnte es nicht glauben. Er hat geweint."

Er sagte weiterhin nichts.

„Du bist mit mir ins Bett gegangen. Sind das die Ermittlungsmethoden der Polizei?"

„Nein."

„Nein?"

„Es war ein Fehler."

„Das sehe ich auch so."

Mindy Schembechler sah ihn an. Sie sah ängstlich und verletzlich wie im Verhörraum aus.

„Woher stammt das Geld, das du auf das Konto von Steve Douglas überwiesen hast, damit er Woody beim Ausbruch hilft?"

Sie sah ihn überrascht an.

„Und erzähl' jetzt nicht, dass es für was anderes war. Also: woher?"

„Von Woodys Freunden."

„10 000 Dollar? Unwahrscheinlich."

Sie spuckte ihm ins Gesicht.

„Dwayne wird dich umbringen", sagte sie und verließ den Raum. Eike atmete durch.

Fünf Stunden später war die Aktion beendet. Es gab keinen brauchbaren Hinweis auf den möglichen Aufenthaltsort der Flüchtigen. Selbst die Identität der untersetzten Frau blieb ungeklärt.

Eike fuhr nach Homer. Zurück im Sheriff Office rief er Gouverneur Joel Kraft an, der sich in Washington D. C. aufhielt.
„Wie läuft der Wahlkampf, Gouverneur?", fragte Eike.
„Ausgezeichnet."
„Dank des alten Radiointerviews von Kettles Urgroßvater?"
„Sicher. Warum?"
„Nur so."
„Sie fragen nie nur so, Eike."
„Wenn Sie es sagen."
„Wie sieht es bei Schembechler und Hayes aus?"
„Keine Spur. Die Aktion in Crook hat nichts gebracht."
„Mist."
„Ich könnte es nicht treffender zusammenfassen."
„Was sind Ihre nächsten Schritte?"

„Ich kann nichts anderes tun als abzuwarten. Ich gehe davon aus, dass die Gesuchten sich noch in South Dakota aufhalten. Irgendwann werden sie irgendwo auftauchen."
„Ich warte nicht gerne."
„Ich auch nicht. Gehört aber zum Berufsbild."
Kraft lachte.
„Bei mir auch."

30.

Ein blauer, ramponierter Pickup hielt auf dem Parkplatz des Prairie Wind Casinos. Woody Schembechler und Rod Hayes stiegen aus. Sie trugen dunkle Winterjacken. Rod Hayes hatte einen Rucksack auf dem Rücken, in dem nicht viel zu sein schien. Die untersetzte Frau blieb im Wagen.
„Ich kann das Autokennzeichen nicht lesen", sagte Eike. Er saß in der Sicherheitszentrale des Casinos und sah sich Überwachungsvideos an, die ein Wachmann in grauer Uniform auf einer Monitorwand abspielte. Seine Geduld war nicht lange auf die Probe gestellt worden. 16 Stunden nach seinem Telefonat mit Gouverneur Kraft hatte John Two Feathers von der Sioux Tribe Police angerufen und berichtet, dass das Casino überfallen worden war.

Theresa Echo-Hawk reichte ihm einen Ausdruck.
„Die Vergrößerung hat Tom hier gemacht."
Sie zeigte auf den Wachmann.
„Tom Blue Bird Steele ist der Chef meiner Sicherheitsabteilung."
„Es ist ein 2009 Ford-150 XLT SuperCrew", sagte Tom Blue Bird Steele.

„Ist ein Kennzeichen aus Chayton County. Ich habe es an Ruthie, die Highway Patrol und ans FBI geschickt. Ergebnis: Das Fahrzeug gehört einem Dwayne Betts. Er hat es gestern Abend als gestohlen gemeldet", sagte John Two Feathers.
„Dwayne Betts aus Crook?"
„Ja. Kennen Sie ihn?"
„Ein Gesinnungsbruder der Flüchtigen."
„Da können wir ja die Diebstahlsermittlungen vernachlässigen."
„Genau. Tom, lassen Sie die Aufnahmen weiterlaufen."

Woody Schembechler und Rod Hayes betraten das Casino, in dem Indianerfolklore auf Las-Vegas-Kitsch traf und wenig Betrieb herrschte. Es war elf Uhr vormittags. Die Männer gingen durch den Raum mit den Spielautomaten, tranken an der Bar ein Bier, schauten sich dabei um und gingen schließlich zur Kasse, wo man Chips gegen Bargeld und umgekehrt tauschte. Es war eine Holztheke im Westernstil mit einem kupfernen Gitter, hinter dem eine Frau und ein Mann, beide im Anzug, saßen.
Woody Schembechler und Rod Hayes zogen Waffen aus den Jackentaschen. Soweit Eike es erkennen konnte,

waren es zwei Colt Pythons mit 6-Inch-Läufen. Das Erkennen von Waffen hatte man ihm eingebläut, als er nach dem 11. September zur Berliner Antiterroreinheit versetzt worden war. Es war zu einem Automatismus geworden.

„John, lassen Sie Ruthie, die State Police und das FBI checken, ob in Chayton County jemand Colt Pythons besitzt. Die Waffen hatten sie auf der Farm der Kramers noch nicht."

„Okay."

Mit ruhigen Bewegungen schoben die Frau und der Mann das Geld über die Theke zu Rod Hayes, der es mit hektischen Bewegungen in den Rucksack warf. Keiner der anderen Kunden bemerkte den Raub, kein Wachmann erschien.

„Wie läuft das Notfallprozedere?", fragte Eike.

Tom Blue Bird Steele stoppte die Wiedergabe.

„Wie Sie sehen, gibt es eine Kamera auf die Kasse gerichtet und eine, die die Kunden filmt. Das heißt, ein Notfallknopf ist nicht nötig, weil der jeweilige Wachmann, der hier in der Zentrale Dienst hat, die Aufnahmen von der Kasse nicht übersehen kann."

„Es gibt mindestens 15 Monitore. Da kann der Mann was übersehen."

„Es sind 20, um genau zu sein. Die zwei, die die Kasse zeigen, sind im Zentrum. Sie befinden sich ständig im Sichtfeld des Wachmanns."

„Verstehe. Wie ist das weitere Vorgehen?"

„Bemerkt der Wachmann in der Zentrale einen Raub, ruft er bei der Polizei an. Die Angestellten sind angewiesen, den Forderungen der Räuber zu folgen. Kein Sicherheitspersonal soll sich ihnen innerhalb des Casinos nähern, es sei denn, es besteht eine unmittelbare Gefahr für die Kunden."

„Verstehe."

Tom Blue Bird Steele ließ die Aufnahmen weiterlaufen. Woody Schembechler und Rod Hayes steckten die Waffen weg, liefen nach rechts und verschwanden in den Männertoiletten. Eike blickte fragend zum Sicherheitschef.

„Auf den Toiletten gibt es ein Fenster. Die Täter haben es eingeschlagen und gelangten aus dem Gebäude."

„Wo der Ford-150 auf sie wartete."

„Ja."

„Und ihre Männer standen am Haupteingang."

„Ja. Dies ist die letzte Aufnahme der Täter."

Eike sah, wie der blaue Pickup über den Parkplatz raste und wegfuhr.

„Um es kurz zu machen: Die Flüchtigen kannten die Gegebenheiten im Casino."

Er erinnerte sich an das Foto von Woody Schembechler am einarmigen Banditen, das er bei seinem Besuch bei Mindy gesehen hatte.

„Es scheint so", sagte Theresa Echo-Hawk.

„Und du wusstest das nicht?"

„Du weißt, wie viele Kunden wir haben. Offenbar sind sie nie negativ aufgefallen."

„Verstehe. Wieviel haben sie mitgenommen?"

„8 230 Dollar."

„Das reicht, um sich ein paar Wochen über Wasser halten."

Eike verabschiedete sich und ging frustriert zum Wagen. An dem lehnte eine attraktive Frau mit langen, schwarzen Haaren, die zu einem Zopf geflochten waren. Sie trug einen dunklen Schal, eine schwarze Lederjacke,

Handschuhe, Jeans, schwarze Springerstiefel und lächelte ihn spöttisch an.

„Deputy, bei dir hier im Wilden Westen ist es verdammt kalt."

„Lozen", sagte Eike erstaunt.

31.

Der Kamin brannte, draußen ging ein heftiger Wind. Lozen und Eike saßen auf dem Sofa in seinem Wohnzimmer und tranken Bier aus braunen, dicken Flaschen mit einem kurzen Hals. Ein Pale Ale von Chayton Miner, einer lokalen Brauerei in der Nähe, das Chumani und er gerne getrunken hatten.
„Geht es dir gut, Deputy?"
Er zuckte mit den Schultern.
„Ich vermisse sie immer noch."
Lozen schwieg. Sie wusste nicht, was sie sagen sollte, wusste nicht, wie es war, jemanden zu vermissen. Keine Beziehung bei ihr hatte länger als zehn Monate gedauert, und sie zweifelte, dass sich das je ändern würde. Sie nippte an der Flasche. Warum sie sie genommen hatte, konnte sie sich nicht erklären. Seit zwei Monaten hatte sie keinen Tropfen getrunken. Kaum war sie weg aus Washington, kippte sie sich das erste Bier rein, das ihr angeboten wurde. Es schmeckte verdammt gut und sie wusste, es würde nicht ihr letztes an diesem Abend sein. Ich bin ein schwacher Mensch, dachte sie.

Eike stand auf, holte ein Foto von Chumani und gab es Lozen.

„Du hast ja nie ein Bild von ihr gesehen."

Lozen schaute sich die Aufnahme an. Es war das gleiche Motiv wie das Hintergrundbild auf Eikes Rechner.

„Sie war eine schöne Frau", sagte Lozen. Er nickte.

„Was hat sie noch mal gemacht?"

„Sie war Reporterin beim Homer Bugle und hat nebenher im Rez unterrichtet."

Sie stießen an. Erstmals seit langer Zeit fühlte Eike sich nicht allein. Lozen hatte ihm erzählt, warum sie gekommen war, aber er wollte nicht über den Fall reden – und sie offenbar auch nicht. Er holte ein zweites Sixpack und Whiskey. Er wusste von ihrem Alkoholproblem, aber es war ihre Sache, wie sie damit umging. Ihr da reinzureden brachte nichts.

Sie redeten und tranken bis spät in die Nacht, Schulter an Schulter auf dem Sofa. Als er sie wankend zum Gästezimmer brachte, gab sie ihm einen festen Kuss auf die Wange, bevor sie die Tür schloss. Der Kuss gefiel Eike und machte ihm gleichzeitig ein schlechtes Gewissen: als hätte er Chumani in ihrem eigenen Haus betrogen. Er wankte zum Schlafzimmer und fiel ins Bett. Das war der Reiz am Besoffensein. Die Gefühlswelt war sensibler, verwirrter, intensiver, schöner, schlimmer, gefährlicher.

32.

Steve Douglas sah nicht gut aus. Seit dem Verhör, kurz nach der Flucht von Woody Schembechler und Rod Hayes, saß der Wachmann in Maka Prison. Die Haare an den Händen schienen grau geworden zu sein, seine Schultern schmaler und der Bauch dünner.
„Schon wieder eine Rothaut", sagte er, als er Lozen sah, die in Begleitung von Eike Wolfen den Besucherraum betrat. Keiner der beiden sagte ein Wort. Lozen setzte sich gegenüber vom Wachmann. Eike blieb stehen. Sie waren auf ihren Wunsch im Gefängnis. Steve Douglas war einer der drei Männer in Wes Bindellas College-Jahrbuch.

Am Morgen hatte Lozen von den Ereignissen in Washington erzählt und von ihrer Theorie, dass die Wächter nicht nur wegen ihre Überzeugung den Flüchtigen geholfen hatten, worauf Eike von den seltsamen Zahlungen von Mindy Schembechler an Douglas erzählt hatte.

Sie nahm den Schlagring aus der Jackentasche und legte ihn auf den Tisch. Steve Douglas starrte auf die Waffe.

„Wir sind in den USA. Ich habe ein Recht auf faire Behandlung", sagte Steve Douglas.

„Wer hat Sie bezahlt?", fragte Lozen.

„Was?"

„Steve, in diesem Raum sind die Kameras und Mikrophone ausgeschaltet", sagte Eike.

„Wer hat Sie bezahlt?", fragte Lozen.

Steve Douglas begann seine Hände zu kneten.

„White Power", sagte er.

„Wer hat Sie bezahlt?", fragte Lozen.

Steve Douglas begann zu schwitzen.

„Niemand hat mir was gezahlt."

„Wir wissen, dass jemand gezahlt hat, nur nicht, wer. Also spiel' nicht den idealistischen Rassisten, der zwei Gesinnungsgenossen aus dem Knast geholt hat, um den Traum vom Paradies fürs Herrenvolk wahr werden zu lassen. Es geht um Geld."

Der Wachmann sah mit zusammengekniffenen Augen hoch zu Eike, der ihn anlächelte.

„Weißt du, Steve, wenn du uns nicht hilfst, wird das übel für dich. Fluchthilfe ist kein kleines Delikt. Und Gouverneur Kraft ist richtig sauer. Wie du weißt, gehört ihm dieser Schuppen. Das wird auf die Höchststrafe für dich herauslaufen. Und ich werde dafür sorgen, dass du sie in Selma Prison absitzt. Du erinnerst dich, was ich dir über Selma erzählt habe?"

Der Wachmann nickte.

„Also?"

„Mindy Schembechler."

„Verkauf' uns nicht für dumm. Sie hat überwiesen, aber nicht gezahlt."

„Da müssen Sie Mindy fragen."

Eike ließ den Wachmann zurück in seine Zelle bringen.

„Seltsam", sagte Eike, „vor ein paar Tagen hat ihn die Vorstellung, in Selma einzusitzen, in Panik versetzt."

„Vielleicht hat er herausgefunden, dass du ihm eine Lügengeschichte aufgetischt hast."

Lozen und Eike gingen zum Büro von Ethel Geller. Als sie es betraten, packte die Direktorin die bronzefarbene Statue des Rodeo-Cowboys in einen Karton, in dem sich bereits die Kakteen und Bücher befanden. Morgen war ihr letzter Tag, hatte Eike irgendwo gelesen. Feindselig blickte sie ihre Besucher an.

„Was verschafft mir die Ehre Ihres Besuches?", fragte Direktorin Geller.

„Könnten Sie mir sagen, ob Steve Douglas Besuche oder Anrufe empfangen hat?", fragte Eike, nachdem er Lozen vorgestellt hatte.

„Keine Ahnung. Muss ich nachschauen."

Die Frau ließ sich in den Schreibtischstuhl fallen, der unter ihrem Gewicht ein wenig nachgab, und schaute in ihrem Computer nach.

„Keine Besucher, ein Anruf."

„Woher?"

„Wir verzeichnen keine eingehenden Anrufe."

„Wann kam der Anruf?"

„Gestern."

„Danke für die Auskunft, Direktorin."

Ethel Geller sah ihn an, als er hätte sie beleidigt. Eike überlegte, ob er ihr alles Gute für die Zukunft wünschen sollte, aber er empfand Plattitüden wie diese als extrem herablassend, weshalb er schwieg. Dazu kam, dass er sich nicht sicher war, ob er ihr eine gute Zukunft wünschte. Sie hatte einen schlechten Job gemacht.

„Ich würde gerne mit Mindy Schembechler sprechen", sagte Lozen, als sie in Eikes SUV saßen.

„Sicher", sagte Eike und seufzte leise.

„Stimmt was nicht?"

Er zog eine Grimasse.

„Also?"

Eike erzählte in kurzen, knappen Worten von der gemeinsamen Nacht mit der Ex des Flüchtigen.

„Das war im höchsten Grad unprofessionell", sagte Lozen.

Eike zog wieder eine Grimasse.

„Fahr los, Casanova. Ich bin auf die Hitler-Sirene gespannt, die dich in ihr Bett gezerrt hat."

„Sie ist eine Werwolf-Frau der SS."

„Was?"

„Ein Fake-Trailer aus einem Quentin-Tarantino-Film."

„Du kennst dich mit Kino aus?"

„Ein bisschen."

Neben dem verschneiten Autowrack im Vorgarten von Mindy Schembechler standen zwei BMWs. Sie waren mit Schnee bedeckt, was bedeutete, dass sie dort nicht erst seit zehn Minuten standen. Eike sah die Wagen schon von Weitem und wies Lozen darauf hin, die daraufhin prophezeite, dass dies nichts Gutes bedeuten würde, was sich bewahrheitete. Als sie vor dem Haus parkten, traten sechs Männer in langen, dunklen Mänteln aus dem Haus und bauten sich vor der Haustür auf.

„Der in der Mitte ist MarkusW82", sagte Lozen, als sie ausstiegen.

„Es war keine gute Idee, in diese gottverdammte Gegend zu kommen, Ms. Graham", sagte MarkusW82.

Lozen reagierte nicht.

„Sie müssen Deputy Sheriff Eike Wolfen sein."

„Ich wusste nicht, dass ich so berühmt bin."

„Für einen Provinzbullen haben Sie einen gelungenen Internetauftritt."

„Gefällt er Ihnen?"

„Sie wissen, dass Sie sich auf Privateigentum befinden und ohne einen Durchsuchungsbefehl keinen Schritt weitergehen dürfen."

„Wir wollen Mindy Schembechler ein paar Fragen stellen."

„Nicht heute."

MarkusW82 verschränkte die Arme vor der Brust und grinste fies. Die Gesichter seiner Mitarbeiter blieben ausdruckslos. Schlagetots ohne Seele und Emotionen. Ohne ein weiteres Wort zu verlieren, stiegen Lozen und

Eike ins Auto und fuhren Richtung Homer City. Nach einer halben Meile stoppte er den Wagen.

„Was glaubst du?", fragte er Lozen.

„Mindy weiß, für wen sie das Geld überwiesen hat."

„Wenn deine Theorie richtig ist, dass Markus W82 Mitwisser aus dem Weg räumt, bedeutet das, dass ihr Leben in Gefahr ist."

„Wir müssen sie da rausholen. Kannst du uns Unterstützung besorgen?"

„Ich glaub' schon."

33.

Der Kleinbus kam nach Sonnenuntergang, als es zu schneien begann. Sieben Schläger aus dem Prairie Wind Casino stiegen aus dem Fahrzeug. Es waren massige Kerle, die viel Muskelmasse mit sich herumschleppten und jede Menge Proteine und Kreatine in sich hineinwarfen. In ihren bunten Winterjacken sahen sie noch gewaltiger aus, als sie es waren. Eike hatte Georges Mutter Theresa Echo-Hawk angerufen und um Hilfe gebeten, die sie ihm sofort geschickt hatte. Da es zu lange mit dem Durchsuchungsbefehl gedauert hätte, war die Aktion nicht offiziell.

Um MarkusW82 nicht vorzuwarnen, gingen sie die halbe Meile die Straße entlang zu Mindy Schembechlers Haus. Das Schneetreiben nahm zu, dazu kamen unangenehme Böen, die sich wie Peitschenschläge auf der Gesichtshaut anfühlten. Wolken lagen über dem Mond. Lozen ließ sich zurückfallen und ging im Windschatten der Schläger.
Als sie das Haus erreichten, standen keine BMWs vor dem Haus. Das Licht im Inneren brannte. Lozen trat die Tür auf und betrat mit gezogener Waffe das Haus. Auf dem

hellbraunen, flauschigen Teppich lag Mike Schembechler, auf dem alten, auberginefarbenen Sofa seine Mutter. Sie trug das Shirt mit dem Hitlerkopf, über dem der Satz Next time … no more Mr. Nice Guy stand. Beiden hatte man in den Kopf geschossen. An einer Wand hatte jemand den Satz Raus aus den USA, ihr weißen Wichser geschrieben.

„Ein plumper Versuch", sagte Lozen.

„Wenn dieser Satz an die Öffentlichkeit gelangt, kommt es bei der derzeitigen Stimmungslage zum Aufruhr", sagte Eike.

Er ging ins Badezimmer, fand eine Dose Haarspray, schaute auf die Beschriftung, entdeckte das Symbol für feuergefährlich, ging zurück ins Wohnzimmer, zog das Feuerzeug aus der Hosentasche, entzündete es und sprühte in die Flamme. Mit diesem improvisierten Flammenwerfer verbrannte er den Schriftzug an der Wand, bis er nicht mehr zu lesen war.

„Auch plump", sagte Lozen.

„Aber effektiv."

Eike schickte die Schläger aus dem Casino nach Hause, rief anschließend im Sheriff Office an und meldete den Doppelmord.

Lozen schaute sich derweil um und entdeckte im Schlafzimmer einen alten PC, der n seine Einzelteile zerlegt war. Im Zimmer von Mike fand sie dessen Laptop in einem ähnlichen Zustand.

„Und?", fragte Eike, als sie zurückkam.

„Hier finden wir nichts. MarkusW82 war gründlich."

Von der Internetseite American Guard:
Amerikaner, passt auf. Killer der kommunistischen Juden aus Washington sind da. Weil sie die Patrioten Woody Schembechler und Rod Hayes nicht finden, lassen sie ihre Wut an den Zivilisten aus. Heute sind Mindy Schembechler und ihr Sohn Mike von feigen Mördern erschossen worden. Mindy und Mike waren aufrechte Patrioten, die Zukunft des weißen Amerika. Wir werden die Verbrecher finden und bestrafen. Mit dem Tod. Die Stunde der Rache ist nah. Möge Gott mit euch sein.

34.

Eike stellte das Geschirr in die Spülmaschine. Aus dem Wohnzimmer hörte er das angeregte Gespräch zwischen Earl Arendts und Lozen. Sein Schwiegervater war am Tatort erschienen, und nachdem die Leichen von Mindy Schembechler und ihrem Sohn abtransportiert worden waren, hatte Eike ihn zu sich eingeladen. Er hatte Reibekuchen gemacht. Earl Arendts liebte Reibekuchen. Wie viele Bewohner der Dakotas waren seine Vorfahren Wolgadeutsche, also Deutsche, die vor Napoleon aus Schwaben nach Russland geflüchtet und in den 1880ern in die USA ausgewandert waren. Sein deutsches Erbe pflegte der Sheriff. Er hatte ein Buch über das Deutsche geschrieben, das von den Alten in den Dakotas gesprochen wurde, plante gerade ein Museum über die deutschen Einwanderer von Chayton County und veranstaltete regelmäßig Festivitäten, an denen die Bürger von Homer City zusammenkamen, Volksmusik hörten und deutsche Gerichte aßen. Eike war kein Fan dieser Veranstaltungen, aber er kam nicht darum herum.

Mit kaltem Bier aus dem Kühlschrank ging er zurück ins Wohnzimmer, wo Lozen seinen Schwiegervater anstrahlte. Die beiden hatten sich sofort gemocht, das war ihm schon damals aufgefallen, als sie sich im Rahmen der CIA-Stasi-Affäre das erste Mal getroffen hatten. Erklären konnte Eike sich die gegenseitige Sympathie nicht. Earl Arendts war ein Kleinstädter, ein überzeugter Christ, der gegen Abtreibung wetterte, dem das Recht auf Waffenbesitz wichtig war, dem die Einwanderer aus Lateinamerika Sorgen machten, eben ein Konservativer, der Mayweather wählen würde. Lozen dagegen war eine Großstädterin, apolitisch, zynisch, wahrscheinlich nicht religiös, und sie besaß ein Alkoholproblem, das, wenn er davon gewusst hätte, Earl Arendts entsetzt hätte, weil er solche Schwächen nicht tolerierte.

Eike verteilte das Bier und setzte sich in den Sessel, weil seine Gäste es sich auf dem Sofa bequem gemacht hatten. Earl Arendts erzählte Lozen, wie er seine Frau auf einem Rodeo kennengelernt hatte, eine Sioux, die am College von Homer unterrichtet hatte und vor Jahren an Krebs gestorben war. Denn auch wenn sein Schwiegervater die illegalen Einwanderer aus dem Land haben wollte, weil er sie für eine Belastung hielt, war er alles andere als ein Rassist. Er war mit den Turners befreundet, einer afroamerikanischen Familie aus Chicago, die seit acht Jahren in Homer City lebte und eine der Kunstgalerien auf der Main Street betrieb. Schwarze gab es wenige in den Dakotas. Der Besitzer von Black Hills Gold hatte anfangs ein Problem mit der Anwesenheit der Turners. Als er auf einem Schmeckfest eine abfällige Bemerkung über die Intelligenz von Afroamerikaner gemacht hatte, hatte ihm der Sheriff eine Standpauke gehalten und nach Hause geschickt.

Lozen lachte, als Earl Arendts erzählte, wie sein Schwiegervater in spe ihn kurz vor der Hochzeit zu einem Aufenthalt in einer traditionellen Schwitzhütte eingeladen hatte und er nach einer Stunde ohnmächtig geworden war. Vielleicht sah Earl in Lozen etwas von seiner Frau oder seiner Tochter, obwohl Eike nicht wusste, was das sein sollte. Chumani war anders als Lozen gewesen. Und Lozen? Er hatte keine Ahnung, wie die Familienverhältnisse bei ihr aussahen. Sie nahm einen Schluck Bier und lachte erneut.

Eike ließ die beiden reden. Auf der Fahrt von Mindy Schembechlers Haus hatte sein Schwiegervater erzählt, dass die Suche nach den Colt Pythons ergebnislos geblieben war und Ruthie herausgefunden hatte, dass die Website American Guard von Pierce Britton betrieben wurde, was nicht wirklich überraschend war. Lozen und er würden morgen versuchen, mit dem Gründer der Patriot Nation zu sprechen. Earl Arendts meinte, er würde jeden Mittwochmittag im italienischen Restaurant von Homer essen gehen, was Eike nicht gefiel. Er war im Napoli regelmäßig mit Chumani gewesen, und er wollte nichts mit einem Rassisten gemein haben, nicht einmal den Geschmack für gute Küche. So oder so – morgen war Mittwoch.

Earl Arendts erhob sich.
„Ich muss nach Hause. Noch ein Bier und ich brauch' ein Taxi."
Er schüttelte erst Eike und dann Lozen die Hand. Bei ihr benutzte der Sheriff auch seine Linke, die er schützend über ihre Rechte hielt.

„Ein netter Mann", sagte Lozen, als sie dem Sheriff hinterherblickten, wie er durch den Schnee zum Wagen stapfte.

„Du magst ältere Männer?"

„Gelegentlich."

„Tatsächlich?"

„Keine Angst. Earl ist nicht mein Typ."

„Ich stell' mir gerade vor, du würdest ihn heiraten. Dann wärst du so was wie meine Schwiegermutter."

„Idiot."

Sie lachten.

Eike holte die Whiskeyflasche und schüttete sich ein Glas ein.

„Und ich?", fragte Lozen.

Er sah sie an.

„Ich kann es nicht ab, wenn man mich bevormundet."

Eike schüttete ihr ein Glas ein.

„Gehst du zu einer Therapie?"

„Vor über zwei Jahren war ich das letzte Mal bei den Anonymen Alkoholikern. Die Treffen machen mich depressiv."

Wenn es gut lief, trank Lozen nach Dienstschluss maximal drei Gläser Whiskey. Nicht mehr. Immer allein. Immer zu Hause. Mit dem Trinken hatte sie angefangen, nachdem sie die Special Forces verlassen und als Ermittlerin beim CID, dem United States Army Criminal Investigation Command, begonnen hatte. Dass sie ein Problem hatte, hatte sie lange nicht begriffen. Eines Morgens war ihr bewusst geworden, dass sie öfter verkatert aufwachte als nüchtern. Typische Stress-Syndrome eines Kriegsveteranen, meinte der erste Psychologe. Der, den sie zurzeit unregelmäßig aufsuchte, glaubte, ihr Alkoholismus habe seine Ursache darin, dass sie über die Maße ichbezogen wäre, deshalb beziehungsunfähig, deshalb einsam und depressiv. Das machte für sie Sinn. Ob es die Ursache für ihr Alkoholproblem war, wusste sie nicht. Sie stießen an.

„Auf unsere Schwächen."

„Auf unsere Schwächen."

35.

„Unser schönes, schönes Land geht in die falsche Richtung. Die Welt um uns herum bricht zusammen, und wir sind nicht ganz unschuldig. Warum? Weil unser Präsident unfähig ist. Unfähig – ein zurzeit sehr beliebtes Wort, weil mehr und mehr Bürger erkennen, wie inkompetent der Mann im Weißen Haus ist."

Präsidentschaftskandidatin Sandra Mayweather hielt eine Rede, die CNN übertrug. Den Fernseher ließ Charles Randall, der Besitzer des Napoli, tagsüber laufen – seit der heißen Phase der Wahl mit Ton. Charles Randall war kein Italiener, konnte aber gut Pasta und Pizza zubereiten. Eike war überrascht gewesen, als ihn Chumani das erste Mal in das Restaurant gebracht hatte. Jetzt saß er hier mit Lozen und wartete auf Pierce Britton.

Sie war ein wenig angeschlagen gewesen, als sie aufgestanden war. Eike hatte Lozen in den Stahl geführt und sie hatten eine Stunde lang gesparrt. Am Anfang war sie völlig von der Rolle gewesen. Aber von Minute zu Minute war sie zu sich gekommen. Sie hatte den

Restalkohol ausgeschwitzt, ihre Bewegungen waren schneller und präziser geworden. Am Ende war Eike zu der Erkenntnis gekommen, dass er keine Chance gegen sie hatte.

„Es gibt nach wie vor das Problem mit den illegalen Einwanderern. Nach wie vor strömen sie in unser Land. Es sind Kriminelle und islamistische Terroristen, die zu uns kommen. Wenn ich gewinne, werde ich diesen Missstand beenden", sagte Sandra Mayweather.

Die Eingangstür des Restaurants öffnete sich und Pierce Britton betrat den Raum. Wie im Camp trug er Jeans, Hemd und ein Jackett. Er war nicht allein. Hinter ihm ging Dwayne Betts. Er erkannte Eike, tippte seinem Führer auf die Schulter und wies ihn auf die Anwesenheit des Deputy Sheriffs hin, worauf Pierce Britton seine Richtung änderte und auf den Tisch zusteuerte, an dem Eike und Lozen saßen.
„Deputy, ich freue mich, Sie zu sehen."
„Wirklich?"
„Ja. Es kommt selten vor, dass mich jemand täuschen kann. Ihnen ist das gelungen."

Eike zuckte mit den Schultern.

„Ich habe Sie überprüft. Sie haben früher undercover gearbeitet. Wie es scheint, verstehen Sie noch immer Ihren Job."

„Danke."

„Gern geschehen."

„Freund Dwayne scheint es nicht so gelassen zu nehmen, wenn ich seinen Blick richtig deute."

Pierce Britton sah zu seinem Begleiter, der grimmig Eike anstarrte.

„Dwayne hat ein aufbrausendes Wesen."

„Verstehe", sagte Eike. „Dies ist Lozen Graham aus Washington D. C., wir suchen gemeinsam die Flüchtigen und ich habe mich gefragt, ob Sie uns helfen können."

Pierce Britton warf einen desinteressierten Blick auf Lozen.

„Wie kommen Sie darauf, dass ich helfen könnte?"

„Die Internetseite American Guard gehört Ihnen, und die Autoren scheinen sehr gut informiert."

„Bei American Guard arbeiten mehrere freie Autoren. Ich weiß nicht, was die in ihrer Freizeit treiben."

„Geben Sie uns eine Liste der Autoren", sagte Lozen.

„Klappe, Schlampe", sagte Dwayne Betts.

„Wir müssen unser Land wieder nach vorne bringen. Wir müssen es wiederaufbauen. Das wird eine harte Aufgabe. Wir haben ernste Probleme. Nicht nur wegen der Terroristen. Wir sind hoch verschuldet. Unter anderem bei China, einer kommunistischen Macht, die alles kopiert und stiehlt, was wir Amerikaner erfinden und damit enorm viel Geld verdient", sagte Sandra Mayweather.

„Mund halten, Dwayne", sagte Eike.
Dwayne Betts ballte die Fäuste.
„Ruhig", sagte Pierce Britton.
„Wissen Sie, Mr. Britton", sagte Eike, „Sie sollten überlegen, mit wem Sie arbeiten. Mindy Schembechler und ihr Sohn wurden von den Leuten umgelegt, die Schembechler und Hayes aus dem Knast geholt haben."
„Und da heißt es, wir Rechten wären die Verschwörungstheoretiker."
Pierce Britton sah Eike an und lächelte. Es war ein gutes Lächeln. Aber im Blick lag etwas Hartes, etwas Warnendes. Er wusste, was MarkusW82 trieb und wer ihn geschickt hatte, und es war ihm egal – davon war Eike überzeugt.

„Ich muss jetzt was essen", sagte Pierce Britton, „wenn Sie noch Fragen haben, Deputy, kommen Sie einfach vorbei."
Der Gründer der Patriot Nation und sein Anhänger gingen zu ihrem Tisch.
„Ein aalglatter Kerl", sagte Lozen.
„Stimmt."
„Ich hab' Hunger."
„Dann lass uns was bestellen."

Sandra Mayweather kam zum Finale ihrer Rede:
„Wenn ich Präsidentin werde, werde ich die islamistischen Terroristen jagen und vernichten, den Strom der Einwanderer stoppen, das Defizit reduzieren, und ich werde für Jobs sorgen, für viele Jobs. Danke für Ihre Stimme, und: God bless you all. God bless America."

36.

„Wie ist es da draußen im Wilden Westen?", fragte Harvey Farossi. Er hielt eine Skype-Konferenz ab. Mit Nick Davout, der in seinem Büro war, und mit Lozen, die im Schneidersitz auf dem Sofa in Eikes Wohnzimmer saß.
„Kalt, menschenleer und fürchterlich flach", sagte sie.
„Irgendwelche brauchbaren Ergebnisse?"
„MarkusW82 ist in Chayton County und hat zwei Menschen umgebracht."
„Fuck", sagte Farossi.
„Das heißt, nur eine Option ist übrig: Woody Schembechler fassen, in der Hoffnung, dass er Bindella irgendwie belasten kann", sagte Nick Davout.
„So ist es."

„Wie sieht es mit der Fahndung nach den Flüchtigen aus?", fragte Harvey Farossi.
„Eike ist der Überzeugung, dass sie sich noch in South Dakota aufhalten. Die Flüchtigen haben viele Freunde in der Gegend, weshalb sie schwer zu finden sind."
„Wo ist unser deutscher Deputy Sheriff?"

„Er besucht mit Special Agent Ann Lee Ironwood einen Freund im Krankenhaus, den die Flüchtigen angeschossen haben."

„Wird dieser Freund durchkommen?"

„Sieht so aus. Warum?"

„Ich will keinen rachsüchtigen Bullen dabei, der womöglich Schembechler nicht verhaften, sondern umlegen will."

„So ist Eike nicht."

„Er hat den Mann, der seine Frau getötet hat, mit bloßen Händen umgebracht."

Lozen wusste nicht, was sie sagen sollte.

„Gibt es andere Verbindungen von Wes Bindella nach Chayton County außer den Bildern aus dem Jahrbuch?", fragte Harvey Farossi.

„Ich habe das überprüft", sagte Nick Davout, „seine Schwester lebt in einem Haus in Pierre, das ihm gehört. Bis vor fünf Jahren besaß er ein Waldstück mit zwei Häusern darauf, das er über einen Makler verkauft hat. An Pierce Britton."

„Den Führer der Patriot Nation. Interessant."

„Hilft uns nicht. Er kann verkaufen, an wen er will, außerdem hatte er einen Immobilienheini dazwischengeschaltet. Auf diese Weise kann die Transaktion nicht auf ihn zurückfallen", sagte Harvey Farossi.
„Wir müssen Geduld haben", sagte Lozen.
„Scheiß auf Geduld. Finde den Flüchtigen."
Der Wahlkampfmanager beendete die Konferenz.

Lozen ging in die Küche, machte sich einen grünen Tee, stellte sich ans Fenster und schaute nach draußen. Sie fühlte sich wie auf einem Kreuzfahrtschiff, von dem man auf den Ozean blickte und bis zum Horizont nur Wasser sah. Der General hatte sie vor zwei Jahren zu einer einwöchigen Seereise eingeladen. Der Sex war gut gewesen, der Ausblick aufs Meer schön, die Reise todlangweilig und die anderen Passagiere grauenvoll. Sie würde nie wieder eine Kreuzfahrt machen.

Eine Böe wirbelte Schnee hoch. Die weiße Wolke wirkte wie ein diffuses Lebewesen aus einem alten Science-Fiction-Film. Lozen nippte am Tee und schlenderte zurück ins Wohnzimmer. Der Umfang des Bücherregals beeindruckte sie. Chumani hatte viel gelesen. Eike hatte ihr von seinem Projekt erzählt, die Bücher durchzulesen. Verrückt. Die Trauer ließ einen Menschen seltsame Dinge machen.

Das Lesen hatte ihn verändert, dachte Lozen. Eikes Sprache war seit ihrem letzten Treffen komplexer geworden, er wirkte nachdenklicher. Sie wusste nicht, ob das eine gute Sache für einen Menschen war, der in ihrer Branche arbeitete. Wenn man in einer Gefahrensituation war, ging es ums schnelle, intuitive Handeln. Wenn man vorher philosophische Erörterungen durchführte, war man tot.

Sie setzte sich auf die Couch und startete einen Film. Er gehörte zu den Hundert, die ihr Arvist Bunger empfohlen hatte, weil er meinte, sie gehörten zum Allgemeinwissen. Dies war ein deutscher Spielfilm aus den 1970ern, in dem sich laut Kurzbeschreibung im Internet eine ältere, deutsche Putzfrau mit einem jüngeren Marokkaner einließ, was bei Freunden und Verwandten auf wenig Verständnis stieß. Die Geschichte passte zu diesem Fall, fand Lozen.

37.

Die Wolken hingen dick und tief, und die Sonne ging langsam unter, weshalb der Himmel rosarot war. Auf der verschneiten Landstraße kam ihnen langsam ein Krankenwagen mit angeschaltetem Blaulicht entgegen. Der Mann am Steuer hatte einen roten Kopf und blickte konzentriert nach vorne.

Eike bog auf den nicht asphaltierten Weg, auf dem sie wegen des Schnees im Schritttempo fahren mussten. Unterhalb des zweiten Hügels, vor dem kleinen Waldstück, parkten Wagen des Sheriff Office, der Highway Patrol und des FBI vor einer Reihe von Zelten, von denen einige noch nicht vollständig aufgebaut waren. Ein Mann wurde in einen weiteren Krankenwagen getragen. Eike stoppte den SUV und stieg mit Lozen aus. Earl Arendts hatte sie angerufen, als sie eine Runde Assassin's Creed II gespielt hatten, und mitgeteilt, dass Woody Schembechler von einem State Trooper an einer Tankstelle erkannt worden war und dass der Flüchtige sich nach einem Schusswechsel, bei dem niemand verletzt worden war, mit einem Wagen ins Camp von Pierce Britton geflüchtet hatte.

Ann Lee Ironwood stand mit Earl Arendts und Captain America vor dem größten Zelt.
„Was ist passiert?", fragte Eike, nachdem er Lozen vorgestellt hatte.
„Die Highway Patrol war zuerst vor Ort und hat es vergeigt", sagte Earl Arendts.
Eike sah ihm an, dass er sauer war. Inkompetenz konnte sein Schwiegervater nicht ertragen.
„Wie?", fragte Lozen.
„Als erster kam der State Trooper, der Schembechler verfolgt hatte, hier an und informierte seine Dienststelle, die Verstärkung schickte und uns anrief", sagte Ann Lee Ironwood. „Drei Wagen der Highway Patrol haben sich dem Tor genähert, an dem ein Wächter mit einer Schusswaffe stand. Der leitende Officer hat den Mann aufgefordert, die Flüchtigen auszuliefern, was der Mann ablehnte und die State Trooper darauf hinwies, dass sie sich auf privatem Grund und Boden befänden und verschwinden sollten. Daraufhin haben die State Trooper das Feuer eröffnet."

„Auf wessen Befehl?"

„Lieutenant Randi Markson", sagte Earl Arendts und zeigte zum hochaufgeschossenen State Trooper mit braunen Haaren und dem dünnen Oberlippenbärtchen, den Eike schon vom Desaster bei der Kramer Farm kannte und der am Waldrand mit dem Feldstecher auf das Camp blickte.

„Was geschah dann?", fragte Lozen.

„Der Mann auf dem Wachturm nahm Markson und seine Leute unter Feuer. Außerdem bekam der Wächter am Tor Unterstützung. Vier Leute von der Highway Patrol wurden angeschossen, wie viele aus dem Camp, wissen wir nicht", sagte Ann Lee Ironwood.

„Damit können wir Verhandlungen vergessen", sagte Eike.

„Was weißt du über das Camp?", fragte ihn Earl Arendts.

„Umgeben von einem mannshohen Zaun. Nicht schwierig, drüber zu klettern. Drei Häuser, ein Parkplatz. Keine Ahnung, wie viele Menschen sich auf dem Gelände aufhalten. Es können drei, aber auch dreißig sein."

„Das hilft uns nicht weiter."

„Wie haben Sie sich aufgestellt?", fragte Lozen die FBI-Agentin.

„Wir haben das Lager weiträumig umstellt und darauf geachtet, dass die Beamten außerhalb der Sichtweite der Bewohner sind, um jegliche Provokation zu vermeiden. Der Einzige, der sie teilweise sehen kann, ist der Wächter im Turm."

„Werden Sie das Lager stürmen?"

„Ich habe Gouverneur Kraft informiert. Ich warte auf seine Entscheidung."

„So oder so sollten wir Markson wegschaffen", sagte Eike.

„Ich mach' das", sagte Earl Arendts und stapfte durch den Schnee zu Markson und redete auf ihn ein, bis der Lieutenant mit hängenden Schultern zum Wagen ging und wegfuhr.

„Was macht ein US-Soldat hier?", fragte Lozen Captain America.

„Wir haben ein Manöver in der Gegend."

„Sie sind alleine."

„Der Einsatz von Bundestruppen in dieser Angelegenheit würde einen Skandal auslösen. Aber ich dachte, ich kann in taktischen Belangen hilfreich sein."

Lozen nickte und ging zu Eike, der sich in einem der Zelte, in dem es Strom gab, einen Kaffee einschenkte.

„Wir müssen über unsere Zielsetzung sprechen", sagte sie.

Eike schaute sie fragend an.

„Ich will Woody Schembechler. Lebend und verhörfähig. Mich interessiert nicht das Camp, mich interessiert nicht Rod Hayes. Ich will Schembechler und wissen, was er über das Foto und das Interview weiß, das Adam A. Kettle vielleicht die Wahl kostet."

„Du hoffst, dass er dir Wes Bindella liefert."

„Ja."

Eike sah Lozen an. Er betrachtete sie als Freundin, ohne ihre Hilfe hätte er nie den Typen bekommen, der Chumani überfahren, verletzt zurückgelassen und damit getötet hatte. Er stand in ihrer Schuld.

„Unsere Ziele liegen nicht weit auseinander, Lozen."

„Wir werden sehen."

38.

Es hatte etwas Anmutiges, etwas Unschuldiges, es hatte etwas von Disney-Kitsch. Das Reh stand auf einer Erhöhung zwischen den Bäumen und schaute sich um. Plötzlich hörte das Tier etwas hinter sich, sprang herum, sah zwei Menschen und rannte, so schnell es der tiefe Schnee zuließ, davon.

„Da war ein Reh", sagte Eike.

„Tatsächlich? Ein wildes Tier? Jetzt hab' ich Angst", sagte Lozen.

„Es ist ein Pflanzenfresser."

„Und jetzt meinst du, ich als Großstadtpflanze bin in Gefahr?"

Lozen und Eike marschierten um das Lager, um sich einen Überblick zu verschaffen. Ein anstrengendes Unterfangen, weil sie bei jedem Schritt bis zu den Knien im Schnee versanken. Sie hätten Schneeschuhe mitnehmen sollen. Zum Zaun hielten sie einen Abstand von rund zehn Metern, um etwaige Wächter nicht nervös zu machen und unter Beschuss genommen zu werden.

Die Sonne war fast untergegangen. Die Bewohner des Lagers hatten am Drahtzaun entlang Feuer entzündet, die verhindern sollten, dass sich FBI und Polizei in der kommenden Dunkelheit anschleichen konnten, spekulierte Lozen. Auf der Erhöhung, auf der das Reh gestanden hatte, blieben sie stehen und schauten mit Ferngläsern, die sie sich bei der Highway Patrol geliehen hatten, ins Lager. Der Mann am Wachturm konnte sie von seiner Position nicht sehen. Vereinzelt patrouillierte ein bewaffneter Wächter zwischen Bäumen. An den Hauseingängen waren jeweils zwei Mann postiert. Auf dem Dach des Haupthauses entdeckte Lozen einen Schützen mit einem Gewehr. Die Fenster waren abgehängt, was es unmöglich machte, die Anzahl der Bewohner zu schätzen.

Sie setzten ihren Rundgang fort. Ein Wind kam auf, weshalb die Feuer Funken schlugen, die wie Glühwürmchen in den Wald hineinflogen und nach ein paar Metern erloschen. Die Baumreihen um das Lager waren dicht. Ein Zeichen dafür, dass die Bewohner des Lagers nicht mit einer Belagerung gerechnet hatten, weil die Bäume etwaigen Angreifern gute Deckung boten. Am nächsten Feuer standen zwei Männer, die Bier tranken und etwas über dem Feuer grillten. Sie bemerkten Lozen und Eike nicht.

Als sie ihren Rundgang fast beendet hatten und schon die beleuchteten Zelte sahen, geschah etwas beim Haupthaus. Eine Gruppe von Menschen, circa zwanzig, schätzte Eike, trat singend heraus. Sie sangen einen heiteren Country-Song mit einem düsteren Refrain. Er lautete, wenn Eike ihn richtig verstand, Who likes a Nigger. Wie bei seinem vorherigen Aufenthalt wurde ein Holzkreuz aufgestellt, an dem eine Strohpuppe hing, und angezündet.

Als sie bei den Zelten ankamen, standen Ann Lee Ironwood, Earl Arendts und Captain America kaffeetrinkend vor einem Zelt und hörten der seltsamen Prozession zu.
„Weißt du, was die da singen, Earl?", fragte Eike.
„Ist ein alter Song von Johnny Rebel, einem rechtsradikalen Cajun-Country-Sänger."
„Widerlicher Refrain."
„Zumindest wissen wir dank der Veranstaltung jetzt ansatzweise, wie viele Menschen sich im Lager aufhalten", sagte Captain America.

„Meine Leute versuchen trotz der schlechten Lichtverhältnisse Fotos zu machen, damit wir sie identifizieren können", sagte Ann Lee Ironwood. „Die Flüchtigen sind auf jeden Fall dabei."

Als die Gruppe im Lager ein anderes Lied anstimmte, begann es wieder zu schneien.

39.

Als Lozen und Eike am nächsten Morgen aufwachten, schneite es nach wie vor. Sie hatten im SUV übernachtet. Die Fenster waren beschlagen. Mit der Hand wischte Lozen eines frei. In den frühen Morgenstunden waren die Medien angerückt. PKWs und Übertragungswagen standen am Straßenrand.

Lozen und Eike stiegen aus. Ein blonder Mann in einem schicken Fellmantel strich sein Haar zurecht und positionierte sich vor der Kamera. Eine Frau im Rollkragenpulli hielt ihre Kamera auf die Zelte des FBI und der Highway Patrol und die über Nacht eingerichtete Absperrung. Ein Reporter von Pahá Sápa, den Eike vom Sehen kannte, saß auf einem umgefallenen Baum und sprach in ein Mikrophon. „Lager stürmen", hörte Eike nur. Chester Thomsen vom Homer Bugle kam auf ihn zu.
„Das ist eine üble Sache, Eike."
Der Journalist war dreiundsechzig, schlank, mit weißem Vollbart und langen grauen Haaren, die zu einem Pferdeschwanz gebunden waren.
„Das stimmt."

Chester Thomsen blickte fragend zu Lozen.

„Eine Freundin."

Den Namen ließ er bewusst weg. Chester Thomsen würde ihn überprüfen, und was die Chefin einer Washingtoner Sicherheitsfirma in Chayton County zu suchen hatte, wollte Eike dem Journalisten nicht erklären.

„Du bringst eine Freundin zu einer Belagerung?"

„Ich fahr' total ab auf solche Sachen", sagte Lozen.

„Sie schreibt Briefe an Mörder im Todestrakt."

„Sie müssen unter fünfzig sein und mindestens zwei Menschen umgebracht haben."

„Sie sind sehr witzig", sagte Chester Thomsen.

Lozen zuckte mit den Schultern.

„Im Ernst, Chester, lass sie raus aus der Sache."

Der Besitzer, Herausgeber und Chefreporter des Homer Bugle sah ihn mit zusammengekniffenen Augen an. Er konnte nicht antworten, denn der Berichterstatter von Pahá Sápa erkannte Eike, verließ den Baumstamm und kam zu ihnen herüber.

„Weißt du irgendetwas Neues, Eike?"

Eike machte eine Geste, als hätte sein Mund einen Reißverschluss, den er mit Daumen und Zeigefinger zuzog.

„Und welche Funktion haben Sie, Miss?", fragte der Reporter Lozen.

„Ich bin seine Freundin."

„Händchenhalten bei einer Belagerung ist unsere Art der Romantik", sagte Eike.

Sie ließen die Reporter stehen und gingen zur Absperrung. Eike zeigte dem State Trooper seine Marke und er ließ sie durch. Im größten Zelt saßen FBI-Agenten, telefonierten und tippten dabei etwas in ihre Laptops und Tablets.

„Ich bin hier, Eike", sagte Ann Lee Ironwood, die am Eingang eines anderen Zeltes stand und eine dampfende Kaffeetasse in der Hand hielt. Sie stapften durch den Schnee zu ihr.

Eike zeigte fragend auf die Agenten.

„Wir haben einige Männer und Frauen im Lager identifiziert, ihre Handynummern herausgefunden und rufen sie nun an."

„Also wollen Sie verhandeln, Agent Ironwood?", fragte Lozen.

„Ja."

„Anweisung von Gouverneur Kraft?"

„Ja. Er will kein zweites Waco am Vorabend der Wahl. Außerdem machen der tiefe Schnee und die schlechte Sicht eine Erstürmung des Lagers sowieso unmöglich."

Ann Lee Ironwood zeigte auf die Kaffeetasse und dann auf ein Zelt am Waldrand.
„Da kriegt ihr einen Kaffee und Sandwiches."
Im Versorgungszelt war nicht viel los. Zwei State Trooper tranken Kaffee. Hinter einem Tisch, auf dem sich Thermoskannen mit Kaffee und ein Tablett mit belegten Broten befanden, schnitt ein dicker Mann in einer blauen Winterjacke Gemüse fürs Mittagessen klein. Auf einem Gaskocher stand ein riesiger Topf, in dem irgendetwas kochte. Lozen und Eike schenkten sich Kaffee ein, nahmen jeweils ein Sandwich und setzten sich an einen Tisch.
„Das wird sich hier hinziehen", sagte Eike.
„Das stimmt."
Lozen dehnte ihre Handgelenke.
„Was denkst du?"
„Ich gehe rein und hol' Woody Schembechler raus. Bist du dabei?", fragte sie.

Von der Internetseite American Guard:

Amerikaner! Truppen der Diktatoren aus Washington haben das Valley Forge-Camp umzingelt und stehen kurz davor, es zu stürmen. Ein verräterischer Akt an der amerikanischen Nation. Männer, nehmt eure Waffen und eilt den Patrioten zur Hilfe. Möge Gott mit euch sein.

40.

Wenn Schnee einen Tag lang fällt, hat es etwas Unheimliches und Bedrückendes. Lozen stellte sich vor, es wären außerirdische Sporen, die das Leben auf der Erde auslöschen sollten, und gestand sich gleichzeitig ein, dass sie in den letzten Monaten einfach zu viele Filme angeschaut hatte. Die Schneeflocken waren dick und zahlreich. Die damals beim Tennisstadion hatte man nicht weit sehen können. Wie damals war es ein unangenehmes Gefühl, nicht weit sehen zu können.

Seit einer halben Stunde stapften sie und Eike um das Lager durch den tiefen Schnee. Er hatte eingewilligt, mit ihr zu gehen. Sie wusste, dass er glaubte, er schulde ihr was. Das stimmte vielleicht, war aber trotzdem eine überflüssige, sentimentale Geste. In ihrem Geschäft brachte einem solches Verhalten nur Nachteile.

Wie am Vorabend hatten die Bewohner Feuer entlang des Zauns entzündet, wie am Vorabend schlugen die Flammen Funken, die in den Wald flogen. An einer Stelle, an der zwei Feuer weiter auseinanderlagen als die übrigen und kein Wächter zu sehen war, durchschnitten sie den Zaun mit einer Drahtschere und drangen ins Lager ein. Ann Lee Ironwood hatte keine Ahnung von ihrer Aktion. Eike hoffte, dass nicht einer ihrer Agenten in der Nähe war und sie mit einem Nachtsichtgerät beobachtete.

Ohne auf jemanden zu treffen, erreichten sie die Rückseite des Haupthauses. Die Fenster waren mit dickem Stoff abgedunkelt. An den Rändern konnten sie ins Innere schauen, wo wie in Flüchtlingslagern Feldbetten dicht an dicht standen, auf denen Menschen lagen oder saßen. An einer Wand hatte man einen Fernseher aufgebaut, auf dem ein Nachrichtensender lief. Eine Gruppe Männer saß davor und schaute konzentriert auf den Bildschirm.
„Da ist er", sagte Lozen, „vorm Fernseher."
Woody Schembechler saß mit Rod Hayes und der unbekannten Frau auf dem Boden und schaute hoch zum TV-Gerät. Auf einmal krachte ein Schuss und sechs Männer in langen, dunklen Mänteln stürmten in den Raum.
„Fuck. MarkusW82", sagte Lozen.
Einige Bewohner des Lagers warfen sich zu Boden, andere versuchten zu ihren Waffen zu gelangen. Die, die es

schafften, nahmen die Eindringlinge unter Feuer. Aber die Männer von MarkusW82 trugen schusssichere Westen und schossen besser. Eike zog seine Glock 18, befestigte den abnehmbaren Anschlagschaft an der Vollautomatik und wechselte das Magazin. Er tauschte das mit 13 Patronen gegen eines mit 33. Das neue Magazin war doppelt so lang wie der Pistolengriff.

„Da, schau", sagte Lozen.
Rod Hayes schlug auf der anderen Seite mit einem Stuhl ein Fenster ein und warf sich nach draußen. Woody Schembechler und die Frau folgten ihm, während MarkusW82s Männer auf sie schossen. Lozen und Eike versuchten durch den tiefen Schnee um das Gebäude zu laufen.

Als sie die andere Seite erreichten, waren Rod Hayes und Woody Schembechler verschwunden, die Frau lag tot im Schnee. Dafür erschienen zwei von MarkusW82s Männern und begannen zu schießen. Eike feuerte zurück. Die Glock 18 war eine Reihenfeuerpistole. Sie konnte beim einmaligen Durchziehen des Abzugs das gesamte

Magazin verschießen. Die 33 Kugeln trafen die Angreifer in die Beine, die schusssichere Weste und in den Kopf.
„Präzision ist nicht dein Ding, was?", sagte Lozen.
Mit dem Smartphone machte sie ein Foto der toten Frau und schickte es an Nick Davout.
„Wir sollten verschwinden, Deputy", sagte sie.

Als Lozen und Eike das Loch im Zaun erreichten, erwarteten sie FBI-Agenten mit gezogenen Waffen.

41.

„Was haben Sie sich dabei gedacht, Eike?", fragte Gouverneur Joel Kraft, der ein grimmiges Gesicht machte wie Gene Hackman – dem er ähnlich sah – im Katastrophenfilm Poseidon Inferno, nachdem das Kreuzfahrtschiff mit dem Kiel nach oben im Meer trieb. Eike saß im Rathaus, im Büro des Bürgermeisters, weil dies der einzige Ort in Homer City war, in dem eine Videokonferenz möglich war. Die FBI-Agenten hatten ihn und Lozen zu Ann Lee Ironwood gebracht, die erzürnt über ihr Eindringen ins Lager gewesen war, weil es Tote gegeben hatte und ihre Verhandlungsversuche damit null und nichtig waren. Nach einem Telefonat mit dem Gouverneur hatten zwei State Trooper ihn und Lozen ins Rathaus gebracht, wo sie vier Stunden gewartet hatten, bis ein Polizist Eike ins Büro geführt hatte. Lozen war derweil in Begleitung der State Trooper im Vorraum geblieben.

„Also?", fragte Gouverneur Joel Kraft.
Eike schwieg.

„Sie sind mit Lozen Graham ins Lager der Patriot Nation eingedrungen. Ist es korrekt, dass sie bei Ihnen ist?"

„Ja."

„Warum ist sie in Chayton County?"

Eike zuckte mit den Schultern.

„Sie wissen, Eike, dass ich Sie bei den Eiern hab', oder? Ich kann Sie aus Ihrem Job und aus dem Land werfen."

„Tun Sie es."

„Ich frage Sie direkt: Was für ein Interesse hat Harvey Farossi an Woody Schembechler und Rod Hayes?"

„Warum rufen Sie ihn nicht an?"

Gouverneur Joel Kraft grinste fies, wieder wie Gene Hackman, diesmal im Western Unforgiven, in der Szene, in der er Richard Harris misshandelt.

„Vielleicht sollte ich das tun", sagte der Politiker und beendete das Gespräch.

Eike starrte auf den schwarzen Monitor. Er fragte sich, wie es wäre, wieder in Deutschland zu leben. Vorstellen konnte er es sich nicht. Er stand auf und ging nach draußen, wo Lozen auf einer Bank saß. Die zwei State Trooper standen ihr gegenüber.

„Wie war's?", fragte sie.

„Kann sein, dass Kraft Farossi anruft."
„Interessant."

Lozen zeigte Eike ihr Handy. Auf dem Display war eine Mail zu sehen. Sie kam von Nick Davout und behandelte die Identität der toten, unbekannten Frau. Sie hieß Linda Harrison und war bis vor drei Jahren Wes Bindellas Bodyguard gewesen. In Washington D. C. besaß sie nach wie vor ihren Wohnsitz.
„Interessant."

Als sie das Rathaus verließen, war es fast halb drei Uhr morgens. Draußen wartete Earl Arendts auf sie. Er saß am Rand des Brunnens, der von zwei Straßenleuchten indirekt angestrahlt wurde, und nuckelte an einer Maispfeife.
„Da habt ihr echt Mist gebaut", sagte er.
„Die Schießerei hätte auch ohne unsere Anwesenheit stattgefunden."
„Mag sein. Aber das ändert nichts daran, dass eurer Eindringen ein Fehler war."
„Eine Spur von Schembechler und Hayes?", fragte Lozen.
Der Sheriff schaute sie mit zusammengekniffenen Augen an.

„Dir sind die Ereignisse hier ziemlich egal, oder? Du willst nur deinen Mann. Keine Frage nach der Lage am Camp, dem Stand der Verhandlungen, nichts."

„Meine Zielperson hat mit der Beeinflussung der Wahlen mehr Schaden angerichtet als die rechten Spinner im Camp. Deshalb lautet die Antwort: Ja, ich will nur den einen Mann."

Der Sheriff zog an seiner Pfeife.

„Den Flüchtigen ist es gelungen, die Absperrung des FBI und der State Police zu umgehen und auf einer nahegelegenen Farm einen Wagen zu stehlen. Vor einer halben Stunde hat eine Kamera der State Police sie in der Nähe von Sioux Falls gefilmt."

„Danke für die Information, Earl", sagte Eike.

Der Sheriff nickte ihm zu und ging rüber zum Sheriff Office.

42.

Als Lozen und Eike am nächsten Morgen frühstückten, vermeldete Radio Pahá Sápa, dass Pierce Britton und seine Leute sich ergeben hatten. 28 Männer und vier Frauen waren vorläufig verhaftet, 36 Pistolen, Schrotflinten und Gewehre sichergestellt und vier Tote in die Leichenhalle transportiert worden. Pierce Britton befand sich bereits wieder auf freiem Fuß und hatte Chayton County und den Staat South Dakota wegen Verletzung der persönlichen Freiheit und des persönlichen Eigentums verklagt. Eike rief im Sheriff Office an, wo Ruthie ihn mit Deputy Mark Filmore verband, der ihm nichts Neues von den Flüchtigen berichten konnte. Damit blieb ihnen nichts anderes übrig als zu warten. Da sie beide das nicht besonders gern taten und der Wind nachgelassen hatte, beschlossen Lozen und Eike einen Ausritt zu machen. In der Prärie kamen sie wegen des Schnees, in dem die Pferde teilweise bis zum Bauch einsanken, nur langsam voran, aber als sie den Wald am Rande der Black Hills erreicht hatten, wurde es besser. Lozen war bei Weitem die bessere Reiterin, was Eike überraschte, weil er sie für eine Städterin gehalten hatte. Sie erzählte ihm später, dass sie seit ihren

Kindertagen im Sattel saß und mindestens einmal im Jahr nach New Mexico fuhr, um mit Freunden durch die Sierras zu reiten.

Sie erreichten eine kleine Lichtung, durch die sich ein Fluss zog. Seit dem Tod seiner Frau war Eike alleine durch diese Gegend geritten; es wieder in Begleitung zu tun, war ein merkwürdiges Gefühl, das irgendwo zwischen Abschiedsschmerz und Begrüßungsfreude lag.
„Alles in Ordnung, Deputy?", fragte Lozen, „du schaust aus, als hättest du einen Geist gesehen."
„Alles in Ordnung."

Als sie zwei Stunden später die Pferde in den Stall gebracht und versorgt hatten, kochte Eike Kaffee, den er mit Lozens Einverständnis mit Whiskey verdünnte. Nachdem sie die dritte Tasse geleert hatte, klingelte ihr Handy. Es war Harvey Farossi.
„Harvey, was kann ich für dich tun?"
„Ich hatte einen Anruf von Gouverneur Kraft."
„Wie schön."
„Bist du in Ordnung, Lozen?"
„Sicher."

„Du klingst, als hättest du getrunken."

„Das geht dich nichts an, Harv."

„Und ob mich das was angeht. Ich brauche keine sturzbetrunkene Alkoholikerin auf meiner Lohnliste."

„Was wollte Kraft?"

Der Wahlkampfmanager schnaufte und akzeptierte den Themenwechsel. Er kannte die Schwächen von Lozen.

„Er wollte wissen, was du für mich in South Dakota machst. Es gab da wohl Schwierigkeiten."

„Was hast du ihm gesagt?"

„Nichts. Aber er ist einer der klügsten Menschen, die ich kenne. Als ich nichts gesagt habe, hat er angefangen, Vermutungen anzustellen, die so ziemlich der Wahrheit entsprachen."

„Du hast natürlich nichts bestätigt."

„Natürlich."

„Was hat Kraft gesagt?"

„Dass er dich und Eike in Ruhe lassen wird."

„Wirklich? Warum sollte er das tun?"

„Ich kann nur vermuten. Unter Umständen fände er es gar nicht schlecht, wenn wir Bindella erwischen. Die beiden sind nie Freunde gewesen. Und unter Umständen denkt Kraft viel weiter. Bindella ist ein fähiger Politiker. Wenn

Mayweather gewinnen sollte und in vier oder acht Jahren nicht mehr antritt, ist es sehr wahrscheinlich, dass Bindella als Präsident kandidieren wird. Da Kraft dieses Ziel bestimmt auch nicht aufgegeben hat, will er vielleicht einen hochkarätigen Konkurrenten vorab ausschalten."

„Klingt weithergeholt. Glaubst du das wirklich?"

Der Wahlkampfmanager lachte.

„Glauben kann man alles."

Es entstand eine Gesprächspause, die Lozen nutzte, um an ihrer Tasse mit Kaffee und Whiskey zu nippen.

„Wie steht es denn in unserem Fall?", fragte Harvey Farossi.

„Als wir Schembechler aus dem Camp der rechten Spinner entführen wollten, ist uns MarkusW82 dazwischengekommen. Es gab Tote. Jetzt müssen wir warten, bis Schembechler sich irgendwo zeigt."

„Lozen, das klingt nach verdammter Scheiße. Entführung aus einem Camp, das, wenn ich Kraft richtig verstanden habe, vom FBI umstellt war? Das klingt nicht nach der durchdachten Lozen Graham, die ich kenne. Wie hast du den Plan entwickelt? Bei einem Bad in Bourbon?"

Der Wahlkampfmanager beendete das Gespräch.

„Was hat Farossi gesagt?", fragte Eike.

„Er und Kraft haben einen Deal."

„Beunruhigend."

43.

Erst am Nachmittag stand Lozen auf. Wortlos schlurfte sie mit bleichem Gesicht und Ringen unter den Augen an Eike vorbei durch die Küche, ging aus dem Haus und barfuß durch den Schnee in den Stall, wo sie eine Stunde auf den Sandsack einschlug. Sie hatten gestern nach der Flasche Whiskey einige Bierflaschen geleert. Eike hatte noch nie so eine Frau so trinken sehen. Lozen wirkte kontrolliert und diszipliniert, also wie das Gegenteil einer Süchtigen. Eike war suchtgefährdet, das wusste er, und weil er das wusste, war er mit allen möglichen Drogen abgestürzt, aber nie abhängig geworden, weil er Angst vor seiner eigenen Schwäche hatte. Irgendwann, wenn die Möglichkeit sich bot, würde er sie darauf ansprechen.

Als Lozen am Frühstückstisch saß, trank sie schweigsam den Kaffee. In Anbetracht der Alkoholmenge des Vorabends fühlte sie sich gut. Sie spürte den Drang, ein Bier zu trinken, um in die Gänge zu kommen. Widerlich. Eike stand auf, zog eine dicke, braune Lederjacke mit Fellkragen an und ging nach draußen, um einen Zaun zu reparieren. Ein Städter, der zum Landbewohner geworden war – Lozen fand das traurig. Sie würde es in dieser Einsamkeit keine Woche aushalten, auch wenn sie der Blick auf die endlos erscheinende Prärie faszinierte.

Sie warf sich im Wohnzimmer aufs Sofa, schaltete den Fernseher an und landete bei einer Wahlsendung. Heute war der Tag, sie hätte es fast vergessen. Prognosen, Expertengespräche, Werbepausen, weitere Prognosen und Expertengespräche, Reportagen über den zurückliegenden Wahlkampf, Reportagen über irgendetwas, um die Zeit zu füllen, Werbepausen, weitere Prognosen und Expertengespräche. Lozen versank in diesem Mischmasch aus Zahlen, Mutmaßungen und leeren Floskeln, die einhellig einen Sieg von Sandra Mayweather vorhersagten und sie einschläferten. Als sie aufwachte, saß Eike mit einer Flasche Bier im Sessel.
„War gerade wählen", sagte er.
„Wie spät ist es?
„7.30 Uhr abends. Die Wahllokale in Chayton County haben seit einer halben Stunde geschlossen."
Lozen kämpfte sich vom Sofa hoch, ging aufs Klo, warf sich kaltes Wasser ins Gesicht, holte aus der Küche ein

Bier, kehrte zurück ins Wohnzimmer und stieß mit Eike an.

Als ein Moderator später in der Nacht verkündete, dass das Wahlergebnis sehr knapp wäre, Adam A. Kettle besser als in sämtlichen Prognosen abgeschnitten hätte und dass der Ausgang von den ausstehenden Ergebnissen von New Mexico und Florida abhinge, schliefen beide vor dem Fernseher. Auf dem Sofatisch standen sechs Bierflaschen. Sie bekamen es auch nicht mit, als sich herausstellte, dass Adam A. Kettle in Florida mit gerade mal 300 Stimmen und in New Mexico mit 150 gewonnen hatte, worauf sämtliche Experten erwarteten, dass Sandra Mayweather eine erneute Auszählung der Wahlzettel fordern und dies auch zugestanden bekommen würde.

Genauso wenig, wie sie den vorläufigen Wahlausgang mitbekommen hatten, bemerkten sie die drei SMS, die auf Eikes Smartphone eingingen. Eine kam vom örtlichen Buchhändler Daniel Piles, die andere von Chester Thomsen, dem Reporter. Beide kommentierten den vorläufigen Wahlausgang mit Erstaunen. Wichtiger war die dritte SMS: Sie kam von Deputy Sheriff Mark Filmore.

Woody Schembechler und Rod Hayes hatten in der Nähe von Cleveland, Ohio, einen Truck Stop überfallen.

44.

Am frühen Abend landete die Cessna Citation CJ3, ein zweistrahliges Flugzeug, mit Lozen und Eike an Bord auf dem Baltimore/Washington International Thurgood Marshall Airport, kurz BWI Marshall Airport. Trotz der Warnung der Angestellten in der Autovermietung, dass die Straßen größtenteils nicht befahrbar wären, wählten sie einen roten 2016 Dodge Journey mit Vierradantrieb und fuhren auf der Interstate 95 Richtung Washington D. C. Eike stellte das Radio an. Eine heisere Stimme mit Südstaatenakzent verkündete, dass in der Hauptstadt wegen des starken Schneefalls der Ausnahmezustand herrsche. Der Ronald Reagan Washington National Airport und der Washington Dulles International Airport, die beiden anderen Flughäfen des Großraums Baltimore/Washington, wären geschlossen, die Washington Metropolitan Area Transit Authority hätte den Betrieb der Washingtoner Metro und der Metrobusse eingestellt und der Autoverkehr wäre meistenteils zum Erliegen gekommen, weil es nicht genug Räumfahrzeuge gäbe. Am Ende der Nachrichtensendung erklärte die heisere Stimme, dass es die ganze Nacht weiter schneien würde und mit heftigen Böen zu rechnen wäre.

„Jippie, Urlaubswetter", sagte Eike.

Bis nach Calverton kamen sie problemlos voran, dann wurde die Interstate 95 nahezu unbefahrbar und Lozen musste im Schritttempo fahren, weshalb sie am Ende für die gut 50 Meilen zwischen dem Flughafen und Washington D. C. fast drei Stunden benötigten, länger, als sie für die Strecke von Chayton County, South Dakota, zum BWI Marshall Airport, Maryland, mit der Cessna benötigt hatten. Lozen war erleichtert, als sie Washington D. C. endlich erreichten. Die heisere Stimme gab ein Wetter-Update: Es würde noch schlechter werden als angekündigt.

Eike hatte am Morgen die Mail von Deputy Mark Filmore entdeckt und sie Lozen gezeigt. Die Nachricht ließ nur eine Schlussfolgerung zu: Die Flüchtigen waren auf dem Weg zur US-Hauptstadt. Von Chayton County fuhr man die Interstate 90 über Sioux Falls, wo Schembechler und Hayes gefilmt worden waren, weiter nach Chicago und Cleveland, Ohio, wo sie den Truck Stop überfallen hatten, weiter über Pittsburgh nach Washington D. C., wo die verstorbene Linda Harrison eine Wohnung besaß. Das passte. Lozen hatte Harvey Farossi angerufen und die Indizienkette dargelegt, woraufhin der Wahlkampfmanager die Cessna gechartert hatte, die am frühen Nachmittag auf dem Kiglaska-Airfield gelandet war.

Die heisere Stimme riet den Bewohnern von Washington D. C., an diesem Abend zu Hause zu bleiben. Trotz der katastrophalen Wetterverhältnisse gingen Lozen und Eike davon aus, dass die Flüchtigen sich bereits in Washington D. C. aufhielten. Für die gesamte Strecke von Chayton County in die Hauptstadt brauchte man im Normalfall einen guten Tag. Woody Schembechler und Ron Hayes waren gestern Abend in Cleveland gewesen, das lag gut sechs Autostunden von der Hauptstadt entfernt. Selbst wenn es danach wegen des massiven Schneefalls langsamer vorangegangen war, sollten sie längst angekommen sein.

Auf den Straßen war es menschenleer. Wenn Lozen und Eike Fahrzeugen begegneten, waren es welche der Polizei oder der Feuerwehr. Einmal kam ihnen ein grüner Toyota entgegen, der einen Mann auf Skiern zog. Die Straßenverhältnisse erwiesen sich als unberechenbar, manche waren nicht befahrbar, andere geräumt. Es war wie ein Slalomparcours, der durch die Stadt führte. Die heisere Stimme hatte einen Meteorologen als Studiogast, der Fragen der Zuhörer beantwortete. Der obligatorische religiöse Spinner wurde zugeschaltet und verkündete, dass das schlechte Wetter die Strafe Gottes für die Sündhaftigkeit des Landes wäre, weshalb er von der heiseren Stimme verarscht wurde. Eike dachte, dass der Spinner gut ins Camp von Pierce Britton passen würde.

Als sie über den Anacostia River fuhren, wurde Lozen bewusst, dass Linda Harrisons Wohnung unweit der des Erpressers Josh Norwick und seiner Freundin lag.
„Klein ist die Welt", sagte sie.
„Was?"
„Nichts, ich spreche mit mir selbst."
Sie fuhren die 16th Street im Schritttempo hinunter. Die heisere Stimme spielte Snowy Whites Snow Blues, was Eike platt fand, obwohl ihm der Song gefiel. Als sie an

einem dreistöckigen Wohnhaus aus rotem Stein vorbeifuhren, zeigte Lozen auf die Hausnummer.

„Das ist es", sagte sie.

Einen Block entfernt parkte Lozen den Dodge, Eike stellte das Radio aus und sie stiegen aus. Er legte das 33er-Magazin ein und befestigte den Anschlagschaft an seiner Glock, Lozen schraubte einen Schalldämpfer auf die Heckler & Koch P9S und entsicherte die Waffe. Harvey Farossi hatte ihnen eine Sondergenehmigung besorgt, weshalb sie am Flughafen keine Probleme mit den Waffen gehabt hatten.

Es schneite dicke, fette Flocken, als sie zum Wohnhaus gingen, und Wind kam auf. Da Teile des Gehwegs geräumt waren, kamen sie zügig voran. Als sie ihr Ziel fast erreicht hatten, hörten sie Schüsse.

45.

Mit gezogenen Waffen liefen Lozen und Eike auf das Wohnhaus zu. Ein Mann trat aus dem Eingang, eine Windböe erfasste seinen langen, dunklen Mantel, der sich wie ein Segel aufblähte. Der Anblick erinnerte Lozen an das aufwallende Cape von Batman, wenn er von einem Dach hinunter in eine dunkle Gasse sprang, um irgendjemanden vor ein paar Ganoven zu retten.

Der Mann bemerkte sie und zog eine Waffe. Lozen blieb abrupt stehen, zielte und schoss zweimal schnell hintereinander. Wegen des Schalldämpfers waren die Schüsse kaum zu hören. Der Mann sackte tot zusammen.
„Ein Wächter. MarkusW82 ist hier", sagte sie.
„Wie hat der Arsch die Flüchtigen gefunden?", fragte Eike.
„Einfach. Die Männer werden vom FBI gesucht, der aktuelle Ermittlungsstand ist im Computer der Bundesbehörde verzeichnet, auf den MarkusW82 Zugriff hat. Er hat die gleiche Schlussfolgerung gezogen wie wir."

Lozen blieb an der Haustür stehen und drückte sie vorsichtig auf. Im Flur gab es kein Licht. Auf dem Boden schimmerten Glassplitter.

„Profis. Sie haben die Beleuchtung zerstört."

Von oben waren Schüsse zu hören. Lozen und Eike betraten den Flur und gingen mit den Waffen im Anschlag die Treppen hoch. Wieder Schüsse. Das Mündungsfeuer beleuchtete für einen Moment das Treppenhaus.

„Sie sind ganz oben", sagte Lozen.

Erneut ein Schuss. Jemand rief etwas. Langsam und leise gingen sie weiter. Es war nicht völlig dunkel im Flur. Durch die Ritzen der Wohnungstüren drang ein wenig Licht, weshalb Lozen und Eike die Konturen des Treppengeländes erkennen konnten.

„Bestimmt hat einer der Bewohner die Polizei gerufen", sagte er leise.

„Bei dem Wetter kann es ewig dauern, bis die hier sind."

Im zweiten Stock stoppten sie. Sie hörten Menschen schwer atmen. Lozen flüsterte Eike ins Ohr, dass sie vorgehen würde. Geduckt schlich sie nach oben. Sie sah die Silhouetten von zwei Männern, die vor einer offenen Wohnungstür standen, aus der Licht kam. Keiner von ihnen besaß die Statur von Markus W82. Sie zielte und gab drei Schüsse ab. Die Männer sackten zusammen.

Lozen und Eike positionierten sich neben der Wohnungstür. Von drinnen hörten sie das Splittern von Glas. Lozen blickte vorsichtig in die Wohnung. Ein schmaler Gang führte zu einer Tür, die halb offen stand und Einschusslöcher aufwies. Die Deckenlampe im Zimmer hinter der Tür war an. Als sie die Wohnung betreten wollten, hörte Eike ein Geräusch aus dem Treppenhaus. Er drehte sich um, ging zum Geländer und schaute hinunter ins Erdgeschoss. Er sah zwei Schatten, die nach oben kamen, und informierte Lozen, die daraufhin die Wohnung betrat. Ihre Waffe zielte auf die halboffene Tür.

Als sie die Tür erreichte, blieb Lozen stehen, atmete durch und trat sie auf. Kein Schrei. Kein Schuss. Mit der Waffe im Anschlag betrat sie das Zimmer. Vor einem offenen Fenster stand ein Esstisch. Um den Esstisch war etwas gewickelt. Hosen, Hemden und Bettwäsche waren zu einer Art Seil gebunden. Das Seil führte aus dem Fenster, zu dem sie lief, nach unten schaute und sah, wie sich zwei

Männer abseilten. Einfach abzuschießen, aber sie brauchte Woody Schembechler lebend, und aus diesem Blickwinkel, bei diesen Sichtverhältnissen, konnte sie nicht erkennen, wer wer war.

Lozen hörte hinter sich Schüsse und wirbelte herum. Eike stand am Türrahmen und feuerte in den Gang. Sie sah sich um. Ein Kleiderschrank, Sofa, Stühle, Fernseher, Barhocker vor der Küchentheke.
„Tür zu", sagte sie.
Eike schloss die Tür. Lozen zeigte auf den Schrank. Sie schoben ihn vor die Tür, anschließend das Sofa.
„Wozu?", fragte Eike.
„Bringt uns Zeit."
„Die wir wie nutzen?"
„Wir folgen Schembechler", sagte Lozen und zeigte auf das offene Fenster.

46.

Als sie sich abseilte, sah Lozen die Flüchtigen die 16th Street Richtung Minnesota Avenue laufen. Sie ließ das behelfsmäßige Seil aus Kleidung und Bettwäsche los und sich fallen. Der Schnee dämpfte ihren Aufprall. Eike folgte ihrem Beispiel. Lozen zeigte auf das Fenster im dritten Stock und lief los.

Eike drehte sich um und ging langsam rückwärts, während er mit der Glock nach oben zielte. Zwei Schatten erschienen am Fenster. Er feuerte. Die Männer gingen in Deckung. Eike wartete 20 Sekunden. Als niemand am Fenster erschien, ging er davon aus, dass die Männer zurück zum Treppenhaus gegangen waren und ins Erdgeschoss zum Ausgang liefen. Er drehte sich um und eilte Lozen hinterher, die schätzungsweise 250 Meter Vorsprung hatte. Er holte sie schnell ein, weil sie nicht sonderlich schnell lief. Woody Schembechler und Rod Hayes waren gut 300 Meter vor ihnen.
„Nicht zu schnell, Deputy, irgendwann wird ihnen die Luft ausgehen."
„Ich mach' sowas nicht zum ersten Mal."

„Die Männer im Haus?"

Eike drehte sich um. Niemand folgte ihnen. Noch nicht.

„Werden kommen."

Die Flüchtigen bogen auf die Minnesota Avenue. Die war nicht geräumt. Laufen war nicht mehr möglich. Woody Schembechler und Rod Hayes sanken bis zu den Knien im Schnee ein. Lozen und Eike ging es nicht besser.

Schneefall und Wind nahmen zu. Die Flüchtigen gelangten zur Good Hope Road, die ebenfalls nicht geräumt worden waren, und bewegten sich langsam in Richtung der Martin Luther King Jr. Avenue.

„Hat einer von den beiden in D. C. gelebt?", fragte Lozen keuchend.

„Ja. Schembechler."

„Dann wollen sie zur Anacostia Metro Station."

„Welchen Sinn macht das? Die Metro fährt nicht."

„Vielleicht wissen sie es nicht."

Eike versank bis zum Oberschenkel im Schnee. Jeder Schritt war eine Anstrengung. Seine Beine wurden schwer. Schweiß lief ihm übers Gesicht. Er sah zu Lozen, die gleichmäßige Schritte machte und einen gleichgültigen

Gesichtsausdruck bewahrte. Entweder ist sie besser in Form oder hat ihre Mimik besser unter Kontrolle, dachte Eike. Zum Glück ließen auch die Kräfte der Flüchtigen nach. Eike drehte sich um. In einiger Entfernung sah er zwei Gestalten, die schnell aufholten. Mist.

Er und Lozen gelangten auf die Martin Luther King Jr. Avenue.
„Sie bewegen sich Richtung Howard Avenue. Sie wollen definitiv zur Metro Station", sagte Lozen.
Woody Schembechler und Rod Hayes blieben plötzlich stehen und beugten sich nach vorne. Offenbar rangen sie um Luft. Lozen stoppte.
„Was soll das?", fragte Eike. „Wenn wir uns reinhängen, kriegen wir sie."
Er keuchte aus dem letzten Loch. Lozen packte ihn an der Schulter. Ihre Stirn glänzte.
„Sie haben gute 200 Meter Vorsprung. Ohne Schnee wäre das nichts, mit ist es wie eine Meile. Selbst wenn wir sie stellen könnten, hätten wir nicht mehr genug Kraft, sie festzunehmen und gleichzeitig die Männer hinter uns abzuwehren. Diese Verfolgung gewinnen wir durch Geduld und Ausdauer."

Eike nickte und lockerte seine Beine.

„Siehst du", sagte Lozen und zeigte in Richtung ihrer Verfolger, „MarkusW82 sieht es wie ich und macht auch eine Pause."

Der schnelle Mann stand aufrecht im Schnee, die Arme vor der Brust gekreuzt, und schaute in ihre Richtung.

„Wie beruhigend", sagte Eike.

Lozen steckte ihre Waffe in den Hosenbund und massierte die Beine.

„Schneeschuhe wären gut", sagte Eike.

„Wir können ja einen Sportausstatter suchen."

Der Schneefall nahm weiter zu. Im Haus zu ihrer Rechten waren die Vorhänge offen. Eine Familie sah sich einen Spielfilm im Fernsehen an.

„Da", sagte Lozen. Sie zeigte in Richtung der Flüchtigen, die begannen, weiter durch den Schnee zu stampfen.

Einen Schritt, zwei Schritte, drei Schritte – Lozen begann zu zählen. Diese zeitlupenhafte Verfolgungsjagd war verdammt anstrengend. Es beruhigte sie, dass Eike neben ihr stärker keuchte als sie. Vier Schritte, fünf Schritte, sechs Schritte. Die Flüchtigen waren wirklich gut in Form. Ihr und Eike gelang es kaum, den Abstand zu verkürzen.

Sie blickte sich um. Markus W82 kam dahingegen näher. Scheiß-Streber. Sieben Schritte, acht Schritte, neun Schritte. Ein Mädchen auf Skiern fuhr auf der Straße. Endlich die Howard Road. Die Metro Station war nicht mehr weit. In weiter Ferne sah sie ein Räumfahrzeug. Zehn Schritte, elf Schritte, zwölf Schritte. Sie bemerkte, dass Eike etwas zurückblieb. Gib Gas, Naturbursche, wollte sie rufen, ließ es aber. Ihre Beine fühlten sich an, als steckten sie in zähem Schlamm. Dreizehn Schritte, vierzehn Schritte, fünfzehn Schritte. Der Schnee schien sich in Kleister zu verwandeln. Mit jedem Schritt wurde es schwieriger, die Beine aus ihm herauszuziehen. Ihre Lungen brannten. Zuviel Alkohol in den vergangenen Tagen. Nicht gut für die Kondition.

Da war sie. Die Anacostia Metro Station. Eine Haltestelle der Green Line. Lozen hörte zwei Schüsse. Sie sah, wie die Flüchtigen die Gittertüren am Eingang aufrissen. Offenbar hatten sie das Schloss aufgeschossen. Woody Schembechler und Rod Hayes verschwanden in der Metro Station.

„Wir müssen uns trennen", sagte Lozen schnaufend, als sie den Eingang erreichten. „Einer von uns bleibt an den Flüchtigen dran, einer hält MarkusW82 auf."

„Ich nehm' Freund Markus."

Lozen sah ihn skeptisch an.

„Was? Glaubst du, ich krieg' das nicht hin?"

„Wir werden es erleben."

Lozen atmete durch und lief in die Station. Eike folgte ihr. Was für ein gutes Gefühl, wieder unbeschwert laufen zu können.

Gemeinsam erreichten sie den futuristisch wirkenden Bahnsteig, der etwas heruntergekommen war. Die Beleuchtung war angeschaltet, und sie sahen, wie die Flüchtigen im Tunnel verschwanden.

„Sie laufen Richtung Navy Yard, das ist die nächste Station auf der anderen Flussseite", sagte Lozen, sprang auf die Gleise und lief hinterher. Eike folgte ihr bis zu der Stelle, wo der Bahnsteig endete und der Tunnel begann. An dieser Stelle blieb er stehen. Sie sah ihn fragend an.

„MarkusW82."

Sie nickte und lief los.

Eike ging zwei Schritte in den Tunnel, in dem es Lampen gab, die zur Notbeleuchtung gehörten. Die zerschlug er mit dem Anschlagschaft. Anschließend positionierte er sich so, dass er einen guten Blick auf den Bahnsteig hatte, aber nicht gesehen werden konnte. Lozens skeptischer Blick beunruhigte ihn ein wenig. Sie schien MarkusW82 für einen gefährlichen Gegner zu halten. Eikes Ziehvater war ein Bodybuilder und Zuhälter namens Simek gewesen. Er hatte immer gesagt, dass es nicht darauf ankam, ob jemand besser war als man selbst oder nicht, sondern darauf, dass man bereit war zu gewinnen. Mit allen Mitteln, ohne Skrupel. Eike blickte in den Tunnel. Lozen und die Flüchtigen liefen am rechten Rand. Wegen der schlechten Lichtverhältnisse war nicht zu erkennen, ob da drei oder vier Personen rannten. Ausgezeichnet.

Eike hörte ein Geräusch. Er schaute auf den Bahnsteig und sah zwei Männer in schwarzen Mänteln. Einer von ihnen war MarkusW82. Er und sein Partner beeilten sich nicht, sondern gingen vorsichtig die Plattform entlang. Vermutlich erwarteten sie einen Hinterhalt. MarkusW82 schaute in den Tunnel, sah mehrere sich bewegende Silhouetten und sprang auf die Gleise. Sein Partner folgte ihm. Eike drückte sich an die Wand. Die Verfolger begannen zu laufen. Nicht schnell. Es war ein langsamer Trab.

Eike wartete, bis sie an ihm vorbei waren, dann feuerte er sechsmal aus kurzer Distanz. Körpertreffer. Die Männer fielen um. MarkusW82 lag auf dem Bauch und stöhnte. Eike kniete sich neben ihn und klopfte auf den Rücken. Der schnelle Mann trug eine kugelsichere Weste. Weil er die Beleuchtung im Tunnel zerstört hatte, konnte er nicht sehen, ob er MarkusW82 an einer nicht geschützten Stelle des Körpers getroffen hatte. Er zog ihm den Kolben der Glock über den Schädel. Das Stöhnen stoppte. Eike ging zum zweiten Mann. Er regte sich nicht. Eike tastete ihn ab. Auch er trug eine Weste. In der Halsgegend spürte er eine feuchte Flüssigkeit. Der Mann war tot.

Nachdem Eike MarkusW82 mit dessen Gürtel gefesselt hatte, blickte er in den Tunnel, in dem er die laufende Lozen sah. Er wechselte das Magazin und lief hinterher.

47.

Lozen war heiß, sie schwitzte. Laufen in Winterklamotten gehörte nicht zu ihren Lieblingsbeschäftigungen. Immerhin gelang es ihr, den Abstand zu verkürzen, weil den Flüchtigen offenbar die Luft ausging. Einholen wollte sie sie nicht. In einem Tunnel zu nah auf bewaffnete Gegner aufzuschließen, war eine dämliche Idee. Sie würde ein zu gutes Ziel abgeben. Wie auf einem Schießplatz.

In einiger Entfernung sah sie das Licht der nächsten Station. Für Lozen bestand kein Zweifel, dass Woody Schembechler und Rod Hayes das Metrosystem verlassen und versuchen würden, sie draußen abzuhängen. Sie blickte zurück und sah erleichtert, wie Eike versuchte, zu ihr aufzuschließen.

Die Flüchtigen erreichten Navy Yard Station, zogen sich wie erwartet auf den Bahnsteig und liefen Richtung Ausgang. Diese Haltestelle war mit ihrem runden, wabenähnlichen Design futuristischer als Anacostia, fand Lozen, als sie auf dem Bahnsteig stand.

Sie folgte den Flüchtigen ins Freie, wo ein heftiges Schneetreiben eingesetzt hatte. Die Sichtverhältnisse waren katastrophal, die Straße und die Gehwege waren unter einer dicken, weißen Masse begraben. Sie sah Woody Schembechler und Rod Hayes eine Straße überqueren und auf eine umzäunte Baustelle, einen Block entfernt, zustapfen, auf der ein vierstöckiger Rohbau stand. Ein kluger Zug. Baustellen eigneten sich ausgezeichnet, jemanden abzuhängen.

Woody Schembechler und Rod Hayes gelangten durch ein Loch im Zaun auf die Baustelle. Lozen folgte ihnen nicht, sondern schaute sich um. Ein Gerüst hing am Rohbau. Links und ihr gegenüber gab es keine Möglichkeit die Baustelle zu verlassen, weil dort Häuser standen. Nur auf der rechten Seite konnten die Flüchtigen hinaus.

Als Eike zu ihr aufschloss, erklärte sie ihm die Lage, anschließend teilten sie sich auf. Er begab sich zur rechten Seite in Warteposition, sie betrat mit der Waffe im Anschlag den Rohbau, mit der Absicht, die Flüchtigen in Eikes Richtung zu treiben. Plastikplanen bedeckten große

Teile des Gerüstes, die vom Wind erfasst wurden, was ein lautes Geknatter auslöste, das andere Geräusche übertönte.

Durch die Planen schimmerte die Straßenbeleuchtung ins Innere, weshalb Lozen die groben Strukturen des Raumes und das, was sich in ihm befand, erkennen konnte, nachdem sich ihre Augen an das diffuse Licht gewöhnt hatten. Sie sah einen Ausgang, bewegte sich vorsichtig auf ihn zu und gelangte in einen anderen Raum, in dem Rohre und Bretter lagen und von dem sie in eine Empfangshalle gelangte, was sie an zwei Schächten erkannte, in denen sich später einmal die Fahrstühle befinden würden.

Rechts neben den Schächten ging es ins Treppenhaus. Rohe Betonstufen ohne Geländer führten in die oberen Stockwerke. Sie hörte Schritte. Irgendetwas traf sie an der Schulter. Überrascht sprang sie zurück. Instinktiv fasste sie sich an die Schulter. Da war nichts. Sie ging zurück ins Treppenhaus und schaute nach oben, wo sie kaum etwas erkennen konnte, weil es dunkler war als im Rest des Rohbaus. Wieder traf sie etwas. Diesmal im Gesicht. Es gelang ihr, es zu fangen. Sie schaute in ihre Hand und sah ein kleines Stück Beton. Sie blickte erneut nach oben und sah eine Bewegung im zweiten oder dritten Stock. Keine Frage, da gingen Woody Schembechler und Rod Hayes. Die Treppe war voller Bauschutt, der herunterfiel, wenn die Flüchtigen einen Schritt machten.

Lozen analysierte die Lage. Die Männer bewegten sich nach oben, was normalerweise keine gute Idee in einem Gebäude darstellte. Einmal oben angekommen, war Schluss. Das hieß, man lief freiwillig in eine Falle. In diesem Fall lag es anders. Es gab das Gerüst, an dem Woody Schembechler und Rod Hayes hinunterklettern konnten. Das hieß, dass sie schnell nach oben laufen könnten, während sie langsam vorankommen würde, weil sie einen Hinterhalt nicht ausschließen konnte. Wenn sie das oberste Stockwerk erreichte, wären die Flüchtigen schon längst unten. Nicht schlecht, wenn das der Plan wäre, aber bei Weitem nicht perfekt.

Lozen simste Eike, dass er das Gerüst im Auge behalten sollte, und stieg langsam die Stufen nach oben. Sie passierte den ersten Stock und erreichte den zweiten, wo sie stoppte. Weitergehen, weil sie davon ausgehen konnte, dass die Männer nach oben geflüchtet waren und bereits auf dem Gerüst nach unten kletterten? Das Stockwerk überprüfen, weil die Möglichkeit bestand, dass einer der Flüchtigen sich versteckt hatte und sie in die Zange genommen werden konnte? Da einer der Männer ein Veteran war, war ein solch taktisches Vorgehen nicht auszuschließen.

Lozen traf ihre Entscheidung, teilte sie Eike per SMS mit, verließ das Treppenhaus und betrat mit der Waffe im Anschlag den Flur. Offenbar entstand ein Bürogebäude. Zwei Wandausschnitte für Türen führten links und rechts von ihr aus dem Flur. Wind erfasste die Planen, und das laute Geknatter breitete sich wieder aus. Vereinzelt wehten Schneeflocken ins Innere. Sie betrat das Büro zu ihrer Linken. Ein beeindruckender Raum, vielleicht 200 qm², wenige Wände. Wahrscheinlich war ein Großraumbüro geplant. Fugen und Markierungen zeigten an, dass es trotzdem ein paar abgetrennte Bereiche geben sollte.

Im Großraumbüro standen verschiedenste Baumaterialien, die aber keine Deckung für einen Mann boten. Im hinteren Bereich gab es zwei Räume, in denen nicht eingebaute Waschbecken, Urinale und Kloschüsseln lagen. Lozen ging zurück in den Flur und ins zweite Büro, in dem sich ihr ein ähnliches Bild bot wie im ersten und in dem sie auch auf keinen der Flüchtigen stieß.

Sie ging in den dritten Stock und begann wie zuvor mit den Räumlichkeiten zu ihrer Linken. Die Architektur war eine andere. Unübersichtlicher. Von einem langgezogenen Raum, in dem ein halbes Dutzend große Kisten standen, gingen vier Büros ab. Wie im zweiten Stock gab es in den Wandausschnitten noch keine Türen. Lozen überprüfte die ersten zwei Räume. Nichts.

Der Wind nahm zu, und damit das Geknatter. Als sie wieder im langgezogenen Raum stand, sah sie ein Blitzen in einem der Wandausschnitte, der zu einem der Büros gehörte, die sie noch nicht überprüft hatte. Der Schuss traf irgendwo die Wand. Zu hören war nichts. Entweder besaß der Angreifer einen Schalldämpfer oder das Geknatter war zu laut. Lozen warf sich auf den Boden, rollte sich zur Seite, gelangte hinter eine Kiste, die hoch genug war, dass sie sich dahinterknien konnte, und sah zum Raum, aus dem der Schuss gekommen war. Sie konnte niemanden erkennen.

Ihre Position war nicht die beste. Der Ausgang war zu weit, die nächste Kiste, die sich als Deckung anbot, auch. Sie fragte sich, wer von den Flüchtigen sich in dem Raum aufhielt. Es war ein schlechter Schuss gewesen, was gegen Woody Schembechler und für Rod Hayes sprach. Rod Hayes war ein verdammtes Landei, der nie ein Gefecht erlebt hatte. Er würde ängstlich, mit den Nerven am Ende, im Dunkeln sitzen. Weshalb er nicht überlegt handeln würde.

Lozen legte an und feuerte aufs Geratewohl zweimal. Wie gewünscht, ließ sich ihr Gegner provozieren, seine Silhouette erschien im Wandausschnitt und Lozen schoss zweimal. Der Mann schrie auf, fiel um und regte sich nicht. Die HK P9S auf den am Boden Liegenden gerichtet, ging Lozen in Richtung des Wandausschnittes. Der Angreifer lag auf dem Rücken. Es war Rod Hayes. Sie fühlte seinen Puls. Er war tot. Sie hatte ihn in die Brust getroffen.

48.

Auf dem Weg in den vierten Stock vibrierte Lozens Smartphone. Es war Eike. Sie ging ran.
„Ich seh' einen von ihnen auf dem Gerüst. Er klettert vom dritten in den zweiten Stock."
Der Gedanke, dass Woody Schembechler bewusst Rod Hayes geopfert hatte, kam Lozen in den Sinn. Dass das Landei allein im Hinterhalt gelegen hatte, brachte dem Veteranen Zeit. Zeit, die er brauchte, um abzuhauen.
„Auf der linken oder rechten Seite des Gebäudes?"
„Von dir aus gesehen tendenziell zur rechten Seite."
„Alles klar. Das ist Schembechler. Hayes ist erledigt."
„Verdammt."
„Was?"
„Er hat mich gesehen. Er klettert wieder nach oben."

Lozen stürmte in den vierten Stock, lief durch den Wandausschnitt auf der rechten Seite und gelangte wieder in einen langgezogenen Raum, von dem vier Zimmer abgingen. In diesem Stock waren die Fenster bereits eingesetzt. Sie ließen sich nicht öffnen. Lozen schoss, das Glas zerfiel und sie kletterte aufs Gerüst, das stark vereist war. Der Wind blies ihr scharf ins Gesicht. Sie schaute nach unten und sah, wie Woody Schembechler unter ihr eine Leiter nach oben kletterte. Sie wartete, bis er bei ihr angekommen war.

„Es ist vorbei, Schembechler", sagte sie und zielte mit der Waffe auf ihn.

Der Flüchtige erschrak, machte eine Schritte nach hinten, rutschte dabei unglücklich auf dem vereisten Gerüstboden aus und fiel nach hinten über die Brüstung. Lozen schaute dem Hinabstürzenden hinterher, der hilflos mit den Händen ruderte, bis er am Boden aufschlug. Dieser Auftrag ist schiefgegangen, dachte sie, der kann nicht mehr reden.

Als Lozen unten ankam, kniete Eike neben dem Flüchtigen, dessen Körper mittlerweile fast vom Schnee bedeckt war. Um seinen Kopf herum war ein dunkler, roter Fleck. Aus seiner Nase floss Blut.

„Er lebt noch", sagte Eike.

Sie kniete sich neben ihn. Woody Schembechler atmete schwer und schaute zu Lozen.

„Ohne die Ärsche in den langen Mänteln hättet ihr uns nie gekriegt. Wer waren die?", fragte er hustend.

„Die hat Bindella geschickt", sagte sie.

„Dieser Wichser."

Woody Schembechler stöhnte und schloss die Augen.

Von der Internetseite American Guard zwei Tage später: Amerikaner, die Patrioten Woody Schembechler und Rod Hayes sind hinterlistig und feige ermordet worden. Von einem Ausländer und einer Rothaut, Mörder im Dienste der jüdisch-kommunistischen Verschwörung. Woody Schembechler und Rod Hayes sind Märtyrer, die aufrecht kämpfend für unsere Sache gestorben sind. Wir trauern um sie. Und wir sagen ihren Mördern: Der Tag der Rache wird kommen. Möge Gott mit euch sein.

49.

Dramatische Musik. Schnell geschnittene Bilder vom Weißen Haus, vom Capitol Hill, vom Lincoln Memorial, von namhaften Politikern beider Parteien. Lachend. Weinend. Wütend. Im Senat. Im Repräsentantenhaus. Auf Pressekonferenzen. Auf der Straße. Im Ausland. In feierlichen Situationen. In peinlichen Situationen. Im Fernsehen und online. In den Schlagzeilen. Dazwischen Bilder von Janis Dehane in konservativen Outfits. Nach wie vor waren die T-Shirts zu tief ausgeschnitten. Eines der großen Networks hatte sie wegen ihrer Enthüllungen über William A. Kettle engagiert und ihr eine eigene Sendung gegeben. „Warum? Janis Dehane fragt nach" hieß die einstündige Talkshow, die sonntagmorgens live im Fernsehen und im Netz ausgestrahlt wurde. Es lief die zweite Sendung.

Eike saß bei sich im Wohnzimmer und schaute die Talkshow. Vor ihm auf dem Tisch stand eine geöffnete Flasche Chayton Miner. Gerade hatte er mit George gesprochen, der seit zwei Tagen wieder im Dienst und guter Dinge war.

Der Vorspann war vorbei. Janis Dehane saß auf einem stylischen Sessel in einem graublauen Studio mit Publikum. Sie trug einen figurbetonten, schwarzen Hosenanzug und ein weißes T-Shirt, das mehr als den Busenansatz zeigte. Sie kündigte ihren Gesprächspartner an. Es handelte sich um Wes Bindella. Das Thema waren die ersten 100 Tage der Kettle-Administration.

Tatsächlich hatte Harvey Farossis Schützling gewonnen. Nach der erneuten Auszählung in Florida und New Mexico hatte festgestanden, dass, entgegen aller Erwartungen, Adam A. Kettle mit einer hauchdünnen Mehrheit gewonnen hatte. Sandra Mayweather hatte ihre Niederlage eingestanden, womit ihr Gegner offiziell President-elect der USA geworden war. Vor gut drei Monaten, im Januar, war der offizielle Amtsantritt gewesen.

Wes Bindella betrat unter dem Applaus des Publikums das Studio. Er war nach der Wahl der Sprecher des Repräsentantenhauses geworden, in dem eine republikanische Mehrheit herrschte, nachdem sein

Vorgänger Ende Dezember aus gesundheitlichen Gründen hatte zurücktreten müssen. Seitdem boykottierte der Oppositionsführer die Gesetzesvorschläge der Kettle-Administration.

Der Speaker trug einen hellgrauen Anzug, der ihn breitschultriger erscheinen ließ, als er es tatsächlich war. Er bewegte sich kraftvoll und selbstsicher. Wie schon bei früheren Auftritten kam er Eike wie ein Wrestler vor. Mit einem breiten Grinsen schüttelte der Speaker die Hand der Moderatorin, die ihn verzückt anlächelte, und setzte sich in einen Sessel, der wie der der Moderatorin aussah.

Lozen saß mit Nick Davout in dessen Büro. Auch sie schauten „Warum? Janis Dehane fragt nach". Lozen hatte Lust auf ein Bier, aber sie wusste, dass das ihren Angestellten zu einer Litanei verführen würde, die schlimmer wäre als zehn Sitzungen bei den Anonymen Alkoholikern.

Janis Dehane begann ihr Interview mit allgemeinen Fragen. 100 Tage war Adam A. Kettle im Amt – was hatte die neue Regierung bisher richtig und bisher falsch gemacht? Wes Bindella lächelte, antwortete wortreich, witzig und pointiert. Genüsslich nahm er den neuen Mann im Weißen Haus auseinander. Keine Frage, der Speaker fühlte sich wohl.

Als nächstes wollte die Moderatorin wissen, inwiefern er und Sandra Mayweather den Wert der Kettle-Affäre als Garant für einen Wahlsieg überschätzt hätten, und für einen Moment bildete sich eine Sorgenfalte auf der Stirn des Speakers, bevor er wortreich die Bedeutung der Angelegenheit für den Wahlausgang herunterspielte und seine Sorge zum Ausdruck brachte, dass ein Mann das Land regiere, dessen Position zur amerikanischen Demokratie nicht eindeutig geklärt sei.

Harvey Farossi saß mit Adam A. Kettle und dessen Frau Lucy in deren Ferienhaus auf Martha's Vineyard vor dem Fernseher. Auf dem Tisch stand eine Flasche Champagner, die bereits halbleer war.
„Wes ist ein Idiot", sagte der Präsident.
„Nein, ein gefährlicher Populist", sagte Harvey Farossi.

Wie er zu den rassistischen Tendenzen bei den Ultrakonservativen, aber auch rechten Gruppierungen wie der Patriot Nation stehe, wollte die Moderatorin wissen, und das Lächeln im Gesicht des Speakers wurde brüchig. Bisher hatte er gedacht, die Moderatorin sei eine freundlich gesinnte Journalistin, aber nun begann der Politiker zu zweifeln. Er halte nichts von solchen Gruppen und er halte nichts von Rassismus, versicherte er. Aber der Wahlkampf habe doch ganz klar gegen Einwanderer gezielt, stellte Janis Dehane fest. Illegale Einwanderer, erwiderte Wes Bindella, der grimmig dreinschaute wie ein Schurke in einem Superheldenfilm. Weil man gegen illegale Einwanderer vorgehe, dozierte der Politiker, bedeute das nicht, dass man rechte und rassistische Kräfte unterstütze. Ob für ihn also alle Menschen gleich seien, wollte die Moderatorin wissen. Sicher, sagte der Politiker.

Er bröckelt, schrieb Eike in sein Smartphone und schickte die SMS an Lozen. High Noon, schrieb sie zurück.

Wann er eigentlich das letzte Mal in seiner Heimat, in South Dakota, gewesen sei, fragte Janis Dehane. Das sei zu lange her, erklärte Wes Bindella, dessen Lächeln nun verkrampft wirkte und der vom abrupten Themenwechsel irritiert zu sein schien. Er liebe Chayton County, ergänzte er, in dieser Gegend wohnten ehrliche und aufrichtige Amerikaner, die Natur sei wunderschön und Gouverneur Kraft ein echter Patriot. Ob er den Ausbruch der rechtsradikalen Aktivisten Woody Schembechler und Rod Hayes verfolgt hätte, fragte Janis Dehane mit einem Lächeln, das eine Erotik versprühte, die in diesem Gespräch fehl am Platz wirkte, Wes Bindella aber zu verwirren schien. Wegen des Wahlkampfes habe er nur am Rande die Ereignisse verfolgt, stotterte der Politiker.

„Die Frau ist super", sagte Adam A. Kettle.
„Ja, sie hat tatsächlich Potential", sagte Harvey Farossi, der sich selber beglückwünschte, Janis Dehane nicht fertiggemacht zu haben. Als erfolgreiche Moderatorin war sie eine exzellente Waffe. Sie würde für ihn noch viele fertigmachen.
„Das stimmt. Sie ist attraktiv, klug und telegen", sagte Lucy Kettle, „sie zeigt allerdings ein wenig zu viel Haut."
„Politik kann einen Hauch Sex gebrauchen", sagte Harvey Farossi.

Ob es stimme, dass er mit Woody Schembechler zur Schule gegangen sei, erkundigte sich Janis Dehane. Er habe keine Ahnung, gestand Wes Bindella, das könne schon sein, aber seine Schulzeit sei ja eine Ewigkeit her. Die Moderatorin schenkte ihm erneut ein umwerfendes Lächeln und fragte, bevor ihr Gast sich entspannen konnte, ob er nicht mit Woody Schembechler befreundet gewesen sei. Wes Bindella starrte sie wütend an, atmete durch und verneinte dann vehement.

„Jetzt kommt es", sagte Harvey Farossi.
Adam A. Kettle grinste wie ein Lausbub. Seine Frau Lucy sah die Männer irritiert an.
„Was ist mit euch los?", fragte sie.
„Eine Überraschung, Schatz", sagte Adam A. Kettle, „du wirst es lieben."

Eike trank zur selben Zeit einen Schluck Bier. Gerne hätte er diesen Moment mit Lozen verbracht, aber er hatte es nicht über sich gebracht, sie zu fragen. Er hatte das Gefühl gehabt, dass es ihre Beziehung verändern würde, ihr eine neue Richtung gegeben hätte, und er war sich nicht sicher, ob er dafür schon bereit war.

„Ich hasse Fernsehen", sagte Nick Davout, „warum muss es immer so lange dauern, bis jemand auf den Punkt kommt?"

„Man nennt das Dramaturgie. Den Aufbau von Spannung."

„Bevor du beschlossen hast, mit diesem deutschen Intellektuellen ein Verhältnis einzugehen, wäre dir das Wort Dramaturgie nie über die Lippen gekommen."

„Was soll das heißen?"

„Ein Boxer schlägt zu, er denkt nicht. Vergiss das nicht. Sonst bist du nicht mehr zu gebrauchen."

Lozen reagierte nicht, dachte an das Bücherregal in Eikes Wohnzimmer und daran, dass der Deutsche wahrscheinlich früher oder später mit der von Nick Davout angedeuteten Problematik konfrontiert werden würde.

Janis Dehane drehte sich zur Kamera, die auf ihren Kopf verdichtete. Die Moderatorin setzte ein ernstes Gesicht auf und begann einen kurzen Monolog: Wes Bindella habe behauptet, er habe den Rechtsradikalen Woody Schembechler seit der Schulzeit nicht gesehen. Wes Bindella habe behauptet, er lehne Rassismus ab und habe nichts mit rechtsradikalen Gruppierungen zu tun. Wes Bindella habe behauptet, er habe nichts gegen Einwanderer und Menschen anderer Rassen oder Religionen. All diese Aussagen seien Lügen, verkündete Janis Dehane in einer angenehm tiefen Stimmlage, die Lozen an den Hollywoodstar Scarlett Johansson erinnerte.

Die Kamera schnitt um. Auf den Sprecher des Repräsentantenhauses, der die Augen aufriss. Umschnitt zurück auf Janis Dehane. In die Halbtotale. Damit man ihren Busenansatz sah, während sie sagte, dass sie Beweise für ihre Behauptungen habe.

Harvey Farossi und Adam A. Kettle lachten in Vorkenntnis dessen, was kommen würde, und prosteten sich zu.
„Wie ich schon sagte: Du wirst es lieben, Schatz", sagte Adam A. Kettle zu seiner Ehefrau.

Ein Beitrag wurde eingespielt. Er bestand aus Fotos. Sie waren rund 20 Jahre alt. Sie zeigten Wes Bindella und Wood Schembechler. Beim Saufen. Beim Rumknutschen mit Mädchen. Auf Veranstaltungen der Hammerskin

Nation. Auf Veranstaltungen der Patriot Nation. Auf Konzerten rechtsradikaler Rockbands. Beim Bootstomping Dance, wo sie mit Skins einen Kreis um einen Mann in der Mitte bildeten, der versuchte auszubrechen und zurückgeworfen wurde. Beim Slam Dancing, wo Wes Bindella und Wood Schembechler sich warfen und schubsten. Es folgten Aufnahmen vor Hakenkreuzfahnen, mit T-Shirts, auf denen Adolf Hitler zu sehen war, mit T-Shirts, auf denen die 18 zu sehen war.

Janis Dehane erschien wieder auf dem Bildschirm. Nachdem sie die Zuschauer darauf hingewiesen hatte, dass weitere belastende Aufnahmen im Internet auf der Senderseite zu sehen seien, erklärte sie, dass Wes Bindella und Woody Schembechler nie den Kontakt abbrachen. Es folgten Fotos, die die Männer in Woody Schembechlers Wohnzimmer beim Trinken zeigten. Es gab keine Datierung, aber es war an den Gesichtern der Fotografierten ersichtlich, dass die Aufnahmen nicht sehr alt waren. Das Publikum im Studio begann zu buhen. Erledigt, simste Lozen an Eike.

Woody Schembechler war beim Rohbau gestorben, aber bevor er seinen letzten Atemzug gemacht hatte, hatte er einen USB-Stick aus der Hosentasche gezogen und ihn zitternd in die Luft gehalten. Lozen und Eike hatten die Daten am Abend gesichtet. Es waren die Bilder, die Janis Dehane gezeigt hatte. Offenbar hatte Woody Schembechler seinen alten Kollegen Wes Bindella mit den Fotos in der Hand gehabt. Eike vermutete, dass der Rechtsradikale Bindella gezwungen hatte, ihn aus dem Knast zu holen und dass der Politiker die Wächter geschmiert hatte, damit sie die Werkzeuge lieferten. Lozen hatte traurig festgestellt, dass sie das nicht beweisen konnten. Schließlich spekulierten sie, wer warum MarkusW82 losgeschickt hatte. Die naheliegende Vermutung war, dass das auch Wes Bindella gewesen sein könnte, der sämtliche Beteiligten des Ausbruchs, inklusive Woody Schembechler, aus dem Weg haben wollte, damit die Angelegenheit nie zu ihm zurückverfolgt werden könnte. Aber gerade weil diese Theorie naheliegend war, befriedigte sie Lozen und Eike nicht.

„Was sagen Sie zu den Aufnahmen, Mister Speaker?", fragte Janis Dehane und sah dabei den Politiker mit ernstem Gesicht an. Wes Bindella atmete schwer und rieb sich mit der linken Hand die Nase. Die Moderatorin wiederholte ihre Frage. Der Speaker sprang auf, und Lozen glaubte, dass er die Moderatorin schlagen werde.

Das Studiopublikum pfiff und buhte. Der massige Mann blickte wütend auf die sitzende Moderatorin hinunter, deren Miene ernst und ohne Angst blieb.
„Das wird ein Nachspiel haben, Ms. Dehane", sagte Wes Bindella und stürmte aus dem Studio. Ein Kameramann folgte ihm. Der Fernsehzuschauer sah, wie der Politiker auf die Hinterbühne stürmte, einen Techniker wegschubste, auf eine Metalltür zusteuerte, durch die er in einen Flur gelangte, wo zwei seiner Bodyguards warteten und ihn zum Hinterausgang führten. Als er, immer noch vom Kameramann verfolgt, ins Freie gelangte, lief er in ein Dutzend Reporter, die ihn filmten, fotografierten, ihm Fragen zuriefen. Harvey Farossi hatte befreundete Journalisten dorthin bestellt und ihnen eine Sensation versprochen. Wes Bindella und seine Bodyguards versuchten, zurück ins Gebäude zu gelangen, aber die Tür war verschlossen. Auch dafür hatte Harvey Farossi gesorgt. Er liebte solche Inszenierungen.

Weitere von Wes Bindellas Bodyguards erschienen. Grob schoben die Leibwächter die Reporter zur Seite. Sie wollten ihren Schützling zum Wagen bringen. Da traf ein rohes Ei den Politiker am Kopf. Ein weiterer Teil von Harvey Farossis Inszenierung. Ein Bodyguard rastete aus und schlug einen Reporter mit einem rechten Haken zu Boden. Seine Kollegen nahmen Wes Bindella in die Mitte und brachten ihn im Laufschritt zum Wagen. Kaum war der Politiker eingestiegen, gab der Fahrer Gas, und der Wagen raste vom Gelände des Senders. Harvey Farossi und Adam A. Kettle klatschten sich ab. Sie hatten gewonnen. Bindella würde zurücktreten müssen.

Die Regie schaltete zurück ins Studio. Mit übereinandergeschlagenen Beinen und ernster Miene saß Janis Dehane im Sessel, erklärte, wie traurig dieser Skandal sie mache, und beklagte den Mangel an Moral in der Politik. Das Publikum applaudierte. Janis Dehane war auf dem Weg nach oben, dachte Lozen. Zwei sensationelle Storys in sehr kurzer Zeit – und dass sie erfolgreich blieb, dafür würde Harvey Farossi sorgen.

Lozen hatte Woody Schembechlers USB-Stick, nachdem sie eine Kopie gezogen hatte, zum Wahlkampfmanager gebracht, der sehr erfreut gewesen war und sogar eine Prämie gezahlt hatte. Am selben Tag hatte er Janis Dehane getroffen und ihr klargemacht, dass er ihre Karriere jederzeit zerstören könne, was aber nicht seine Absicht sei, stattdessen habe er eine langfristige Zusammenarbeit im Sinn, von der beide profitieren könnten. Janis Dehane kannte Harvey Farossi und seinen Ruf und hatte dem Handel zugestimmt. Dann hatte der Wahlkampfmanager ihr seinen Plan bezüglich Wes Bindella unterbreitet. Die Moderatorin hatte den Sprecher des Repräsentantenhauses in ihre Sendung eingeladen, der, da er sie auf seiner Seite vermutete, umgehend zugesagt hatte.

Lozen nickte Nick Davout zu, holte ihre Lederjacke aus dem Büro und ging zu Coffy's Noodles, weil sie Hunger hatte. Sie fand einen Platz im hinteren Teil und bestellte eine Nudelsuppe mit Huhn und Zitronengras. Auf dem Röhrenfernseher lief nicht ein Teil der Shaft-Trilogie, sondern ein Film, den sie nicht kannte. Die Hauptrolle spielte die alte Soul-Legende Isaac Hayes, dessen Musik sie schätzte.

MarkusW82 betrat kurz darauf das Restaurant und setzte sich gegenüber von Lozen.

„Guten Abend, Ms. Graham."

„Was wollen Sie?", fragte sie.

„Gut gespielt", sagte er.

„Danke."

„Aber es geht weiter."

„Nur schlechte Verlierer drohen, wenn alles vorbei ist."

„Sie und dieser Deputy haben sich mit Leuten angelegt, mit denen man sich besser nicht anlegt, die Macht und Einfluss besitzen jenseits Ihrer Vorstellung."

„Tatsächlich?"

„Wie ich schon bei unserem letzten Treffen gesagt habe: Auch Harvey Farossi wird Sie nicht schützen können. Er ist ein kleines Licht im Vergleich zu meinen Auftraggebern."

„War das nicht Wes Bindella?"

MArkusW82 lachte leise.

„Sicher nicht. Aber sie vergessen nicht. Und sind nachtragend."

„Das sind ja tolle Tugenden."

„Wir sehen uns, Ms. Graham."

MarkusW82 erhob sich, nickte ihr zu und verließ das Restaurant.

Die mexikanische Besitzerin brachte die Nudelsuppe.
„Verdammt gut angezogen, der Mann", sagte sie.
„Stimmt."
„Kein Freund von Ihnen, oder?"
Lozen sah hoch zu der Frau. Sie war attraktiv, schätzungsweise Ende vierzig, hatte kurze Beine, einen dicken Hintern, trug Tanktop und Jeans. Sie hatte sie schon oft gesehen, aber nie bemerkt.
„Wie kommen Sie darauf?"
„Ihr Gesichtsausdruck."
Lozen sah sie fragend an.
„Sie kommen, seit ich eröffnet habe. Ich kenne meine Kunden."
Die Restaurantbesitzerin strich sich eine Strähne ihres schwarzen Haares aus der Stirn.
„Ich bin Lozen."
„Ich bin Selma", sagte die Restaurantbesitzerin.
„Komisch, dass wir uns erst jetzt vorstellen."
„Sie sind nicht die Art von Kundin, die es mag, im Restaurant Small Talk zu führen."

„Das stimmt."
„Einen Tequila aufs Haus?"
„Gerne."

Selma ging an die Bar. Lozen dachte über den Besuch von MarkusW82 nach. Nicht Wes Bindella. Wer dann? Sandra Mayweather oder eine der Gruppen von Unternehmern, die ihren Wahlkampf finanziert hatten? Sie würde Harvey Farossi und Eike informieren. Das war keine leere Drohung gewesen.

„Sie sehen aus, als hätten Sie Probleme", sagte Selma, die sich zu Lozen mit einem Tablett setzte, auf dem sich eine Flasche Tequila, Salz, eine Schüssel mit Zitronenspalten und zwei Gläser befanden.
„Sie lesen zu viel in Gesichtern."
„Glaube ich nicht."
Selma schenkte ein, sie stießen an, leckten Salz, bissen in die Zitrone und tranken. Lozen genoss das Brennen in der Kehle. Sie mochte die Restaurantbesit
„War es eine gute Idee, Ihnen einen Drink anzubieten?", fragte Selma, während sie die Gläser erneut füllte.

„Die perfekte Idee. Alkohol ist das Geringste meiner Probleme."

50.

Als wäre sie Heldin in einem gottverdammten Western, so kam sich Lozen vor. Dieses Genre fand sie unerträglich, weil sie die Ausrottung der Indianer leugneten und einen Mythos geschaffen hatten, der angelsächsisch geprägt war und Rote, Schwarze und Gelbe ausschloss. Mit einem Glas Whiskey in der Hand saß sie im Schaukelstuhl auf Eikes Veranda. Ihre Sonnenbrille lag auf dem Tisch. Sie trug Tanktop und Shorts. Es war Sommer. Die Temperatur war angenehm. Ein leichter Wind fuhr durch das Präriegras. Der Himmel war strahlend blau und die Sonne schien. Ein Reiter ritt auf die Veranda zu. Es war Eike.

„Wenn das nicht der Lone Ranger ist", sagte sie spöttisch, als er ankam.
„Howdy, Partner", sagte Eike.
„Steig ab. Ich hol' dir einen Drink."
Lozen stand auf und ging in die Küche, wo sie ein Glas und die Whiskeyflasche nahm und zurück auf die Veranda ging. Sie wusste nicht, warum sie nach Chayton County gekommen war. Nick Davout hatte sie gesagt, dass sie Eike für Graham Security anwerben wollte, was er wider

Erwarten sinnvoll fand. Tatsächlich hatte sie Eike ein Angebot gemacht, was er, wie sie es erwartet hatte, abgelehnt hatte, weil er in South Dakota seine Heimat gefunden hatte.

Lozen stellte Flasche und Glas auf den Tisch und setzte sich wieder in den Schaukelstuhl. In der Ferne sah sie einen Herde Rinder, die ein Gruppe Cowboys nach Westen trieb. Irgendwann kam Eike aus dem Stall, setzte sich auf die Bank und schenkte sich einen Drink ein. Er lächelte sie an. Der Wind fühlte sich gut an. Sie schauten gemeinsam auf die Weite, auf das Präriegras, auf den Horizont. Alles schien endlos und unberührt. Keiner sagte ein Wort. Lozen wusste, dass, wenn sie es darauf anlegen würde, Eike mit ihr ins Bett gehen würde, aber das war im Augenblick nicht ihre Absicht. Sie genoss seine Anwesenheit, mehr wollte sie nicht.

„Was wirst du gegen Pierce Britton und seine Patriot Nation unternehmen?", fragte sie.
„Ich hab' mit George und Ann Lee eine, nennen wir es, inoffizielle Task Force gegründet, um ihn aus South Dakota rauszuschmeißen. Außerdem habe ich einem alten

Kollegen in Berlin eine Mail geschrieben. Britton scheint mit Leuten in Deutschland vernetzt zu sein. Er hat behauptet, Kevin Reuter, den ehemaligen Anführer der Weißen Wölfe, gut gekannt zu haben."

„Viel Glück bei der Sache."

„Danke."

Sie prostete ihm zu.

„Was werden deiner Meinung nach die Auftraggeber von MarkusW82 gegen uns unternehmen?", fragte Eike.

Lozen zuckte mit den Schultern.

„Wenn wir ihnen noch mal in die Quere kommen oder sich zufällig eine Möglichkeit bietet, werden sie versuchen, uns aus dem Spiel zu nehmen. Endgültig."

„Vorher werden sie deiner Meinung nach nichts unternehmen?"

„Es würde mich überraschen. Aber man kann sich da nicht sicher sein. Vielleicht haben sie schon jemanden auf uns angesetzt."

Eike zog eine Schachtel Zigaretten aus der Brusttasche, zündete zwei an und gab eine Lozen. Schweigend rauchten sie. Am Horizont tauchten zwei Reiter auf, die in Richtung von Eikes Haus ritten.

„Was denken Farossi und Davout?"

„Keine Ahnung. Beide sind gut darin, Schatten ins Tageslicht zu ziehen."

„Aus welchem Film stammt dieser Satz?"

„Idiot."

Lozen schenkte ihnen nach. Die Reiter kamen weiter auf sie zu.

„Machst du dir Sorgen?", fragte sie mit einem spöttischen Ton in der Stimme.

Es war eine rhetorische Frage. Als sie ihm von der Drohung von MarkusW82 erzählt hatte, hatte er sich nicht beeindruckt gezeigt. Er war bei einem Zuhälter aufgewachsen, hatte rechte Spinner, Terroristen und Mörder in Berlin gejagt, da gehörte der Umgang mit dieser Art von Angst zum Job. Außerdem würde er, weil er ein Macho war, wie viele in seinem Beruf, jede Form von Furcht leugnen. Das störte Lozen, aber sie wusste, dass er kein wirklicher Chauvinist war, weshalb sie es tolerierte.

„Nein, ich mach' mir keine Sorgen. Sie werden etwas gegen uns unternehmen, wir werden es bemerken und darauf angemessen reagieren."

Die Reiter wurden schneller.

„Ich habe vor zwei Wochen mit Gouverneur Kraft gesprochen", sagte Eike. „Er war in der Stadt und hat mich zum Frühstück in Mike's Diner eingeladen."
„Was für eine Ehre. Und?"
„Er hat erzählt, wie entsetzt er von Bindellas Auftritt in der Dehane-Show und seinem darauf erfolgten Rücktritt war und dass er vom neuen Speaker nichts hält."
„Hast du ihm von MarkusW82 und seiner Drohung erzählt?"
„Musste ich nicht. Er hat mir zu unserem Erfolg gratuliert und mich gleichzeitig vor möglichen Folgen gewarnt."
„Interessant."
„Nicht wahr?"
Die Reiter kamen näher. Man konnte erkennen, dass sie Cowboyhüte trugen.
„Ich glaube, dass Kraft nicht unzufrieden ist, wie die Sache ausgegangen ist", sagte Eike.
„Harvey meint nach wie vor, dass Kraft kein Fan von Bindella war und mit dem Gedanken spielt, in vier oder acht Jahren noch mal für das höchste Amt anzutreten, und dass ihm dabei Bindella im Weg gestanden hätte."
„Hm."
„Was heißt Hm?"

„Ach, nur so ein Gedankenspiel. Kraft war sehr engagiert im Wahlkampf. Und er hatte noch eine Rechnung mit Farossi offen, weil du für ihn in der CIA-Stasi-Affäre ermittelt hast. Motiv genug, um Adam A. Kettle einen reinzuwürgen. Was sagt uns, dass er nicht federführend war, dass er der Mann hinter Bindella war? Beide kommen aus dieser Gegend. Auch wenn sie sich nicht mochten, kannten sie sich und standen hinter Mayweather. Und Kraft besitzt gute Verbindungen zum Geheimdienst."
„Interessante Theorie. Ich werde sie mal Harvey und Nick erzählen."
Eike stand auf, ging ins Haus und kam mit einem Fernglas zurück auf die Veranda, mit dem er zu den Reitern sah.
„Freund oder Feind?"
„Nachbarn."
„Wollen die dich besuchen?"
„Nein, die reiten gleich nach rechts, Richtung Homer City. Da liegen ihre Häuser."
Eike setzte sich wieder. Es dauerte nicht lange und die Reiter bogen wie angekündigt ab. Er hob das Whiskeyglas.
„Auf die Zukunft, also die Zeit, in der die Geschäfte gut laufen, die Freunde ehrlich und wir glücklich sind."
„Wer hat das denn gesagt?"

Chester Thomsen, der Besitzer des Homer Bugle, der einzigen Tageszeitung von Chayton County.

Eike Wolfen, ein ehemaliger Ermittler der Berliner Mordkommission, Deputy Sheriff in Chayton County und Ehemann der verstorbenen Chumani Arendts.

MarkusW82 alias Special Agent Rupert Markus Babcock, ein Ex-Soldat, aktiver FBI-Agent und Profikiller.

Sandra Mayweather, eine republikanische Senatorin aus Texas und Adam A. Kettles Gegnerin bei den Präsidentschaftswahlen.

Ronan McIntire, ein ehemaliger Agent von Homeland Security. Er arbeitet für Graham Security.

Ruth „Ruthie" Maria Knox, Sekretärin, Telefonfräulein und Seele des Sheriff Office von Chayton County.

Mike Schembechler, der Sohn von Mindy und Woody Schembechler.

Mindy Schembechler, die Ex-Frau von Woody Schembechler, Mitglied der Patriot Nation.

Woody Schembechler, ein rechtsradikaler Ex-Soldat aus Chayton County und Mitglied der Patriot Nation, der wegen Doppelmordes zu lebenslanger Haft verurteilt worden ist.

Karen Seymour, eine ehemalige Scharfschützin der US-Army. Sie arbeitet für Graham Security.

Simek, ein Bodybuilder, Dieb und Zuhälter in Berlin. Er ist der Ziehvater von Eike Wolfen.

George Echo-Hawk, ein Polizist in der Buffalohead Reservation in South Dakota. Er ist mit Eike Wolfen befreundet.

Harvey Farossi, der Wahlkampfmanager von Adam A. Kettle, dem Gouverneur von New York und Präsidentschaftskandidat der Demokratischen Partei.

Mark Filmore, ein Deputy Sheriff in Chayton County.

Ethel Geller, die Direktorin von Maka Prison.

Lozen Graham, eine ehemalige Ermittlerin des CID und Chefin von Graham Security.

Rod Hayes, ein rechtsradikaler Musiker aus Chayton County, Mitglied der Patriot Nation, verurteilt wegen Totschlags.

Ann Lee Ironwood, die Leiterin des FBI-Büros in Minnesota.

Adam A. Kettle, der Gouverneur von New York und Präsidentschaftskandidat der Demokratischen Partei.

Joel Kraft, der Bürgermeister von Homer City und Gouverneur von South Dakota. Er ist Mitglied der republikanischen Partei.

Ron Maupas, ein Deputy Sheriff in Chayton County.

Personenregister in alphabetischer Reihenfolge:

Chumani Arendts, die verstorbene Ehefrau von Deputy Sheriff Eike Wolfen.

Earl Arendts, der Sheriff von Chayton County und Vater von Chumani.

Dwayne Betts, ein Mitglied der rechtsradikalen Gruppe Patriot Nation.

Wes Bindella, ein Republikaner, zweifacher Senator von Maryland mit guten Chancen, der nächste Vizepräsident der USA zu werden.

Pierce Britton, ein Faschist, Rassist und Gründer der rechtsradikalen Gruppe Patriot Nation.

Bill Compton alias Captain America, First Lieutenant bei der US Army.

Nick Davout, ein ehemaliger CIA-Mitarbeiter mit fotografischem Gedächtnis und dem IQ eines Genies. Er arbeitet für Graham Security.

Janis Dehane, eine ehrgeizige Reporterin der Vox 5 News.

Scott Dewet, ein vorbestrafter Rechtsradikaler.

"Der amerikanische Dichter Ambrose Bierce."

"Deputy, du liest zuviel."